파리와 런던의 빈털터리

발 행 | 2017-10-19

저 자 | 조지 오웰 번역 | 고 호

펴낸이 | 한건희

펴낸곳 | 주식회사 부크크

출판사등록 | 2014.07.15(제2014-16호)

주 소 | 경기도 부천시 원미구 춘의동 202 춘의테크노파크2단지 202동 1306호

전 화 | 1670-8316

이메일 | info@bookk.co.kr

ISBN | 979-11-272-2477-6

본 책은 브런치 POD 출판물입니다.

https://brunch.co.kr

www.bookk.co.kr

파리와
런던의
빈털터리

조지 오웰 지음

고   호 번역

<1984>와 <동물농장>의 작가 조지 오웰의 첫 작품 입니다. 그가 1930년대 파리와 런던에서 접시닦이와 노숙자로 살며 직접 겪은 체험기 입니다. 그 당시 두 대도시와 현재의 서울이 크고 작은 부분에서 많이 닮았다는 느낌과 조지 오웰처럼 글을 쓰고 싶다는 생각 때문에 번역을 하게 되었습니다. 최대한 조지 오웰의 특유의 문체와 메마른 농담을 적절히 번역하려 노력하였습니다. 아무쪼록, 즐거운 독서가 되시기를 바랍니다.

번역을 도와준 여민수에게 고마움을 전하고 싶습니다.

1

콕 도르 거리, (The rue du Coq d'Or), 파리, 아침 일곱 시. 격노에 목 메인 거리의 고함이 잇따랐다. 내 호텔 맞은 편에 있는 작은 호텔 주인 마담 몬세는 3층의 하숙인에게 할 일장연설을 위해 인도에 나와있었다. 그녀의 맨발은 나막신에 찔러 넣어져 있었고 회색 머리는 흘러내렸다.

마담 몬세 :'이 잡년! 잡년아! 내가 벽지 위에 벌레를 찌부러뜨리지 말라고 몇 번을 말했어? 네가 호텔을 사기라도 한 거냐? 어? 왜 다른 사람들처럼 창문 밖으로 던지지 않는 거냐고? 이 창녀야! 이 잡년아!

삼층의 여자 : '암소 같은 년!'

곧바로, 한쪽 면의 모든 창문이 활짝 열리며 각양각색의 고함이 합창하듯 터져 나왔고 거리의 반이 말싸움에 가담했다. 십 분 후 그들 전부가 급작스럽게 입을 닫았다, 기병대가 지나가자 사람들은 고함을 멈추고 그들을 구경했다.

그저, 콕 도르 거리의 특유의 활기를 전달하고 싶어 이 장면을 담아 보았다. 이런 말싸움만이 거리에서 일어나는 전부는 아니다. 그렇지만, 단 한 번도 이런 소동 없이 아침을 마무리하는 일은 좀처럼 없었다.

말싸움, 거리 행상의 외로운 외침, 자갈 위로 오렌지 껍질을 찾는 아이들의 소란, 야밤의 시끄러운 노랫소리 그리고 시큼한 악취를 풍기는 쓰레기 수레들이 이 거리의 분위기를 만들어 냈다.

매우 좁은 거리였다. 나병 든 큰 집들이 만들어 낸 협곡이 서로를 향해 기묘한 형태로 휘청거렸다, 마치 쓰러지던 중에 얼어붙은 듯했다. 모든 집들은 호텔이었고 하숙인들로 가득 차 있었다, 대부분이 폴란드인, 아랍인 그리고 이탈리아인들이었다. 호텔들의 밑에는 작은 술집들이 있었다. 1실링으로도 취할 수가 있는 곳이다. 토요일 밤에는 구역 남자들의 삼분의 일이 취해 있었다. 여자를 둘러싼 싸움이 벌어졌고 가장 싼 호텔에 사는 아랍 인부들은 설명할 수 없는 이유로 싸움을 벌였다, 의자나 그리고 가끔씩은 권총을 들고 싸움을 끝장 보려고도 했다. 밤에는 두 명의 경찰관이 함께 할 때만 순찰을 돌았다. 상당히 시끌벅적한 장소였다. 하지만 먼지와 소음의 속에서도 평범하고 훌륭한 프랑스인 가게 주인들, 빵집 주인들, 세탁소 주인들은 그들끼리 모여 살며 조용하게 적당한 부를 쌓고 있었다. 더 할 나위 없는 전형적인 파리의 빈민가였다.

내 호텔은 세 마리 참새의 호텔(Hotel des Trois Moineaux)이라 불렸다. 매우 어두웠고, 다섯 층은 곧 무너질 듯 한 토끼 굴 같았으며, 40개의 방들은 나무 칸막이로 나뉘어 있었다. 방들은 좁고 건조했으며 어찌할 수 없을 정도로 더러웠고, 이를 치울 하녀는 없었다, 그리고 여주인 마담 F에게는 청소 따위를 위한 시간이 없었다. 벽들은 성냥개비처럼 얇았고 갈라진 금들을 숨겨주는 분홍색 종이가 겹겹이 뒤덮여 있었다. 헐거워진 벽지 속에는 셀 수도 없이 많은 벌레들이 집을 짓고 살았다. 낮이면 마치 군인들의 행렬처럼 벌레들이 길게 줄을 지어 천장을 행군했고 밤에는 몹시 허기진 벌레들이 밑으로 기어 내려왔다, 이 때문에 사람들은 벌레를 대학살 하기 위해 몇 시간마다 잠에서 깨어나야만 했다.

벌레들이 너무 심한 날에는 사람들은 유황을 태워 벌레들을 옆방으로 몰아냈고, 그러면 옆방 사람은 자신의 방을 유황으로 가득 채워 다시 벌레들을 돌려보내는 것으로 응수했다. 매우 더러웠지만, 집 같은 곳이었다, 마담 F와 그녀의 남편이 좋은 사람들이었기 때문이다. 임대료는 일주일에 30에서 50프랑 사이에서 달리했다.

하숙인들은 떠도는 사람들이었다. 대부분이 외국인이었고, 짐 없이 도착해 한 주를 머무르고 다시 사라졌다. 그들의 직업은 다양했는데, 구두수선공, 벽돌공, 석공, 인부, 학생, 매춘부, 폐품 수집자였다. 그들 중 몇몇은 환장할 정도로 가난했다. 다락방 중 한 곳에서는 불가리아 학생이 미국 시장에 팔릴 화려한 신발을 만들었다. 여섯 시부터 열두 시까지 침대에 앉아 열두 켤레의 신발을 만들어 35프랑을 벌었고, 나머지 시간에는 소르본 대학의 강의에 출석했다. 그는 신학을 공부하는 중이었는데, 그의 신학 책들은 가죽들이 널브러진 바닥에 펼쳐진 채로 엎어져 있었다. 다른 방에는 러시아 여자와 그녀의 아들이 살았고, 아들은 스스로를 예술가라 불렀다. 그의 어머니는 하루 16시간을 일했는데, 한 짝에 25상팀을 받으며 양말을 기웠다. 그 와중에 아들은, 멀끔하게 차려 입고, 몽파나세 카페에서 빈둥거렸다. 한 방은 두 명의 하숙인들에게 임대되었는데, 한 명은 낮에 일했고 다른 한 명은 밤에 일했다. 또 다른 방에서는 홀아비가 장성한 두 딸과 침대를 같이 썼다, 둘 모두 폐결핵 환자였다.

호텔에는 별난 군상들이 있었다. ―파리의 빈민가는 기이한 사람들이 모이는 장소다. ―혼자가 되었거나, 반쯤 미친 일상에 빠져 품위나 평범한 삶을 위해 노력하기를 포기한 사람들이다. 돈이 사람들을 노동으로부터 자유롭게 하듯, 가난은 그들을 평범한 행동으로부터 자유롭게 만들어 주었다. 우리 호텔의 몇몇 하숙인은 말로는 표현하기 힘든 특이한 삶을 살았다. 예를 들자면, 루기어 가족이 있었다. 늙고, 지친, 난쟁이 같은 부부는 기발한 사업을 했다. 재밌게도, 이들은 외설적인 엽서인 것처럼 밀봉하여 성 미셸 대로에서 우편엽서를 팔았는데, 사실은 로이어의 성 사진들이었다. 당연히 구매자들은 이를 늦게까지 발견하지 못했고, 불평도 하지 않았다. 루기어 부부는 일주일에 약 100프랑 정도를 벌어들였다, 엄격한 돈 관리 덕분에 언제나 반은 굶주려 있었고 반은 취한 채로 지냈다. 그들 방에 쌓인 오물은 아래층 사람도 냄새를 맡을 수 있을 정도였다. 마담 F에 말로는, 둘 모두 4년 동안 옷을 벗은 적이 없다고 한다.

아니면 하수구에서 일하는 헨리도 있었다. 그는 키가 크고, 곱슬머리를 가진 우울한 남자였다, 더 정확히 말하자면 남성용의 하수구 부츠를 신고 있는 그의 모습은 낭만적이었다. 헨리의 기묘한 점은 일을 위한 경우를 빼면 말을 하지 않았다, 정말로 며칠이고 말을 하지 않았다. 불과 일 년 전만 해도 그는 운전기사였고 안정적으로 고용되어있었으며 저축도 하고 있었다. 어느 날 그가 사랑에 빠졌는데, 여자가 그를 거절하자 정신을 놓고는 그녀에게 발길질을 해버렸다. 발길질을 당하자마자 그 여자는 헨리와 지독한 사랑에 빠져버렸다. 그렇게 그 둘은 이주 동안 함께 살며 헨리의 몇 천 프랑을 탕진했다. 그러다 여자가 바람을 피웠고, 헨리는 여자의 팔뚝에 칼을 심고 감옥에 보내져 6개월을 살았다. 여자는 칼에 찔리자마자 그전보다 더 헨리를 사랑하게 되었다, 둘은 언쟁을 마무리 짓고 헨리가 출옥하면 택시를 산 뒤 결혼을 해 정착하기로 합의했다. 하지만 이 주 후에 그녀는 다시 바람을 피웠고 헨리가 나왔을 때는 그녀가 임신해 있었다, 헨리는 그녀를 다시 찌르지는 않았다. 헨리는 자신의 저축을 모두 찾아 술판을 끊임없이 벌였고 이는 다른 한 달의 징역으로 일단락되었다. 그 후로 그는 하수구에 들어가 일하기 시작했다. 그 무엇도 헨리를 말하도록 구슬리지 못 했다. 그에게 왜 하수구에서 일하냐고 물어봐도 그는 절대 대답하지 않았다, 단지 단순히 수갑을 찬 듯 그의 손목을 교차시키고는, 교도소가 있는 방향인 남쪽으로 고개를 돌렸다. 불운이 그를 하루아침에 얼간이로 바꿔 버린 듯했다.

영국 남자 R도 있었다. 그는 일 년의 육 개월은 부모님과 함께 푸트니에서 그리고 육 개월은 프랑스에서 살았다. 그는 프랑스에서 사는 동안에는, 하루에 4리터의 와인을 마셨고 토요일에는 6리터를 마셨다. 한 번은 그가 아조레스까지도 여행을 갔는데, 이유는 유럽 어느 곳 보다 와인이 저렴했기 때문이다. 그는 온화하고 가정적인 존재였다, 절대 소란을 피거나 싸움을 하지도 않았으며 술에 안 취해 있지도 않았다. 그는 정오까지는 침대에 누워있었고, 그 이후에는 자정까지 식당의 구석에서 조용히 그리고 꼼꼼히 푹 절어 있었다. 절은 상태로 유식하고, 여성적인 목소리로, 고가구에 관한 이야기를 하고는 했다. 나를 제외하고, R은 구역 내의 유일한 영국인이었다.

이런 기묘한 삶을 사는 다른 사람들이 수두룩했다. 루마니아인 줄 씨는, 유리 눈을 꼈지만 절대 인정하지 않았고, 리무쟁의 석공 퓨렉스, 구두쇠 루콜, -그는 내가 오기 전에 죽었다- 폐품 상인 로랑, 그는 그의 서명을 베껴 쓰기 위해 종이를 가지고 다녔다. 누군가에게 시간이 있어, 이 사람들의 전기를 쓴다면 흥미롭지 않을까 한다. 나는 우리 구역 내의 사람들을 묘사 해 보려 노력 중인데, 단순한 호기심 때문이 아닌, 이 사람들 모두가 이 이야기의 부분들이기 때문이다. 가난이 내가 쓰고자 하는 것이고, 이곳에서 나는 나의 첫 번째 가난과 마주했었다. 이 빈민가, 면지와 기묘한 삶들은, 나의 첫 가난에 관한 실질적인 교육 되었고, 내 개인적 경험의 배경이 되었다. 이러한 이유들로 그곳에서 내가 어떤 삶을 살았는지 느낌을 전달하고자 하는 것이다.

2

이 구역에서의 삶. 우리의 식당, 호텔 세 마리의 참새의 1층을 예로 들면. 벽돌 바닥의 작은 공간, 반지하, 와인에 젖은 식탁, '신용은 죽음이다'가 쓰여있는 장례식장의 사진, 붉은 허리띠를 매고 큰 잭나이프로 소시지를 여미는 일꾼들, 그리고 '그녀의 뱃속을 위해' 하루 종일 말라가 와인을 마셔대는, 심지 굳은 소의 얼굴을 한 오르베뉴의 멋진 소작농 마담 F, 술을 걸고 하는 주사위 놀이, 그리고 '딸기와 라즈베리'(LES PRAISES ET LES FRAMBOISES)에 관한 노래들, 그리고 '연대가 나를 사랑하는데 어찌 한 명의 군인과 결혼할까?'라고 말하는 여자 마델론, 그리고 비범한 성행위. 호텔에 사는 절반은 저녁이 되면 이 작은 술집에서 만나고는 했다. 누군가 런던에서 이 술집의 1/4 정도만이라도 쾌활한 곳을 찾아냈으면 좋겠다.

이 술집에서는 이상한 이야기들을 들을 수 있었다. 맛보기로 찰리의 이야기를 줘보도록 하겠다, 이 구역의 기묘한 사람 중 한 명이다.

찰리는 집으로부터 도망 나와 간간히 받는 송금으로 먹고 사는 청년이었다. 기억하기를 그는 아주 건강했고 젊었다, 작고 친절한 소년의 부드러운 갈색머리와 생기 넘치는 볼을 가졌고, 입술은 마치 체리처럼 매우 붉고 촉촉했다. 작은 발에 팔은 비정상적으로 짧았으며, 손은 아기 손처럼 보조개가 들어가 있었다.

그는 말을 하며 깡충거리며 춤추는 특이한 버릇이 있었다. 마치 인생이 너무 행복하고 왕성해서 한 순간도 멈추지 못하는 듯했다. 오후 세시였다, 식당에는 마담 F와 직장 없는 한 두 명이 전부였다. 하지만 찰리는 누구에게나 말하나 똑같았다, 자신에 관해 떠들 수만 있다면 말이다. 그는 바리케이드 위에서 웅변가처럼 열변을 토했다, 단어들을 혀 위에서 굴리고 팔을 이리저리 휘둘렀다. 그의 작은, 정말 돼지 같은 눈은 열정으로 반짝거렸다. 그의 모습은, 나에겐, 왠지 모르게 흉물스러웠다.

그는 사랑에 관해 말했다, 그가 가장 좋아하는 주제다.

'아, 사랑, 사랑, 아, 여자들이 나를 죽였답니다. 신사 숙녀 여러분. 여자들은 나의 파멸이었소, 모든 희망 너머 나의 파멸입니다. 스물둘에 저는 완전히 매우 지치고 끝나버렸습니다. 하지만 제가 배우지 못한 것이 무엇이고, 지혜의 심연에서 제가 파헤쳐 내지 못한 게 없단 말입니다! 진실된 지혜를 얻는다는 게 얼마나 대단한 일이며, 진정으로 고귀한 문장을 사용하며, 잔인함과 동시에 고상한 문명인이 된다는 게, 이 얼마나 대단합니까.'

'신사 숙녀 여러분, 여러분의 슬픔을 제가 인지하였습니다. 아, 하지만 인생은 아름답습니다. -절대 슬퍼하지 마십시오. 더 즐거워지세요, 제가 간청 드립니다!'

'사모아 와인으로 잔을 가득 채우세요, '

'우리는 이렇게 축 쳐 저서는 안 됩니다!'

'아, 얼마나 아름다운 인생이란 말인가! 들어보세요 신사 숙녀 여러분, 저의 풍부한 경험에서 얻은 사랑에 대해 강연해 드리겠습니다. 사랑의 진정한 의미를 설명해 드리겠습니다 -오직 문명인들에게만 알려진 진짜 감정이며, 고귀하고, 숭고한 것입니다. 제 인생에서 가장 행복했던 날에 대해 말씀 올리겠습니다. 아아, 하지만 저는 진정한 행복이 무엇인지 알 수 있었던 그때처럼 될 수 없습니다. 영원히 가버렸습니다.- 그렇게 다시 될 가능성도, 그러고 싶은 욕망조차도, 모두 가고 없습니다.'

'그래도, 들어보세요. 이 년 전이었고, 제 형은 파리에 있었습니다 -그는 변호사입니다.- 우리 부모님이 형에게 저를 찾아내어 저녁을 함께 하라고 말씀하셨습니다. 형과 저는 서로를 싫어했지만, 부모님을 거역하고 싶어 하진 않았습니다. 우린 외식을 했고, 형은 보르도 세 병에 진창 취해 버렸죠. 나는 형을 형의 호텔로 데려가는 길에 브랜디 한 병을 샀고 호텔에 도착해 아주 큰 컵에 브랜디를 담아 형에게 주었습니다.- 형에게는 술 깨는 데 도움이 될 거라고 말했고요. 형은 그걸 마시자마자 바로 취해 죽은 사람처럼 졸도했습니다. 형을 들어 등이 침대로 가게 눕히고 형의 지갑을 뒤

졌습니다. 천백 프랑을 찾아내서는 계단을 잽싸게 내려와, 택시에 올라타 탈출했습니다. 형은 내 주소를 몰랐답니다 ─저는 안전했지요.'

'돈이 생긴 남자가 어디로 가겠습니까? 본능을 따라 매음굴에 가겠지요. 그렇지만, 제가 인부들이나 상대하는 천박한 계집들과 시간을 보냈을 거라고 생각하시는 건 아니겠지요? 빌어먹는 소리! 교양 있는 사람이란 말입니다! 주머니에는 천 프랑이나 있는 까다롭고, 이해하시겠지만, 한 시가 급한 사람이었습니다. 제가 찾던 것을 찾았을 때는 자정 전이었습니다. 머리는 미국식으로 자르고 턱시도를 입은 젊고 똑똑한 18세 청년을 만났습니다. 우리는 큰 도로에서 떨어진 조용한 작은 식당에서 대화를 나누었답니다. 우리는 말이 잘 통했지요. 우린 이런저런 이야기를 나누다, 즐겁게 보내는 방법에 대해서 토론을 했습니다. 이내 우리는 함께 택시를 타고 자리를 떴습니다.'

'택시는 좁고, 외딴 골목에 섰는데 단 하나의 가스램프만이 골목 끝에서 빛을 내고 있었습니다. 바닥에는 웅덩이들이 있었고요. 한 수녀원의 아무것도 없는 높은 벽을 따라 달렸습니다. 제 안내자는, 덧문으로 닫힌 큰 창문의 폐가로 저를 데리고 가서는 몇 번이고 문을 두드렸습니다. 곧 발자국 소리와 빗장을 여는 소리가 들리더니 문이 아주 살짝 열렸습니다. 한 손이 문 가장자리로 나와서는, 크고 구부정했습니다, 우리 코밑까지 펴진 손바닥을 갖다 대고는 돈을 요구했습니다. '제 안내자는 문과 계단 사이에 발을 올리고는.

'얼마를 원해?'라고 말하더군요.

'천 프랑' 여자 목소리였습니다. 일시불 아니면 돌아가.'

'천 프랑을 손에 올리고 남은 백 프랑은 안내인에게 쥐버렸습니다. 그는 작별인사를 하고는 떠났지요. 안에서 돈 세는 목소리를 들을 수 있었습니다. 그러고는 까마귀처럼 마르고 검은색 옷을 입은 늙은 노파가 코를 내밀고는 의심스러워하며 저를 검사했습니다 안으로 들여보내기 전에 말이죠. 안 쪽은 정말 어두웠습니다. 제가 볼 수 있던 건 석고 벽을 환하게 비추며 나머지는 전부 짙은 그림자 속으로 몰아 버리는 가스 전등뿐이었습니다. 먼지와 쥐 냄새가 나더군요. 노파는 말없이, 가스등의 초에 불을 붙이고는, 내 앞에서 절뚝거리며 지하로 내려가는 석조 통로의 맨 위 계단으로 갔습니다. '여기야' 노파가 말했습니다, '밑의 지하실로 내려가 그리고 하고 싶은 대로 해. 난 듣지도, 보지도, 알지도 못 할 거야. 자유야, 이해했나- 완벽한 자유라고.'

'하, 신사 여러분, 그 떨림, 절반의 공포, 절반의 기쁨, 그런 상황에 겪게

19

되는 이 감정을 여러분에게 묘사해 드릴 필요가 있나요? -어쩔 수 없군요, 스스로 잘 알고 있으시면서 말입니다.- 신중하게 기어 내려갔습니다. 제 숨소리와 돌에 긁히는 신발 소리가 들렸지만 그 외에는 정적뿐이었습니다. 계단의 끝에서 전기 스위치가 손에 느껴졌습니다. 불을 켜자 천장에 달린 12개 전구의 엄청난 전기 샹들리에가 붉은빛으로 천장을 물들였습니다. 그러고는 알게 되었습니다. 저는 지하창고가 아닌 침실에 있었던 겁니다, 대단히 화려하고, 호화롭고, 바닥부터 천장까지 원색의 붉은 피 색으로 칠이 된 침실 말입니다. 생각해 보십시오, 신사 숙녀 여러분! 바닥에는 붉은 카펫이, 벽 위에는 붉은 벽지가, 의자는 붉은색 천 의자에, 심지어는 천장까지, 모든 게 빨갰습니다, 제 눈을 사로잡으며 말입니다. 그것은 숨을 턱 하게 하는 무거운 붉은색이었는데, 마치 피 통을 통해 비추는 빛 같았습니다. 그리고 완전 구석에는 다른 것들과 마찬가지로 붉은 퀼트 천의 사각형 침대가 있었습니다. 그 위에 붉은 벨벳 드레스를 입은 처자가 누워있더군요. 제가 쳐다보자, 그녀는 겁먹고 움츠려 들며 짧은 치마로 무릎을 감추려 노력했습니다.

'전 문 옆에 멈춰 섰습니다, 그리고는 '이리와, 나의 병아리야.'라고 그녀에게 소리쳤습니다.

'그녀는 공포로 흐느꼈습니다, 전 한 달음에 침대 옆으로 다가갔지요. 그녀는 저를 피하려 했습니다, 하지만 난 그녀의 목을 단단히 움켜쥐었죠 —

이렇게 말입니다, 보이시나요?- 몸부림치며 자비를 베풀어달라 비명을 치더군요, 난 빠르게 힘을 써 그녀를 잡고는 그녀의 얼굴을 내려다보았습니다. 그녀는 20살 정도였습니다, 얼굴은 마치 천치의 얼굴처럼 넓고 멍청해 보였습니다, 하지만 얼굴이 화장으로 덮여 있었고 멍청해 보이는 푸른 눈동자는 붉은색 조명 아래 빛났습니다. 이런 여자들의 눈을 제외한다면 어디서도 볼 수 없는 충격으로 일그러진 모습이었습니다.

그녀는 그저 시골 처녀였습니다, 의심도 안 들더군요, 부모가 노예로 팔아 버린 겁니다.

'아무 말도 없이 그녀를 침대에 끌어내려 바닥에 내동댕이쳤지요. 그리고는 호랑이처럼 그녀를 덮쳤습니다! 아, 그 기쁨, 어디에 비교할 수도 없던 그때의 황홀함이란! 신사 숙녀 여러분, 제가 자세히 설명할 게 있습니다. 이게 사랑이지요! 진정한 사랑이 있습니다, 세상에는 굶주릴 만한 가치가 있는 유일한 한 가지가 있습니다. 이 것에 비하면 말입니다 당신네들의 예술과 사랑, 철학과 신념, 고상한 말투와 행동모든 것은 이에 비하면 백해무익한 겁니다. 사랑을 겪고 나면 말입니다 -진정한 사랑 말입니다- 기쁨의 망령과 같은 세상 속에 뭐가 있겠습니까?

'저는 더 거칠게 다시 공격을 재개했습니다, 그럴수록 소녀는 계속해서 벗어나려 노력하더군요, 그리고는 또 자비를 베풀어달라고 울부짖었습니다,

전 그녀를 비웃었습니다.'

"자비!" 제가 말했습니다, "네 생각엔 내가 여기 자비를 베풀러 온 것 같아? 자비를 위해 천 프랑이나 지불했을 것 같아? 내 장담하리다, 신사 숙녀 여러분, 우리들의 자유를 강탈하는 그 저주받을 법만 아니었다면, 그때 그녀를 죽여버렸을지도 모릅니다.'

'아, 얼마나 쓰라리고 고통스럽게 울며 소리를 치던지. 하지만 들을 사람이 아무도 없었습니다. 파리의 거리 아래에서 우리는 피라미드의 심장에 있는 것 마냥 안전했습니다.' 눈물이 소녀의 얼굴을 타고 흘렀고, 얼굴의 분을 길고 더러운 기름이 지워내더군요. 아, 시간을 돌이킬 수만 있다면! 신사 숙녀 여러분, 훌륭한 사랑의 감정을 일궈내지 못 한 분이라면, 이런 진정한 기쁨은 거의 상상도 못 하실 겁니다. 그리고 저 또한 그렇게 아름다운 삶을 다시는 볼 수 없지요! 제 청춘이 사라졌기 때문입니다. -아, 청춘이여!- 끝났습니다.

'아, 그렇죠, 갔습니다-영원히 가버렸습니다. 아 가난, 결핍, 인간이 가진 기쁨에 실망 밖에 없다니! 현실적으로 보자면--현실 때문이겠지만, 사랑이 가진 최상의 순간이 얼마나 된다 보십니까? 없다고 봐야 합니다, 순간입니다. 1초 정도 될까요. 황홀한 1초, 그 뒤로는-먼지, 재, 그리고 공허함

입니다.'

'그래서, 그렇게 한 순간, 사람이 얻을 수 있는 가장 최고로 숭고한 감정, 최상의 행복을 저는 잡아냈습니다. 그리고 바로 동시에 그 감정은 끝났습니다. 그러고 나는 돼버렸습니다. 어떻게 됐냐고요? 저의 야만성과 열정은 장미의 꽃잎처럼 산산조각 났습니다. 차갑고 나른해져서는 헛된 후회가 가득 차 올랐습니다. 나에 대한 혐오감은 심지어 바닥에서 훌쩍거리는 소녀에게 약간의 동정도 느끼게 했답니다. 그런 못 된 감정의 먹이가 된다는 게 메스껍지 않습니까? 저는 소녀를 쳐다 보지 않았습니다, 단지 그곳을 벗어나야 된다는 생각이었습니다. 지하실의 계단을 재빠르게 올라와 거리로 빠져 나왔습니다. 거리는 어두웠고 매섭게 추웠습니다, 거리에는 아무도 없었고, 제 구두 굽 밑의 돌들은 외롭고 공허한 종소리를 되울렸습니다. 돈이 하나도 없어서, 택시 탈 돈 조차 없었습니다. 나의 춥고 외로운 방으로 걸어 돌아왔습니다.

"하지만 신사 숙녀 여러분, 이게 제가 약속 드렸던 이야기입니다. 이게 사랑이지요. 제 인생에서 가장 행복했던 날이었습니다."

찰리, 그는 기이한 사람들의 전형이었다. 그를 소개하는 이유는, 어떤 다양한 군상들이 내가 살았던 구역을 휘황찬란하게 꾸미고 있었는지 설명해

주기 위해서다.

3

콕드 구역에서 나는 대략 일 년 반 정도 살았다. 어느 날, 여름이었다, 나는 450 프랑만이 남았음을 깨달았다, 이것 외에는 영어 과외를 해주고 1주일에 벌 수 있는 36프랑이 전부였다. 그때까지만 해도, 미래에 대해 생각하지 않고 있었다, 하지만 지금 당장 뭔가를 해야 됨을 깨달았다. 나는 직장을 찾아 보기로 결정했다. -아주 운이 좋게도, 잘 한 일이 되었다- 나는 예방차원에서 200 프랑을 한 달치 집세로 지불해 놓았다. 영어 과외로 버는 돈을 제외하고, 남은 200 프랑으로 한 달은 살 수 있었기에 한 달 안에 일감을 찾아내야 했다. 나는 여행 회사의 안내원이나, 통역 자리를 노렸다. 하지만 한 조각의 불행이 이를 가로막았다.

어느 날 이탈리아 청년이 호텔에 나타났는데 그는 스스로를 인쇄공이라 칭했다. 그는 정말 애매한 사람이었다, 구레나룻을 기르고 있었는데, 지식인 아니면 깡패들의 특징이다, 어느 쪽 부류에 넣어야 할지 확실치 않았다. 마담 F는 그의 모습을 달가워하지 않았다. 그래서 일주일치 방세를 선불하도록 했다. 그 이탈리아인은 선불을 내고 육일 간 호텔에 머물렀다. 머무는 동안 그는 몇 개의 열쇠들을 복사했고, 마지막 날 밤에는 여러 방을 털었다, 내방을 포함해서 말이다. 운이 좋게도 그는 내 주머니들에 있던 돈은 찾지 못했기에 나는 완벽한 빈털터리가 되지는 않았다. 47프랑이 남겨졌다, 그리고 - 7실링 그리고 10펜스도 남았다.

이 사건이 내 구직계획에 종지부를 찍어 주었다. 나는 약 6프랑으로 하루를 살아야만 했다. 다른 무언가를 위한 생각을 남겨두는 건 시작부터 어려웠다. 이렇게 내 빈곤의 경험이 시작되었다. 하루 6프랑. 진짜 빈곤이라 할 수는 없더라도, 빈곤이 코앞에 닥친 것이다. 6 프랑은 1실링 정도 된다, 어떻게 해야 되는지 알면 파리에선 1실링으로 살 수 있다. 하지만 정말 복잡한 일이다.

빈곤과의 첫 번째 만남은 진실로 난감하다. 가난에 대해 많이 생각해 봤을 것이다- 누군가는 일생 동안 무서워해봤을 것이고, 언젠가는 닥칠 수도 있음을 이미 알았을 수도 있다. 그리고, 가난은 예상과 천지차이로 다르다. 가난하게 사는 건 매우 단순하다고 생각했을 것이다. 하지만 엄청나게 복잡하다. 끔찍할 것이라고 생각했을 텐데 그렇지 않고 단순히 지저분하고 지루할 뿐이다. 가난의 묘한 비루함에서 처음 발견하는 것이다. 복잡하게 쪼잔한 사람으로 만들고 빵 가루를 줍도록 변화 시켜준다.

예를 들어, 가난에 붙은 비밀을 발견한다. 갑작스러운 타격에 하루 생활비가 6 프랑으로 떨어지게 된다. 당연히, 감히 인정해서는 안 된다. 평소와 다름없는 척을 해야만 한다. 가난은 감당조차 안 되는 거짓이라는 그물에 시작부터 얽히게 만든다. 세탁물을 세탁소에 보내기를 멈추게 된다, 거리에서 마주친 세탁소 여주인은 이유를 묻는다. 말을 얼버무리면, 세탁소 여인은 다른 세탁소에 세탁물을 보낸다고 생각하게 되고, 그 순간 나는 평생의 적이 된다. 담배가게 주인은 왜 담배를 줄였냐고 계속 물어본다. 답장을 하고 싶은 편지가 있지만 답장을 못 한다 우표가 너무 비싸기 때문이다.- 음식이야 말로 모든 곤란한 것 중 최악이다. 매일 식사시간마다 밖으로 나간다, 겉보기엔 식당에 가는 거다, 그리고는 룩셈버그 공원에서 비둘기를 보며 한 시간 동안 빈둥거린다. 그러다 음식을 주머니에 숨겨 집으로 돌아온다. 음식은 보통 빵과 마가린 아니면 빵과 와인이다, 음식의 종류조차도 거짓말로 관리된다. 보통 식빵 대신에 호밀 빵을 사야 되는데, 호밀 빵은, 더 괜찮기도 하고, 덩이가 둥근 모양 덕에 주머니에 잘 숨길 수 있기 때문이다. 가끔은, 체면치레를 위해 60상팀을 술에도 써야 한다, 술값에 상응하는 만큼 음식은 줄어든다. 속옷은 더러워지고 비누와 면도날도 바닥이 난다. 머리를 잘라야 해서, 직접 자르지만 결과가 너무 처참해 결국 이발소를 가게 된다, 거기에 하루치 식사를 위한 돈을 쓴다. 하루 종일 거짓말을 하고 있게 된다, 비싼 거짓말들이다.

하루 6프랑의 극심한 불안함을 발견한다. 심술궂은 재앙이 일어나 음식을 강탈해 간다. 마지막 남은 80상팀을 반 리터의 우유에 썼다, 알코올램프에 올리고는 우유를 끓인다. 끓이는 와중에 벌레 한 마리가 팔에 붙는다, 손끝으로 튕겨낸다, 벌레는 퐁! 우유 속으로 곧바로 빠진다. 우유를 버리고 굶는 것 외에는 할 수 있는 게 없다.

1파운드의 빵을 사러 빵집에 간다. 여주인이 다른 손님에게 빵을 잘라주는 동안 당신은 뒤에서 기다린다. 그녀는 매우 어설퍼서, 1파운드보다 더 많이 자른다. "손님, 죄송합니다.' 그녀가 묻는다, '두 푼 정도 더 내시는데 문제가 없으시겠지요?' 빵은 1파운드에 1프랑이다. 정확히 1프랑뿐이다. 두 푼 정도 더 낼 수 있냐는 질문을 나도 받을지도 모른다 그리고 그럴 수 없다고 고백해야만 한다는 생각이 들면, 당황하며 달아난다. 감히 이런 위험을 감수하고 다시 빵 가게로 들어가기 전까진 몇 시간이 걸린다.

1 킬로에 1 파운드 하는 감자를 사러 야채가게에 간다. 하지만 동전 중에 하나가 벨기에 동전이다. 점원은 동전을 거절한다. 가게를 조용히 빠져 나와 다시는 절대 그곳은 못 가게 된다.

길을 잘 못 들어 잘 사는 동네에 들어서게 되고, 잘 사는 친구가 다가오는 게 보인다. 그를 피하려 가까운 카페로 들어간다. 카페에 들어선 이상 무언가를 사야 한다, 결국 죽은 파리가 들어간 블랙커피를 위해 마지막 50 상팀을 쓰게 된다. 한 번의 재앙들이 백 번 곱해지기도 한다. 이런 상황들이 쪼들려 가는 과정들이다

배고픔이 무엇인지 알게 된다. 마가린과 빵만으로 찬 배로 거리로 나가 가게들의 창안을 들여다본다. 어딜 가나 막대한 양으로 쌓인 남아도는 음식들이 조롱을 해온다. 죽은 돼지의 몸뚱이, 뜨거운 빵으로 찬 소쿠리, 샛노란 사각 버터 덩어리들, 주렁주렁 달린 소시지들, 감자로 이루어진 산, 맷

돌처럼 거대한 그루예레 치즈. 많은 음식을 보고 있자면 훌쩍거리고 징징대는 자기연민이 든다.

가난과는 떼어 놓을 수 없는 지루함을 발견한다. 할 게 없고 전혀 없고, 배를 곯는 시간은 모든 것에 흥미를 잃게 만든다. 반나절을 침대에 누워있으면, 보들레르의 시에 나오는 준 스퀘테 같은 기분이 든다. 오직 음식만이 일으켜 세워 줄 수 있다. 빵과 마가린만으로 일주일을 지냈던 남자는 더 이상 사람이 아니고, 단지 액세서리 같은 몇 개의 내장만 가진 배라는 걸 발견한다.

이게 – 다른 누군가는 더 자세히 묘사할 수 있겠으나, 전부 비슷할 것이다.–하루 6프랑의 삶이다.– 파리의 수많은 사람들이 이렇게 산다.–열심히 사는 예술가, 학생 그리고 행운이 다한 창녀들 , 직장을 잃은 모든 종류의 사람들 말이다. 이것이 빈곤의, 원래 그랬듯, 외각지역이다.

나는 약 3주 동안 이런 생활을 이어갔다. 47프랑은 금방 사라졌고 영어 과외로 일주일에 버는 36프랑으로 내가 할 수 있는 것을 해야 했다. 경험부족으로, 나는 돈 관리가 서툴렀고, 어떤 날은 먹을 것도 없었다. 이런 일이 발생하면 내 옷가지를 내다 팔고는 했는데, 조그만 가방에 숨겨 몰래 가지고 나와 성 제니베 몽타녜 거리에 있는 중고가게에 가져 갔다. 점원은 빨간 머리의 유태인이었다. 그렇게나 지독히 무례한 남자였고, 손님 면전에서 불같이 화를 내고는 했다. 그의 태도를 보면, 가게에 들어간 것만으로도 그를 상처 입혔나 하는 생각이 들 수도 있다. "젠장!" 그는 소리를 쳐댔다, "또 당신이야? 여기가 뭐라고 생각하는 거야? 무료 급식소야?" 그리고 엄청나게 낮은 가격을 치러줬다. 25실링을 주고 산 내 얼마 쓰지도 않은 모자에 5프랑을 쳐줬고 괜찮은 구두 한 켤레에는 5프랑, 셔츠는 각 1프랑을 줬다. 그는 언제나 물건을 사기 보단 교환하기를 선호했다. 쓸 데도 없는 물건을 뽐내며 손님의 손에 쥐어주고는 마치 허락 받은 것처럼 굴었다. 한 번은 어떤 할머니에게 괜찮은 코트를 받고선, 흰색 당구공 두 알을 그녀의 손에 쥐어주었다, 그리고는 할머니가 저항도 하기 전에 가게 밖으로 재빨리 몰아냈다. 이 유태인의 코를 납작할 수 있다면 대단히 즐거운 일이었을 것이다, 그렇게 할 수 있는 사람만 있었다면 말이다.

지난 3 주는 불편했고 즐겁지도 못했다, 더 나쁜 일이 찾아오고 있는 게 보였다, 긴 시간이 지나 방 값을 지불할 날이 온 것이다. 그래도 상황이 내가 예상한 것만큼은 나쁘지 않았다. 가난에 가까워질수록 다른 어떤 무엇들보다 더 대단한 뭔가를 발견한다. 지루함, 기가 막힌 문제들 그리고 배고픔의 시작을 알게 되지만, 다른 결점을 보충해줄 가난의 대단한 장점도 발견하게 된다. 미래를 완벽하게 파괴해 버린다는 사실이다. 어느 정도까지는, 실제로 돈이 적을수록 걱정도 덜 하게 된다. 세상 속에서 백 프랑을 가지고 있을 때는 정말 비겁해지기 쉽다. 하지만 단지 3프랑 만 가졌다면 이야기는 확연히 달라진다. 3프랑으로 내일은 먹을 수 있다, 거기까지만 생각한다. 따분하긴 하지만 두려워하지는 않는다. 애매모호하게 생각을 하게 되는데 '내일이나 모레 즘에는 굶주릴 수도 있겠는걸 – 큰일인데, 그렇지?' 그러고는 다른 주제들로 생각이 옮겨간다. 빵 한 덩이와 마가린 식단은 –어느 정도까지는– 어떤 의미로 진통제 역할을 한다.

그리고 또 다른 감정은 빈곤 속의 위안이다. 돈에 쪼들려 본 사람들이라면 누구나 경험했을 거라 믿는다. 안도감이 든다, 거의 기쁨에 가까운데, 자신이 진정으로 빈털터리가 됐음을 깨달으면 얻게 된다. 시궁창에 처 박힐 거라고 빈번하게 떠들어 왔다, 그리고 뭐, 여기 시궁창이 눈 앞에 있고, 시궁창에 처 박혔다, 그리고 견딜 만 하다. 모든 고민이 날아간다.

4

어느 날 내 영어 과외가 갑자기 중단됐다. 날씨는 더워지고 있었고 학생 중 한 명이, 수업을 하기엔 너무 귀찮다며 나를 해고했다. 12프랑이 밀려 있는 다른 한 명은 숙소에서 아무 통지 없이 사라져 버렸다. 나에겐 30상 팀만이 남겨져 있었고 담배도 없었다. 하루 반나절 동안 할 것도 필 것도 없었고, 배가 너무 고파 더 이상 견딜 수가 없었다. 남은 옷가지를 여행가 방에 쟁여 넣고 전당포로 가져갔다. 이는 윤택한 척한 나의 가식을 끝내 주었다. 마담 F에게 묻지 않고는 옷들을 호텔 밖으로 가져 나올 수가 없었 다. 옷들을 은밀히 빼돌리지 않고 솔직히 말했을 때 크게 놀라던 그녀가 기억이 난다. 야반도주는 이 구역에서 일상다반사기 때문이다.

프랑스인의 전당포를 찾은 건 처음이었다. 벽돌로 된 웅장한 정문을 통과 해서, (물론, '자유, 평등, 박애'라고 새겨져 있다. 프랑스 경찰서 위에도 똑같이 쓰여있다) 고등학교 교실처럼 크고 텅 빈 방으로 들어갔고 계산대 와 몇 줄의 긴 의자들이 있었다. 40에서 50명 정도가 기다리는 중이었다. 사람들은 담보물을 계산대 너머로 넘기고 앉는다. 점원이 물건을 감정한 후 호출을 한다, '번호 몇 번 몇 번, 50 프랑을 받으시겠습니까?' 어떤 물 건이든 어떤 날은 가격이 15 프랑, 아니면 10 프랑, 아니면 5프랑 밖에 하 지 않는다- 방의 모든 사람들은 이미 알고 있었다. 내가 들어 갔을 때 점 원은 모욕적인 태도로 번호를 호명했다, 83번- 여기!' 휘파람 소리와 함께 손짓했다, 마치 개를 부르는 것 같았다. 83번은 계산대로 다가갔다, 수염 을 기른 노인이었다, 목까지 단추를 채운 외투와 단이 닳은 바지를 입고 있었다. 점원은 일언반구 없이 꾸러미를 계산대 너머로 던져버렸다 - 보기에도 아무 가치가 없던 물건들이었다. 바닥에 떨어진 꾸러미가 풀렸다, 남성용 모직 바지 네 개가 드러났다. 누구도 웃음을 참지 못 했다. 가엾은 83번은 바지를 주워 모으고, 혼잣말로 중얼거리며, 비틀거리며 나갔다.

내가 담보 잡히려던 옷들은, 여행 가방 포함해서, 20 파운드 정도 했었고, 상태도 괜찮았다. 분명 10 파운드의 가치는 된다고 생각했다. (전당포에서는 대부분 사분의 일 가격을 예상한다) 프랑스 돈으로 치면 사분의 일은 250 또는 300 프랑 정도였다. 큰 걱정 없이 기다리고 있었다. 최악의 경우라도 200 프랑을 예상했다.

마침내 점원이 내 번호를 불렀다: '97번!'

'네'.라고 말하며 일어섰다.

'70 프랑?'

10파운드 가치의 옷에 70 프랑이라니! 하지만 따져봐야 소용없었다. 왜냐면 반박하던 사람을 본 적이 있다, 점원은 그 사람에게 저당금을 단번에 거절해 버렸다. 돈과 저당보증서를 들고 나왔다. 이제 외투 안에-팔꿈치가 심하게 헤져 있었다- 입고 있는 옷 말고는, 담보 잡힐 만한 건 여분의 셔츠 한 장뿐이었다. 후에, 이미 늦었었지만, 전당포에는 오후에 가는 게 현명하다는 걸 배웠다. 점원들은 프랑스 사람들이다, 대부분의 프랑스 사람들이 그렇듯, 점심을 먹기 전까지는 기분이 언짢아 있다.

내가 집에 돌아왔을 때, 마담 F는 식당의 바닥을 쓸고 있었다. 그녀는 나를 보기 위해 계단 위로 올라왔다. 내 방세를 걱정하는 게 그녀의 눈을 통해 보였다.

'저, '그녀가 말했다, '옷으로 얼마나 받았어요?' 얼마 안 되겠지? 응?'

'200프랑입니다, ' 바로 말했다.

'괜찮네!' 놀란 그녀가 말했다; '그거 나쁘지 않네. 분명 비싼 영국 옷들이었나 봐!'

그 거짓말은 많은 문제를 피할 수 있게도 해줬고, 매우 희한하게도. 사실

36

이 되어버렸다. 며칠 뒤 뉴스 기사 덕분에 정확히 200 프랑을 받게 되었다. 쓰리긴 했지만, 한 푼도 남기지 않고 방세를 냈다. 다음 주에 굶게 될 처지였지만, 지붕이 없는 신세는 면할 수 있었다.

이제는 진짜로 일을 찾아야 될 때가 되었다. 친구 중 한 명이 떠 올랐다. 보리스라는 이름을 가진 웨이터였는데, 나를 도울 수도 있었다. 한 병원의 병동에서 그를 처음 만났는데 보리스는 그곳에서 왼쪽 다리의 관절염을 치료받고 있었다. 그는 내가 곤란한 상황에 있을 때 찾아오라고 했었다.

보리스가 가진 이상한 기질과 나의 오랜 기간의 가까운 친구임을 꼭 짚고 넘어가고 싶다. 그는 35세 정도의 덩치 큰 군인다운 남자였다. 그리고 잘 생긴 외모였다. 하지만 병에 걸린 후로 침대에만 누워 있으며 엄청나게 살이 쪄버렸다. 다른 러시아 망명자들처럼 그는 흥미로운 인생을 살았다. 그의 부모는, 혁명 중 살해당했다, 부자였었다. 그리고 그는 제 2 시베리아 소총 연대에 복무하며 전쟁을 치렀다. 그의 말로는, 러시아 군대에서 최고의 연대라 했다. 전쟁 이후 처음으로 빗자루 공장에서 일을 했고, 하예스에서는 짐꾼에서, 접시닦이가 되었으며, 결국 웨이터로 승진하게 된다. 그가 병으로 누웠을 때는 스크라이브 호텔에 있었는데, 하루에 팁으로만 100프랑을 받았었다. 그의 야망은 호텔의 책임자가 되어, 몇 천 프랑을 모으고, 라이트 뱅크 거리에 작지만 고급스런 식당을 여는 거였다.

보리스는 전쟁이 자신의 인생에서 가장 행복했던 시간이라고 언제나 말했었다. 군생활과 전쟁은 그의 열정이었다. 그는 셀 수 없을 만큼 전략과 전쟁사에 관한 책을 읽었다. 그는 나폴레옹, 쿠투조프, 클라우세비츠, 몰케 그리고 포흐에 관한 이론을 모두 설명해 줄 수도 있었다. 군인과 관련된 모든 건 그를 즐겁게 해주었다.. 그가 좋아하는 카페는 몽파나르세에 있는 글로세리 데 릴라스 였는데, 단순히 네이 원수의 동상이 밖에 있었기 때문이다. 후에, 보리스와 나는 커머스 거리에 종종 함께 가고는 했다. 지하철을 타고 갈 때는, 커머스 역 대신에 캄브론역에서 내렸다. 커머스역이 더 가깝긴 했지만 말이다. 그는 캄브론 장군과 관련된 것들을 좋아했다. 장군은 워털루에서 항복을 요구 받자 '개똥 같은 소리!'라고 딱 잘라 답했다고 한다.

혁명이 그에게 남겨준 건 불과 훈장들과 연대 사진들뿐이었다. 다른 모든 물건들이 전당포로 떠날 때도 이것들만은 지니고 있었다. 거의 매일 그는 사진들을 침대 위에 흩뿌려 놓고는 그것들에 관한 이야기를 풀어 놓았다.

'보게, 친구. 맨 앞줄에 있는 내가 보이지, 괜찮은 남자야, 그렇지? 생쥐 같은 프랑스 놈들이랑은 다르지. 20 살에 대위라- 나쁘지 않아, 그렇지? 그래, 제 2 시베리안 보병 연대의 대위란 말이지. 내 아버지는 대령이셨고.

'아, 그렇지만 말이야, 친구, 인생의 장난이란! 러시아 군대의 대위였는데 후! 혁명 다음에 땡전 한 푼 없다니. 1916년에는 호텔 에두아루드 셉에 머물렀지; 1920년에는 거기서 야간 경비원 자리를 찾는 중이었어. 경비원, 창고지기, 바닥 청소부, 접시딱이, 짐꾼, 화장실 청소부로 지냈지. 웨이터에게 봉사료를 주다, 웨이터에게 봉사료를 받게 되다니.

'아, 하지만 나는 신사로 산다는 게 뭔지 알고 있지, 친구, 자랑은 아니지만 말일세, 하루는 내 인생에 몇 명의 애인이 있었나 계산해 봤지, 200명 이상과 사랑을 나눴더군. 그래, 최소 200명 이야… 아, 그래, 언젠간 돌아올 거야, '승리는 끝까지 싸운 사람의 것이야. 용기를 내야 해!

보리스는 성격이 기묘하고 변덕스러웠다. 그는 언제나 군대로 돌아가길 바랐었다, 하지만 역시 웨이터의 모양새를 갖출 만큼 충분히 오랫동안 웨이터로 지내왔다. 그는 단 한 번도 몇 천 프랑 이상을 모아 본 적이 없음에도, 그가 결국엔 식당을 시작하고 부자가 될 거라 확신했다. 모든 웨이터들은, 후에 알았지만, 똑같은 희망을 품고 있다; 이런 결심이 그들이 웨이터로 지내는 상황을 받아 견디게 해줬다. 보리스는 호텔의 삶에 대해 흥미지게 이야기하고는 했었다.

'기다림은 하나의 도박이야.' 이렇게 말하고는 했다. '가난하게 죽을 수도, 큰 부를 일 년 안에 거머쥘 수도 있지. 월급을 받지는 않아, 봉사료를 믿어야 돼– 계산서의 10 퍼센트나 샴페인 코르크 마개마다 붙는 수수료 말일세. 가끔은 봉사료가 엄청나게 대단하지. 맥심의 바텐더 같은 경우, 하루에 500 프랑을 벌었어, 한 창 때는 말이야... 나는 하루에 200 프랑을 벌어봤지. 비아리츠 호텔이었어, 한 창 때였어. 전체 직원, 관리인부터 말단 직원까지 하루에 21시간을 일했지, 21 시간을 일하고 두 시간 반만 침대에 누웠어, 그렇게 한 달 동안 계속 일했어. 그래도 할 만한 가치가 있었지 하루에 200 프랑을 벌었으니 말이야.

'행운의 한방이 언제 찾아 올지는 절대 모를 일이야. 한 번은 로열 호텔에 있었을 땐데 한 미국 손님이 나를 부르더군 저녁식사 전에 말이야 그리고는 24 잔의 브랜디 칵테일을 시켰어. '자, 이봐.' 손님이 말했지, (그는 취해있었네), 내가 열두 잔을 마시고 자네가 열두 잔을 마시게, 그러고도 걸어서 밖으로 나가면 100 프랑을 받게 될 걸세.' 난 문으로 걸어갔고, 그는 나에게 100 프랑을 주었어. 6일 밤 동안 그는 똑같은 짓을 했어; 열두 잔의 칵테일, 그리고 100 프랑. 그러다 몇 달 뒤 그가 미국 정부에 인도되었다고 들었지.–횡령이었다나. 미국 사람들은 말이야 뭔가 팬찮은 구석이 있어, 그렇지 않나?

난 보리스가 좋았다, 체스를 두기도 하고 전쟁과 호텔에 관해 대화도하며 우리는 재미있는 시간을 함께 했다. 보리스는 나에게 웨이터가 되라고 자주 권하고는 했었다. '그 삶이 자네한테 맞을 거야.' 라고 말하고는 했다; 자네가 일만 시작하면 하루에 백 프랑은 벌고 괜찮은 연인도 사귀겠지 나쁘지 않은 거야. 글쓰기에 관심이 있다고 했나. 글 따위는 허튼소리야. 글을 써서 돈 버는 법은 딱 하나지, 출판사 사장 딸과의 결혼이야. 하지만 자넨 좋은 웨이터가 될 수 있어 그 콧수염만 밀어버리면 말이야. 키도 크고 영어도 하지 않나─그런 게 웨이터들이 필요한 최고의 미덕들이야. 내가 이 빌어먹을 다리를 구부릴 수 있을 때까지만 기다리게, 친구, 언제라도 직장을 잃으면, 날 찾아오게.'

이제는 방세가 부족했다, 게다가 배도 고파지고 있었다. 보리스의 약속이 기억났고, 바로 그를 찾아가기로 했다. 그가 약속한 것처럼 쉽게 웨이터가 될 거라 희망하진 않았다, 하지만 주방에서 접시 정도는 닦을 수 있었다, 그가 주방에 한자리 얻어줄 거라 굳게 믿었다. 여름 동안에는 묻기만 해도 접시닦이 자리는 얻을 수 있다고 그가 말했었다. 의지 할 정도로 영향력을 갖춘 친구가 있다는 게 기억나니 크게 안도감이 들었다.

5

얼마 전, 보리스는 나에게 블랑몽튜마쉐 거리에 있는 주소를 하나 주었다. '상황이 아주 나쁘게만 돌아가고 있는 건 아닐세' 그가 편지에 적은 말은 이게 다였다, 난 그가 호텔 스크라이브로 돌아가 하루에 백 프랑을 만지고 있을 거라 예상했다. 난 희망으로 가득 차 있었다, 그리고 정말 바보같이 그전에 보리스를 찾아가지 않았는지 의아해했다. 쾌활한 주방장들이 노래를 부르며 계란을 깨어 팬에 넣고 있는 편안한 식당에 앉아 있는 내가 그려졌다, 그리고 딱 정해진 하루 다섯 끼도. 심지어는 하루에 2.5프랑을 갈루와 블루 담배에 사치를 부리는 내 모습과 월급을 예상하고 있었다.

아침에 나는 블랑몽튜마쉐 거리로 찾아갔다. 충격적이게도, 내가 사는 거리처럼 형편없이 허물어져 가는 거리를 발견했다. 보리스의 호텔은 그 거리에서 가장 더러운 호텔이었다. 출입구부터 극도로 역한, 오물과 화학조미료 국물이 조합된 시큼한 냄새가 풍겼다. 한 봉지에 25상팀 하는 불리언 짚 수프였다. 불안감이 불현듯 몰려왔다. 불리언 짚을 마시는 사람들은 굶주려 있거나 그에 가까운 사람들이다. 보리스가 하루에 백 프랑을 벌 수 있을까? 무례한 주인은 사무실에 앉은 채로 나에게 말했다. **그래**, 그 러시아인은 방에 있어. - 다락에 있지. 좁고, 물결치는 계단을 천천히 올라갔다, 한 층 올라갈 때마다 불리언 짚은 더욱 강해졌다. 문을 두드렸을 때 보리스는 대답이 없었다, 그냥 문을 열고 들어갔다.

다락방이었다, 십 피트 평방 정도, 천장에 달린 창만이 방을 비췄고, 가구라고는 작은 철제 침대, 의자 하나, 한 다리로 서있는 세면대가 전부였다. 침대 위 벽에는 벌레들이 S 자 모양으로 줄지어 기어가고 있었다. 보리스는 누워 자고 있었다. 벌거벗고 있었으며, 그의 거대한 배는 더러운 이불 밑에서 언덕을 만들고 있었다. 가슴은 벌레 물린 자국으로 얼룩져 있었다. 내가 들어가자 그가 일어났다, 눈을 비비며, 신음소리를 깊게 내 뱉었다.

'이런 제길!' 그가 소리쳤다, '이런 제길, 내 등! 제기랄, 등 짝이 부러진 것 같아!'

'무슨 일이에요?' 내가 소리쳤다.

'등을 다쳤어, 그게 다야. 밤새 바닥에 있었어. 아, 제기랄! 내 등이 얼마나 아픈지 자네는 모를 거야!'

'이런 보리스, 어디 아픈가요?'

'아픈 건 아니고, 단지 배가 고프지– 배가 고파 죽을 것 같을 뿐이야, 계속 이렇게 더 간다면 아사할 거야. 바닥에 자는 것도 모자라 지난 몇 주간 하

루에 2프랑으로 살아왔다네. 끔찍해. 좋지 않은 순간에 찾아왔군, 친구.'

보리스가 여전히 호텔 스크라이브에서 일을 하는지 묻는 건 별 소용이 없어 보였다. 난 서둘러 내려가 빵 한 덩이를 사 왔다. 보리스는 빵에 덤벼들어 절반을 게걸스레 먹어 치운 후 기분이 나아졌고 침대에 앉았다, 그리고 나서 그에게 무슨 일이 있었는지 말해주었다. 병원을 떠난 뒤로 구직에 실패했는데, 이유는 여전히 다리를 절고 있었기 때문이었다, 그렇게 그는 모든 돈을 다 쓴 뒤 모든 걸 저당 잡혀 버렸고, 결국 며칠을 굶주리게 됐다. 일주일을 폰 아우스터릴츠 밑 부두에서 빈 와인 병들 사이에서 일주일을 노숙도 했다. 그리고는 이 방에서, 한 명의 유대인 정비공과 함께, 지난 2주간 지내 오던 차였다. 알고 보니(설명이 조금 복잡하다.) 유대인이 보리스에게 300프랑을 빚지고 있었다, 하루에 2프랑을 주고, 바닥에서 재워 주는 대가로 빚을 되갚는 중이었다. 2프랑이면 커피 한잔과 롤 빵 세 개를 살 수 있었다. 유대인은 아침 7시에 일을 하러 갔고, 그가 떠난 뒤에야 보리스는 그의 잠자리를 떠나(천장에 붙은 창 밑이었는데, 비가 샜다) 침대로 들어갈 수 있었다. 벌레 때문에 잠도 제대로 잘 수는 없었지만, 그래도 바닥 대신 그의 등을 쉴 수 있게는 해줬다.

나보다 더 궁색한 보리스를 보는 건, 도움을 청하러 온 나로서는, 대단한 실망이었다. 오직 60프랑만이 남았고 당장 일을 찾아야 한다고 보리스에게 설명했다. 내가 이 말을 할 때쯤, 보리스는 남은 빵을 다 먹어 치운 뒤 기분이 좋아져 말이 많아졌다. 보리스는 대수롭지 않다는 듯 말했다.

'맙소사, 무얼 걱정하는 건가? 60 프랑이라고- 왜, 거금이잖아! 거기 신발
좀 주게, 친구. 벌레들이 가까이 오면 쳐 죽여야 겠네.'

'그래도, 일을 얻을 기회는 있지 않을까요?'

'기회? 당연하지, 사실, 이미 뭔가 있지. 새로운 러시아 식당이 하나 있는
데 며칠 안에 커머스 거리에 문을 열거야. 이미 모두 알고 있지 내가 그곳
의 책임자가 될 거라는 걸. 자네에게 아주 쉽게 주방 자리 하나 내줄 수 있
어. 월급 500 프랑과 음식, 봉사료도 벌 수도 있어, 자네가 운만 좋으면 말
이지.'

'하지만 그 동안에는요? 얼마 있음 방세를 내야 돼요.'

'아, 뭔가 찾을 수 있어, 내 몇 가지 최후의 수단이 있지. 몇 명이 나한테
빚을 지고 있다네, 말하자면, 파리에 가득 차 있어. 그 중 한 명은 조만간
나한테 돈을 갚아야 돼. 그리고 내 연인이었던 여자들도 생각해 보라고!

게다가, 유대인이 일하는 곳에서 자석 발전기를 훔쳐 올 거라고 내게 말해
줬지, 그것들을 팔기 전에 우리가 닦으면 하루에 5프랑을 줄 거야. 그게
우릴 먹여 살릴 걸세. 절대 걱정 말게, 친구. 돈 버는 것보다 쉬운 건 없
어.'

'그럼 지금 나가서 일을 찾아보죠.'

'친구. 곧, 우린 굶주리지 않을 거야. 걱정 말게. 단순히 운 싸움일 뿐이야.
-난 몇 번이고 더 열악한 구덩이에도 있어봤네. 단지 얼마나 지속되냐, 그
게 문제야. 포흐의 명언을 기억하게: '진격! 진격! 진격!"

보리스가 일어나기로 결정했을 때는 정오였다. 그가 당장 가진 옷가지라
곤, 정장 한 벌, 셔츠, 목걸이와 넥타이, 다 해진 신발과 구멍 난 양말이 전
부였다. 외투가 있었지만 부득이하게 저당을 잡았다. 여행가방이 하나 있
었는데, 20프랑짜리 형편없는 합판이었다. 그렇지만 매우 중요했다, 왜냐
면 호텔 주인이 그 안에 옷이 가득 차 있다고 믿었기 때문이다- 만약 그렇
지 않았다면, 보리스를 이미 문 밖으로 내쫓았을 것이다. 사실 그 안에는
훈장과 사진들, 다양한 잡동사니, 엄청난 양의 연애편지 묶음들만 들어 있
었다. 이런 상황에서도 보리스는 제대로 된 차림을 유지했다. 두 달이 다
된 면도기로 비누 없이 면도했고, 넥타이를 묶어 구멍을 보이지 않게 했다,

신발 밑창은 조심스레 신문지를 끼어 넣어두었다. 마지막으론, 그가 옷을 입고 난 뒤에는 발목을 잉크로 칠해 양말 구멍을 통해 살이 가렸다. 이 작업들이 끝나면, 그가 최근까지 센강 다리 밑에서 잤다고는 절대 생각할 수가 없었다.

우리는 리볼리 거리에서 떨어진 작은 카페에 갔다, 호텔 관리인들과 직원들에게 잘 알려진 장소였다. 뒤편에는 다양한 호텔 종사자들이 모이는 어둡고 동굴 비슷한 장소가 있었다- 젊고 유능한 웨이터들, 말끔하지 못 한 차림에 확연히 굶주린 사람들, 연분홍 혈색의 뚱뚱한 주방장들, 기름투성이의 접시딱이들, 지치고 늙은 접시닦이 여인네들이 앉아 있었다. 모든 사람 앞에는 손도 대지 않은 커피 잔들이 놓여있었다. 장소는, 사실상, 고용 사무소 같은 곳이었고 커피에 쓰인 돈은 주인에게 내는 수수료였다. 가끔 건장하고 중요해 보이는 외양의, 딱 봐도 경영자 같은 사람들이 들어와 바텐더에게 말을 건다, 그러면 바텐더가 카페 뒤에 앉아 있는 사람들 중 한 명에게 소리를 친다. 하지만 그는 절대 보리스와 나에게는 소리치지 않았다, 우리는 두 시간이나 남겨졌다, 이 곳 예의로는 한 잔에 두 시간만 머물러야 했다. 후에 알게 되었는데, 이미 너무 늦었지만, 꼼수는 바텐더에게 뇌물을 줘야 했다는 거다. 보통 20 프랑 정도를 감당할 수 있다면 바텐더가 일을 준다.

우리는 호텔 스크라이브로 갔고 그곳에서 인도에서 한 시간 정도 기다렸다, 관리자가 나올 거라 희망했지만 관리자는 나오지 않았다. 그리고 나서 커머스 거리로 우리 자신을 끌고 내려갔다. 그 새로운 러시아 식당을 찾기 위해서였다, 식당은 단장 중이었고 닫힌 채 식당엔 주인도 없었다. 이제는 밤이 되었다. 우리는 인도로 14 킬로미터를 걸었다, 엄청나게 피곤했으므로 집으로 돌아가는 길에 1.5프랑을 지하철에 낭비했다. 한 쪽다리가 불편한 보리스에게 걷기는 고통 그 이상이었다, 그리고 그 날 하루가 지나갈수록 그의 긍정은 점점 얇아져 갔다. 이탈리아 광장에 내렸을 때 그는 절망감에 사로잡혀 있었다. 일을 찾는 건 소용없는 일이라고 말하기 시작했다-범죄를 저지르는 것 외에는 답이 없다 했다.

'굶느니 강도질이 낫지, 친구, 가끔 계획을 세워봤었네. 뚱뚱하고, 부자 미국인 말일세-몽파나세 쪽 어두운 모퉁이 쪽 말이야-자갈을 스타킹에 넣어서 말이야- 빡! 그러고는 주머니를 뒤지는 거지. 그럴듯하다고. 그리 생각지 않나? 난 눈도 깜짝 않을 걸세- 난 군인이었다고, 알지 않나.'

끝에 가서는 계획을 실행하지 않기로 결정했다, 우리 둘 모두 외국인이었고 쉽게 알아볼 수 있기 때문이었다.

우리가 내 방에 도착했을 때 빵과 초콜릿에 또 다른 1.5프랑을 썼다. 보리스는 그의 몫을 게걸스럽게 먹어 치웠다. 그러자마자 마법같이 힘을 냈다.

마치 음식은 그의 신경체계에 술만큼 빠르게 영향을 주는 것 같았다. 보리스는 펜을 하나 꺼내 들고 우리에게 일을 줄 수 있는 사람들의 명단을 적기 시작했다. 많은 사람들이 있었다, 그가 말했다.

'내일은 뭔가를 찾게 될 걸세, 친구. 그런 예감이 들어. 행운은 언제나 변덕스럽지. 그래도, 우리는 똑똑하잖아.-똑똑한 사람들은 굶지 않는다네.'

똑똑한 사람은 뭐든 할 수 있지! 똑똑한 남자라면 어떤 것에서건 돈을 만들어내지. 내 친구가 한 명 있었네, 폴란드 사람인데, 정말 천재야; 그가 뭘 했었는지 아나? 금반지를 하나 사서 50 프랑에 저당 잡혔지. 그러고는 -전당포 직원들이 얼마나 전당표 영수증을 대충 적는지 알지 않는가-점원이 '금덩이(En Or)'라고 적은 부분에 '다이아몬드(Et Diamants)'를 더하는 걸세 그리고는 '15 프랑'을 '1500 프랑'으로 바꿔버린 거지. 현명해, 그렇지? 그러고는, 보게, 전당표 영수증 만으로 몇 천 프랑을 벌 수도 있었다고. 이게 내가 말하는 지능을 쓰는 법이네...'

저녁 내내 보리스는 희망에 차서, 프랑스 남부의 니스나 비아리츠 같은 곳에서, 애인을 사귈 수 있을 만큼 깔끔한 방과 충분한 돈을 가지고, 둘이 함께 웨이터가 될 이야기를 했다. 3 킬로미터를 걸어 집으로 돌아가기엔 그는 너무 피곤해했다, 그 날밤 보리스는 외투로 신발을 감아 베개 삼고는 내 방 바닥에서 잤다.

6

다음 날도 우리는 또 구직에 실패했는데, 운이 바뀌기 3주 전이었다. 내 200 프랑이 방세 문제만큼은 해결해 주었지만, 다른 모든 것들은 나빠질 수 없을 만큼 나빠지고 있었다. 보리스와 나는 매일같이, 지치고 피곤한 몸으로 아무것도 얻지도 못 하고, 한 시간에 2 마일씩 사람들을 헤치며 파리를 헤매고 다녔다. 하루는, 기억하기론, 센강을 열한 번이나 왕복하기도 했다. 몇 시간이고 출입구 앞에서 어슬렁거렸고 관리자가 밖으로 나오기라도 하면, 모자를 손에 감싸 쥐고는 그에게 가까이 다가 싹싹하게 굴었다. 우리는 언제나 똑같은 대답을 들어야 했다. 다리를 저는 사람과 경험이 없는 사람은 원하지 않았다. 한 번은 거의 일을 구할 뻔도 했다. 관리자와 말을 하는 동안 보리스는 똑바로 서있었고, 지팡이로 몸을 지탱하지 않았다, 관리자는 보리스가 절룩거림을 알아채지 못했다. '좋아, ' 관리자가 말했다, '지하 창고에 두 명이 필요해. 자네 둘이 할 수 있을 것 같군. 안으로 들어오게.' 그리고 보리스가 움직이자, 속임수가 발각됐다. '아, ' 관리자가 말했다, '자네 다리를 저는구면, 유감일세-'

우리는 중개소에 이름을 올려놓고 구인광고를 쫓아다녔다. 사방으로 걷는 일은 우리는 더딜 수 밖에 없었다, 그래서 모든 일을 꼭 30분 차이로 놓치고 마는 것 같았다. 한 번은 화물차 청소 일을 거의 잡을 수 있을 뻔했다, 하지만 마지막에 가서 프랑스 사람을 선호한 그들은 우리를 거절했다. 다른 한 번은 일손을 필요로 하는 서커스 광고를 보고 찾아가기도 했다. 의자들을 옮기고 쓰레기를 치우고, 공연에서는 두 통에 올라 사자가 다리 사이로 지나도록 하는 일이었다. 우리가 도착했을 땐, 명시된 시간보다 한 시간 전이었음에도, 이미 50 명 정도의 사람들이 줄 서 있음을 볼 수 있었다. 확실히, 사자들에겐 사람들을 모이게 만드는 어떤 매력이 있다.

몇 달 전 등록해 두었던 중개소에서 한 이탈리아 신사가 영어 과외를 구한다는 전보를 보내왔다. 전보는 '즉시 채용'과 시간당 20 프랑을 약속하고 있었다. 보리스와 나는 절망에 빠졌다. 정말 괜찮은 기회였음에도 잡을 수가 없었다, 팔꿈치가 다 헤진 코트를 입고 중개소에 갈 수는 없었다. 그러다가 보리스의 외투를 내가 입으면 된다는 생각이 떠올랐다-내 바지와는 어울리지 않았지만, 바지가 회색이었기에 조금 떨어져서 보면 플라넬 바지로 보일 듯도 했다. 외투가 너무 커 단추를 잠글 수가 없어 손을 언제나 주머니에 넣어둬야 했다. 급히 나가, 70상팀을 중개소로 가는 버스비에 헛돈을 쓰게 됐다. 내가 도착하고 나서야 이탈리아인이 마음을 바꾸고 파리를 떠났다는 걸 알았다.

보리스는 내게 호텔 하예스에 가서 짐꾼 자리를 알아보라 제안했다. 나는 아침 네 시 반 즘에 그곳에 도착했는데 일들이 활발하게 돌아가고 있었다. 중절모를 쓴 작고 뚱뚱한 남자를 보고는 그에게 다가가 일을 부탁했다. 대답도 전에 내 오른손을 잡고 손바닥을 어루만졌다.

'자네 힘 좀 쓰나. 응?'그가 말했다,

'아주 잘 씁니다.' 진실되지 않게 말했다.

'좋아, 저 상자를 들 수 있는지 보자고.'

감자로 가득 찬 거대한 광주리였다. 나는 광주리를 잡자마자 깨달았다, 드는 걸 떠나서, 나는 상자를 움직일 수 조차 없었다. 중절모를 쓴 남자는 그런 나를 보고 어깨를 한 번 으쓱하더니 등을 돌렸다. 난 도망치듯 자리를 떠났다. 어느 정도 떠나 왔을 때 뒤를 돌아보았다, 네 명의 남자가 광주리를 수레에 싣고 있었다. 거진, 300 킬로그램은 했을 것이다. 그 남자는 나를 쓸모 없게 보고는, 이런 식으로 나를 돌려보낸 것이다.

가끔 보리스가 희망에 차 있을 때는, 50상팀짜리 우표를 사서 예전 애인들에게 편지를 돌렸다, 돈을 부탁하는 내용이었다. 그 중 단 한 명만이 답장을 해왔다. 그 여자는, 그의 애인이었던 것도 있었지만, 그에게 200 프랑을 빚지고 있었다.

보리스는 도착해 있던 편지를 보고 필체를 알아보자마자 희망에 차 날뛰었다. 우리는 편지를 움켜쥐고 편지를 읽기 위해 방으로 뛰어 올라갔다, 마치 사탕을 훔친 아이들 같았다. 보리스는 편지를 읽고 나서, 조용히 나에게 넘겼다. 이렇게 쓰여 있었다.

나의 사랑스러운 작은 늑대에게,

예전 완벽했던 사랑의 날들과 당신의 입술을 내 입술로 받아내던 그 사랑스러웠던 키스들을 추억하게 해주는 반가운 편지를 얼마나 기쁜 마음으로 열었는지요. 그 기억들은 영원히 내 심장 속에 남아있답니다, 마치 죽은 꽃들의 향기처럼 말이에요.

요청하신 200 프랑은 말이에요, 드릴 수가 없어요. 모르실 거예요, 소중한 그대, 당신의 곤란한 사정을 들었을 때 얼마나 제가 슬퍼했는지. 하지만 어쩔 수 있겠어요? 너무도 슬픈 일이지만 삶은 우리 모두에게 문제를 안겨준답니다. 저 또한 제가 가진 문제가 있었지요. 제 여동생이 아팠었어요.(아! 가여운 것, 얼마나 많은 고생을 했는지!) 제가 상상도 할 수 없을 만큼을 의사에게 치료비로 내야만 한답니다. 한 푼도 남지 않았어요. 우리도, 너무나도, 힘든 시기를 보내고 있답니다.

용기를 내세요, 나의 작은 늑대, 언제나 용기를 내셔야 해요! 잊지 마세요 힘든 날들은 절대 영원하지 않아요, 끔찍해 보이는 일들도 결국엔 사라질 거예요.

믿어주세요, 나의 소중한 그대, 언제나 당신을 기억하고 있을 거예요. 당신에 대한 사랑을 절대 멈추지 않을 저의 포옹을 받아주세요.

이본느

편지는 보리스를 크게 실망시켰고 그는 곧장 침대에 누워버렸다, 그리고 그 날은 일 찾기를 다시 하고 싶어하지 않았다. 내 60프랑으로 2주를 버틸 수 있었다. 나는 식당에 가는 척하기를 그만두었고 우리는 내 방에서 식사를 했다, 한 명은 침대에 다른 한 명은 의자에 앉았다. 보리스는 2프랑 정도 보탰고, 나는 3,4프랑 정도를 보탰다, 우리는 빵, 감자, 우유, 그리고 치즈를 사서는 알코올램프로 국을 끓였다. 우리에겐 냄비 하나, 커피 그릇 하나, 숟가락 하나가 있었다. 매일 누가 냄비에 먹을 것인지, 커피 그릇에 먹을 것인지에 대한 품격 넘치는 논쟁이 벌어졌다.(냄비가 더 많이 담을 수 있었다), 그리고 매일 같이, 속으로 화를 삼켰지만, 보리스는 언제나 이 품격 넘치는 논쟁에서 이기기를 먼저 포기하고는 냄비를 가져갔다. 가끔은 빵이 더 있을 때도 있었고 그렇지 않을 때도 있었다. 우리의 옷은 지독히 더러워져있었다, 나는 목욕을 한 지 3주가 지났었다. 보리스는, 그가 말하길, 목욕을 못 한지 한 달이 되었다고 했다. 모든 걸 견딜 수 있게 해준 건 담배였다. 담배만큼은 정말 많았다. 얼마 전 보리스가 군인 한 명을 만났는데, (군인들은 담배가 공짜로 주어진다) 20,30 갑 정도를 갑 당 50상팀에 사두었다.

이 생활은 나보다 보리스에게 더 최악이었다. 바닥에서 자고 걷는 일은 그의 등과 다리를 쉴새 없이 고통스럽게 했다 그리고 엄청난 러시아인의 식욕은 그를 굶주림의 고통에 시달리게 했다, 그럼에도 절대 그가 야위어 가는 것처럼 보이지는 않았다. 대체로 그는 놀랍도록 밝은 사람인데다 희망을 갖는 거대한 능력이 있었다. 보리스는 자기를 지켜주는 수호성인이 있다고 진지하게 말하고는 했다, 상황이 정말 좋지 않을 때는, 종종 수호성인이 2프랑을 그곳에 떨어뜨려 놓았을 거라고 말하며 배수로를 살펴보고는 했다. 하루는 그 러시아 식당과 가까운 로열 거리에서 둘이 기다리고 있었다, 우리는 한 식당에 가서 일자리를 부탁하려 하려던 참이었다. 그런데 갑자기, 보리스가 메들린 성당에 들어가기로 마음을 먹고는 수호성인에게 바치는 50상팀짜리 초를 태웠다. 그렇게 성당을 나와서는, 안전하게 편을 들어야 한다며 불멸의 신들에게 바치는 희생양으로 50상팀짜리 우표에 장엄하게 성냥불을 붙였다. 아마도 불멸의 신들과 성자들은 함께 할 수 없었던 모양이다. 일자리를 얻지 못했다.

가끔씩 어떤 아침에는 보리스는 지독한 절망감에 무너져 내렸다. 그는 침대에 누워 거의 흐느껴 울며 같이 사는 유대인을 저주했다. 최근, 이 유대인은 매일 보리스에게 줘야 하는 2 프랑에 예민해져 있었다. 게다가 더 최악은, 견디기 힘든 후원자처럼 생색을 낸다는 것이었다. 보리스는 내가 영국인이기에, 러시아인이 유대인에게 속수무책으로 당하는 게 얼마나 큰 고문인지 상상도 못 할 거라 했다. 유대인이라고, 친구, 뼛속까지 유대인! 이 놈은 부끄러움도 느낄 체면 조차 없다고. 생각해 보게 이 내가, 러시아 군대의 대위였던 내가- 내 말했지, 제 2 시베리아 소총 연대의 대위라고? 그래, 대위 말일세, 내 아버지는 대령이셨지. 내 꼴을 보게, 유대인의 빵덩이를 먹고 있다니. 유대인의...

'내 유대인이 어떤지 말해주지. 한 번은, 전쟁 초기 몇 달간 이었는데, 우리는 행군을 하고 있었다네, 하룻밤을 보내기 위해 어느 마을에서 멈추어 섰지. 배신자 유다처럼 붉은 수염을 한 불쾌한 유대인 한 명이, 내 임시 막사로 살금살금 기어 들어오더군. 무슨 일이냐고 내가 물었지. '대위님', 그가 말하길, '제가 대위님을 위해 여자 한 명을 데리고 왔습니다, 아주 예쁘장한 17살짜리 여자아이입니다. 50 프랑 밖에 하지 않습니다.' '고맙네,' 내 말했지, '데려 가게, 병 따위는 걸리고 싶지 않아.' '병이라뇨!' 유대인이 외치더군, '이런, 대위님, 그런 걱정 안 하셔도 됩니다. 제 딸이니 말입니다!' 이런 게 바로 유대인이 가진 국민성이라네.

'내 말 한 적이 있던가, 친구, 옛날 러시아 군대에선 유대인에게 침을 뱉는 걸 무례라고 여겼다는 걸? 그랬지, 우리는 러시아 장교들의 침이 그렇게 낭비되기엔 정말 소중하다고 여겼다네.' 이런 식으로 말했었다.

그 당시의 보리스는 밖에 나가 일을 찾기에는 자신이 너무 아프다고 빈번히 선포하고는 했다. 그는 저녁때까지 벌레로 뒤덮인 회색 이불 속에 누워 담배를 피우며 때 지난 신문을 읽고는 했다. 가끔은 둘이 체스를 두었다. 우리는 체스판이 없었기에 말들의 움직임을 종이에 적었다. 그러다 후에 포장지 상자의 한 쪽 면으로 체스판을 만들었고, 말들은 단추나, 벨기에 동전 같은 걸로 했다. 보리스는, 많은 러시아인들이 그렇듯, 체스에 대한 열정이 넘쳤다. 그의 말로는 체스의 규칙은 사랑이나 전쟁의 규칙과 똑같다 했고, 만약 이 둘 중 하나에서 이길 수 있다면 다른 것들에서도 이길 수 있다 했다. 또 그는 체스판만 있다면 배를 곯아도 개의치 않는다고도 했는데, 내 경우에는 절대 해당되지 않았다.

7

가진 돈이 흘러 나가고 있었다- 8프랑으로, 4프랑으로, 1프랑으로, 25상 팀으로. 25상팀은 쓸 데가 없다. 살 수 있는 건 신문 한 부 정도다. 우리는 며칠을 마른 빵만으로 연명했고, 나는 먹을 것 하나 없이 이틀 반을 굶었 다. 끔찍한 경험이었다. 단식 요법을 3주나 그 이상을 하는 사람들은, 4일 이 지나면 기분이 꽤나 좋아진다고는 하는데, 나는 잘 모르겠다. 한 번도 삼 일을 넘겨 본 적이 없다. 아마도 자발적으로 하는 사람들과 애초에 굶 고 시작하는 사람들은 다른 듯하다.

첫 째날, 일자리를 찾기에는 기력이 너무 없었다. 나는 낚싯대를 빌려 센 강에 낚시를 하러 갔고, 청파리를 미끼로 사용했다. 끼니를 때울 수 있을 만큼 잡기를 희망했지만, 당연히 나는 아무 것도 잡지 못 했다. 센강에는 황어들이 가득 차 있었다. 황어들은 위그노 전쟁 동안 똑똑 해졌는데 그 뒤로 낚시에 걸린 적이 없다. 그물은 제외다. 이튿날에는 내 외투를 저당 잡힐까 생각해 보았다. 하지만 전당포까지 걸어가기에는 너무 먼 것 같았 다. 그래서 셜록 홈스 전집을 읽으며 침대에서 하루를 보냈다. 다른 무엇 보다도 유행성 감기에 걸린 사람과 똑같이 느껴졌다. 배고픔은 사람을 극 도로 약해지게 했고 뇌가 없는 상태로 만들어 버렸다. 꼭 사람이 해파리가 된 것 같았다. 아니면 모든 피가 빠지고 미적지근한 물로 대체된 것 같기 도 했다. 완벽한 무력감이 배고픔 하면 가장 먼저 떠 오르는 기억이다. 또, 침을 자주 뱉게 되는데, 침이 몹시 하얗고 양털 같았다. 거품같이 말이다. 나는 이유를 모르겠지만, 배고픔을 겪어 본 모든 사람들은 이를 알고 있었 다.

삼 일째 나는 몸이 많이 좋아졌다. 당장에 뭐라도 해야겠다고 절감했다. 나는 보리스에게 가 그가 가진 2프랑을 하루나 이틀 정도라도 나에게 나눠주기를 부탁하려 했다. 내가 도착했을 때 보리스는 크게 화가 난 상태로 침대에 누워 있었다. 내가 들어가자마자 그가 소리치기 시작했다, 거의 숨이 넘어갈 지경이었다.

'도로 가져갔어, 더러운 도둑놈! 그 놈이 도로 가져갔다고!'

'누가 뭘 도로 가져갔다는 거예요?' 내가 말했다.

'유대인 자식 말이야! 내 2프랑!, 개 같은 놈, 도둑놈! 내가 자는 동안 털어 갔어!'

전날 밤 유대인이 하루의 2프랑 주기를 단호하게 거절을 한 것이다. 그들은 싸우고 또 싸웠고, 결국 유대인은 돈을 주기로 합의했다고 한다. 유대인이 주기는 줬다, 보리스의 말로는, 아주 모욕적인 태도였다고 한다, 본인이 얼마나 친절한지에 대해 짧은 연설을 하고, 비참 하디 비참한 감사를 보리스로부터 갈취해 가면서 말이다. 그래 놓고는 보리스가 일어나기 전에 돈을 훔쳐 갔다.

절망적이었다, 나는 끔찍할 정도로 실망했는데 왜냐면 내 배가 음식을 기대하게 놔뒀기 때문이었다, 이는 굶주린 사람이 하기에는 엄청난 실수다. 하지만, 나를 더 진짜로 놀라게 된 건, 보리스가 절망과는 멀리 떨어져 있었다. 그는 침대에 걸터앉아, 파이프에 불을 붙이고는 상황을 정리했다.

'자 보게, 친구, 지금 궁지에 몰린 거야. 지금 우리 둘한테는 25상팀 밖에 없어, 그리고 유대인 놈이 나한테 다시는 절대 2프랑을 줄 거라고 보지 않아. 어찌 됐든 그 놈의 태도는 못 참을 정도가 되고 있어. 어느 밤에는 얼굴에 철판을 깔았는지 여자를 이 방으로 데리고 오더군, 내가 바닥에 누워있었는데도 말이야. 금수 같은 놈! 더 최악을 말해주지. 유대인 놈은 여기를 떠나려 한다는 거야. 그 놈은 일주일 치 방세가 밀려있어, 그 놈은 방세도 안 내고 나를 따돌리려는 수작이야. 만약 유대인 놈이 야반도주하면 난 집도 절도 없는 신세로 남겨지겠지, 그러면 주인이 내 여행가방을 집세 대신에 가져가겠지, 저주받을 놈! 우린 강경히 대처해야만 하네.'

'그래요. 하지만 우린 뭘 해야 되죠? 우리가 할 수 있는 건 우리 외투나 전당포에 맡기고 음식이나 조금 얻는 건데요.'

'그렇게 해야지, 당연하지, 하지만 먼저 내 물건들을 이 집에서 빼내야겠네. 내 사진들이 빼앗긴다는 생각을 해 보게! 좋아, 내 계획은 준비돼있네, 유대인이 먼저 내빼지 못하게 하고 내가 야반도주를 하는 거지. 후퇴를 해야 돼! 이해하겠지. 이거야 말로 적절한 대처야. 그렇지?'

'하지만, 보리스씨, 낮에 어떻게 하려고요? 분명 잡히고 말 거예요.'

'그렇지, 당연히 전략이 필요해. 우리 집주인은 사람들이 방세도 안 내고 몰래 도망가나 안 가나 감사하니까 말이지. 일전에 당한 적이 있으니 말이야. 아내랑 둘이서 돌아가며 하루 종일 사무실에 앉아있다니-수전노들 같으니라고, 프랑스 놈들이란! 그래도 한 가지 방도를 생각해 뒀네, 자네가 도와줄 수만 있으면 되네.'

돕고 싶은 기분은 정말로 아니었지만, 보리스의 계획이 무엇인지 물었다. 꽤나 자세히 설명해 주었다.

'자 들어보게. 먼저 우리들 외투를 저당 잡는 것부터 시작해야 되네. 우선

자네 집으로 돌아가서 외투를 가지고 오게, 그리고 이곳으로 돌아와 내 외투를 자네 외투로 감싸고 몰래 가지고 나가. 프랑 부르주아 거리에 있는 전당포에 가져 갈 걸세. 운이 좋으면, 외투 두 개 값으로 20프랑은 받을 수 있을 거야. 그러고는 센강 밑으로 가서 자네 주머니에 돌 몇 개를 채우고 이곳으로 돌아와서 그 돌들을 내 여행가방에 넣는 거야. 계획을 이해하겠나? 난 내 물건들을 신문지에 쌀 수 있을 만큼 싸겠네, 그러고는 밑으로 내려가 주인에게 가까운 세탁소 방향을 물어볼 걸세. 뻔뻔하게 아무렇지 않은 듯 말이지, 내 생각을 알겠지? 당연히 집주인은 더러운 옷 따위라고 생각하겠지. 아니, 만약 그가 의심을 한다 해도, 그가 언제나 하는 행동을 하겠지, 야비한 뱀 같으니라고; 내 방에 올라가서는 내 여행가방을 들어 무게를 재 볼 테지. 그는 돌들의 무게를 느끼고 가방이 여전히 가득 차 있다고 믿을 거야. 이런 게 전략이지, 응? 그러고는 나중에 돌아와서 남은 물건들은 내 주머니에 넣어 나오면 되네.'

"그럼 여행가방은요?'

'아, 그거 말인가? 그건 버릴 걸세, 그 볼품없는 가방 따위 20 프랑 밖에 안 하네. 게다가, 후퇴 시에는 뭔가는 버릴 수밖에 없어. 베레시나에서의 나폴레옹을 보게! 군대 전체를 버렸지 않은가.'

보리스는 이 계획에 정말 심취해서는(그는 이를 전쟁의 계략이라 칭했다) 배고픔도 거의 잊고 있었다. 이 계략의 주된 약점을 - 야반도주 후에 그가 잘 곳이 없었다는 것인데- 그는 무시하고 있었다.

전쟁의 계략이 처음에는 제대로 돌아갔다. 난 집으로 가서 내 외투를 가져왔고(이 것만 해도 벌써 9 킬로미터였다, 빈 속으로 말이다) 보리스의 외투를 성공적으로 빼내 올 수 있었다. 그러자 문제가 하나 생겼다. 전당포의 직원이, 못 되고, 심술궂고, 간섭하기 좋아할 것 같은, 작은 인간이-전형적인 프랑스 공무원 같다- 외투가 아무것에도 싸 있지 않다며 눈 앞에서 거절해 버렸다. 작은 여행가방이나 소포 상자 둘 중에 하나에라도 무조건 들어가 있어야 한다고 했다. 이게 모든 걸 망쳐버렸다, 상자 따위는 없었고, 25상팀 밖에 없어 상자 하나도 살 수가 없었다.

보리스에게 돌아가 나쁜 소식을 전했다. '제기랄!' 그가 말했다, '상황을 곤란하게 만드는군. 됐네, 문제없어, 언제나 방책이 있지. 외투를 내 여행가방에 넣게.'

'하지만 어떻게 여행가방을 들고 집주인 앞을 지나갑니까?' 거의 문 옆에 앉아있잖아요. 불가능해요!'

'이렇게 쉽게 절망해서야, 친구! 내가 그 동안 읽어온 영국인의 질긴 끈기는 어디에 있나? 기운 내게! 우리는 할 수 있네.'

보리스는 잠시 생각해 잠기더니, 교묘한 책략을 하나 더 생각해 냈다. 요점은 집주인의 관심을 5초라도 잡아 두는 것이었다, 여행가방을 들고 몰래 나가는 동안 말이다. 공교롭게도, 집주인에게는 약한 부분이 하나 있었다-그는 운동경기에 관심이 있었고, 이 주제를 가지고 접근만 해도 대화를 나눌 준비가 되어 있었다. 보리스는 한참 지난 신문, 쁘띠 파리지앙에 실린 자전거 경기에 대한 기사를 하나 읽었다, 그리고는 계단을 쓱 살피고 집주인에게 말을 걸러 내려갔다. 그러는 동안, 나는 계단 아래쪽에서 대기했다, 한쪽 팔 밑에는 외투를 다른 한쪽에는 여행가방을 낀 채였다. 보리스는 적절한 순간이 왔다고 생각이 들면 기침을 한 번 하기로 했다. 나는 부들부들 떨며 기다렸다, 집주인의 아내가 어느 순간이고 사무실 반대편 문에서 나올 수 있었기 때문이다, 그렇게 되면 작전은 상황 끝이었다. 그럼에도, 보리스는 바로 기침을 해버렸다. 나는 재빠르게 사무실을 지나 거리로 빠져 나왔다, 내 신발이 삐걱거리지 않아 기뻤다. 만약 보리스가 조금 더 말랐다면 계획은 실패할 뻔했다, 그의 넓은 어깨가 출입구 쪽 시야를 막아 주었다. 그의 뻔뻔함도 매우 훌륭했다; 아주 자연스러운 모습으로 큰 목소리로 계속 웃고 떠들었기에, 내가 낸 소리가 잘 묻혀 버렸다. 내가 상당히 멀어졌을 때야 한 귀퉁이에서 보리스가 만났고, 함께 줄행랑을 쳤다.

그렇게 모든 문제를 해결했음에도, 전당포 점원은 또다시 외투를 거절해 버렸다. 그는(세세한 것까지 따지는 어느 한 프랑스 영혼이 세밀한 규칙에 까지 목메는 게 보였다) 신분을 밝힐 충분한 서류가 없다고 했다. 내 프랑스 신분증으로는 충분하지 않았다, 여권이나 주소가 적힌 편지봉투를 보여줘야만 했다.

보리스는 주소가 적힌 수많은 편지봉투가 있었지만, 외국인 신분증의 기한이 지나있었다(세금을 피하기 위해, 신분증을 한 번도 갱신하지 않았다). 그래서 보리스의 이름으로도 외투를 저당 잡힐 수 없었다. 우리가 할 수 있었던 건 터벅거리며 내 방에 돌아가, 필요한 서류를 챙기고, 포트 로열 대로에 있는 전당포로 외투를 가져가는 것뿐이었다.

나는 보리스를 방에 남겨두고 전당포에 갔다. 그곳에 도착했을 때 전당포가 문이 닫힌 채 네 시까지는 열지 않는다는 걸 알게 됐다. 시간은 한 시 반을 넘겼을 뿐이었고, 나는 12 킬로미터를 16시간 동안 아무것도 못 먹고 걸은 상태였다. 마치 운명이 엄청나게 재미없는 희극을 연속으로 공연하는 듯했다.

그러다가 운이 마치 기적처럼 변해버렸다. 브로카 대로를 따라 집으로 가고 있었는데 그때 갑자기, 자갈 사이에 뭔가가 반짝였다. 나는 5상팀을 보았다. 난 동전에 덤벼들었고, 집으로 허겁지겁 달려와서는, 가지고 있던 5상팀을 챙겨 1 킬로그램의 감자를 샀다. 감자를 살짝 데울 정도의 기름만 있고, 소금도 없었지만. 그럼에도 우리는 걸신들린 듯 먹어 치웠다. 껍질도 남기지 않았다. 먹고 나자 우리는 새로운 사람이 된 것 같았다. 그렇게 둘이 앉아서 전당포가 열 때까지 체스를 두었다.

네 시가 되어 나는 전당포로 다시 돌아갔다. 나는 희망을 품지는 않았다, 지난번에도 70프랑을 받았을 뿐인데, 합판으로 만들어진 여행가방에 담긴 낡아빠진 외투 두 벌로 무엇을 기대할 수 있단 말인가? 보리스는 20프랑이라 말했지만, 난 10 프랑 아니면 최악에는 5프랑 정도를 생각했다. 더 최악은, 그냥 거절당 할 수도 있었다, 지난번 그 불쌍한 83번처럼 말이다. 첫 번째 벤치에 앉았다, 점원이 5프랑을 쳐줄 때 사람들이 비웃는 것을 보지 않기 위해서였다.

드디어 점원이 내 번호를 불렀다: '117번!'

'네' 자리에서 일어나며 답했다.

'50 프랑?'

지난번 70프랑을 받았을 때만큼 엄청난 충격이었다. 지금에 와서야 확신하지만 점원이 다른 사람의 번호와 내 번호를 뒤죽박죽 섞어 놓았던 게 분명하다, 다른 누군가는 온전한 외투를 50프랑에 팔 수 없었을 것이다. 나는 집으로 달려왔고 손을 등 뒤로 돌린 채 방으로 들어갔다, 아무 말도 하지 않았다. 보리스는 혼자 체스를 두고 있었다. 그가 간절한 얼굴로 고개를 들었다.

'얼마나 받았나?' 큰 목소리로 물어왔다. '어떻게, 20 프랑은 아니던가? 아니면, 확실히 10프랑은 챙겼겠지? 이런 5프랑인가-그건 너무 심해. 친구, 제발 5 프랑이라고는 말하지 말게. 만약 자네가 5 프랑이라고 말한다면 진심으로 자살을 생각하게 될 걸세.'

나는 50 프랑 지폐를 탁자 위에 던졌다. 보리스의 얼굴이 분필처럼 하얗게 변했고, 자리에서 벌떡 일어나 거의 뼈가 부러질 정도로 내 손을 움켜쥐었다. 우리는 밖으로 뛰어 나갔고, 빵과 와인, 고기 한 덩이와 스토브에 쓸 알코올을 샀다, 그렇게 실컷 배를 채웠다.

다 먹고 나자, 보리스는 내가 알던 그 어떤 보리스 보다 더 긍정적으로 변해있었다. '내 자네에게 뭐라 했는가?' 그가 말했다, '전쟁의 행운이라고! 아침에는 5상팀 동전, 그리고 지금의 우리를 보게. 내 언제나 말하지 않았는가 돈을 얻는 것보다 쉬운 게 없다고. 뭔가 생각이 나는군, 폰더리 거리에 친구가 한 명 있는데 그를 찾아가 보는 게 좋겠어. 나한테 4000 프랑을 사기 쳤지, 사기꾼 자식. 술에 깨어있을 때는, 살아있는 최고의 사기꾼이야, 근데 재미있는 건, 취해 있을 때는 꽤나 솔직한 놈이란 말이지. 저녁 여섯 시 까지면 아마 취해있을 걸세. 가서 한 번 그를 찾아보자고. 바로 한 백 프랑 정도는 줄 공산도 있어. 젠장! 200 프랑을 줄지도 모르지. 갑세!'

우리는 폰더리 거리에서 그를 찾아냈다. 그는 취해있었지만, 우리는 백 프랑도 얻지 못 했다. 보리스와 그가 만나자마자 심한 언쟁이 거리 위에서 오고 갔다. 그 남자는 보리스에게 땡전 한 푼 빚을 지지 않았고, 반대로 보리스가 그에게 4000 프랑을 빚지고 있다고 주장했다. 둘 모두 내 의견이 어떤지 계속해서 물어보았다. 나는 사건의 전말을 전혀 이해하지 못 했다. 둘은 계속해서 말싸움을 이어 나갔다, 처음에는 거리에서, 그 다음엔 술집에서, 그러고는 저녁을 먹으러 간 작은 식당에서, 그리고는 또 다른 술집에서. 결국, 두 시간 동안 서로가 서로를 사기꾼이라 불렀고, 계속해서 술판을 이어가다 보리스가 가진 마지막 한 푼을 다 쓰고 나서야 싸움이 마무리됐다.

보리스는 또 다른 러시아 난민인 한 수선공의 집에서 그날 밤을 보냈다. 한편, 나에겐 8프랑과 담배가 잔뜩 남아있었고, 음식과 음료로 배가 가득 차 있었다. 지난 이틀이 워낙 지독했기에 더욱 믿기 힘든 변화였다.

8

이제 우리 수중에는 28프랑이 있었고 다시 한번 일자리 찾는 일을 시작할 수 있었다. 이해하기 힘든 조건하에, 보리스는 여전히 수선공의 집에서 자고 있었다. 거기에 다른 러시아 친구로부터 20프랑을 빌려 내었다. 보리스의 친구들은, 대부분이 그처럼 장교였고, 파리 전체 이곳 저곳에 있었다. 몇몇은 웨이터이거나 접시닦이였고, 택시를 몰기도 했으며, 상당수가 여자에게 얹혀살고 있었다. 몇 명은 러시아에서 돈을 가져 나 올 수 있었기에 무도장이나 정비소를 소유하기도 했다. 대체로, 파리의 러시아 난민들은 근면한 사람들이었다. 그리고 우리가 흔히 생각할 수 있는 비슷한 계층의 영국인들보다 불행을 훨씬 더 잘 받아들였다. 물론, 예외도 있었다. 보리스는 자기가 일전에 만난, 고급 식당을 자주 드나들던, 러시아 공작에 대해 말해 주었었다. 공작은 웨이터 중에 러시아 장교였던 이를 찾아 내고는, 친근하게 굴며 그들을 자신의 식탁으로 불러내고는 했다.

'오' 공작은 이렇게 말하고는 했다. '그래 자네도 퇴역군인이로군, 나처럼 말일세. 힘든 날들이야, 그렇지? 그래, 그래도, 러시아 군인은 두려워할 게 없지. 몇 연대였었나?'

'몇몇 연대였습니다. 공작님' 웨이터는 답변을 준다.

'아주 용맹한 연대지! 1912 년도에 순시를 했었다네. 그나저나, 내 안타깝게도 지갑을 집에 두고 왔네. 러시아 장교께서, 내 이미 잘 알지, 내게 300

74

프랑 정도 베풀어 줄 수 있겠지.'

웨이터가 300 프랑이 있으면 300 프랑을 준다, 당연하지만, 다시는 그 300 프랑은 볼 수 없다. 공작은 이런 식으로 많은 돈을 벌었다. 이 웨이터들은 갈취를 개의치 않는 듯 했다. 공작은 여전히 공작이었다. 아무리 망명 중이라도 말이다.

보리스가 이 돈이 될 법한 이야기를 들은 건 러시아 난민들 중 한 명을 통해서였다. 외투를 저당 잡히고 이틀이 지났을 때, 보리스는 나에게 실로 비밀스럽게 말을 해왔다.

'말해 보게, 친구, 자네 어떤 정치적 견해라도 있는가?'

'아니오.'라고 했다.

'물론, 나도 없다네. 항상 애국자였으니까, 그런데 말이야-모세가 이집트인들에 대해 나쁘게 이야기하지 않았었나? 자네도 영국인이니 성경을 읽게 되겠지. 그게 말 일세, 공산주의자들로부터 돈을 받는 것에 반대하나?'

'아니요, 당연히 아니죠.'

'그렇지, 파리에 비밀 러시아 단체가 있는 모양이야 우리에게 뭔가 해 줄 수 있을지 몰라. 공산주의자들인데 사실 볼셰비키의 대리인들이지. 우호적인 단체처럼 행동하고 있다는군, 러시아 난민들과 접촉하면서 말이야, 볼셰비키가 되게 만들려는 게지. 내 친구 한 명이 합류를 했는데, 그 친구 말로는 그들을 찾아가면 우리를 도와줄 수도 있을 것 같다더군.'

'하지만 우리에게 무엇을 해줄 수 있을까요? 어쨌든 그들이 절 도와줄 것 같진 않은데요, 전 러시아인이 아니니까요.'

'그게 중요한 걸세. 이 사람들은 한 모스크바 신문사의 특파원인 것 같은데, 마침 영국 정치 기사들을 원하고 있다는 걸세. 그들에게 찾아가면 자네에게 기사를 써달라고 수수료를 줄지도 모르지 않나.'

'저한테요? 근데 전 정치에 대해 아무것도 모르는데요.'

'이런! 그들도 모르긴 마찬가지야, 누가 정치 따위를 알겠나? 간단한 거야. 자네가 할 일은 영국 신문을 베끼기만 하는 거지. 데일리 메일이 파리에 있지 않나? 그걸 베끼게.'

'하지만 데일리 메일은 보수신문인데요. 그 사람들 공산주의자를 혐오해요.'

'그렇다면, 데일리 메일이 말하는 걸 반대로 말하게, 그러면 틀릴 수가 없지. 우리가 이 기회를 놓쳐선 안돼, 친구. 이게 몇 백 프랑이 될 수도 있지 않나.'

나는 이 생각이 마음에 들지 않았다. 파리의 경찰들은 공산주의자들에게 엄하다, 외국인에게는 특히 더 했다, 게다가 나는 이미 의심을 받고 있었다. 몇 달 전, 내가 공산당 주간지 사무실에서 나오는 걸 한 형사가 목격하는 바람에, 나는 경찰들로부터 상당한 곤욕을 겪었어야 했다. 내가 이 비밀 단체에 가는 걸 경찰들이 보기라도 한다면, 이건 강제출국 감이 될 수 있었다. 그렇지만 놓치기에는 기회가 너무 좋았다. 그날 점심, 보리스의 친구가, 또 다른 웨이터다, 와서 우리를 약속 장소로 데려갔다. 거리의 이름이 기억 나진 않는다-센강의 둑으로부터 남쪽으로 향하는 허름한 거리인 듯하고 국민의회 건물에서 가까운 어디쯤이었다. 보리스의 친구는 매우 조심하라고 강조했다. 우리는 자연스럽게 거리를 어슬렁거리며, 들어 갈 곳의 입구를 살폈다-세탁소였다-그러고는 다시 조심스레 뒤로 물러나 서는, 주변의 창문들과 카페들을 주시했다. 만약 이 장소가 공산당들의 집 합소로 알려져 있다면, 감시를 받고 있을 수도 있었다, 혹시 형사 같은 사 람을 보기라도 하면 우리는 집으로 돌아갈 요량이었다. 나는 겁을 먹고 있 었지만, 보리스는 이런 수상스러운 행위를 즐기고 있었다. 그리고 그의 부 모를 살육한 자들과 거래하려 함을 제대로 잊고 있었다.

주변에 이상한 점이 없다고 확신했을 때, 우리는 세탁소 안으로 뛰어 들어 갔다. 세탁소 안에는 다림질을 하는 프랑스 여인이 있었고, '러시아 신사 들'은 뜰을 지나 계단 위에 산다고 말해 주었다. 우리는 어두운 복도의 계 단을 여러 개 걸어 올라갔고 계단 끝에 다 달았다. 강한 인상, 사나운 표정 의, 머리를 얼굴 밑까지 기른 젊은 남자가 계단 끝에 서있었다. 내가 올라 오자 그는 의심스럽게 나를 보고는, 한 팔로 길을 막으며 러시아 말로 무 어라 말했다.

'암호!' 내가 대답을 못 하자 그가 날카롭게 말했다.

나는 깜짝 놀라 멈춰 섰다. 암호가 있는지 몰랐었다.

'암호!' 러시아 사람이 반복했다.

뒤에서 올라오던 보리스의 친구가 그때 앞으로 나와 러시아어로 무어라 말을 했다. 설명이나 암호였을 것이다. 대답을 듣자, 성나 보이는 젊은이는 확실히 만족한 듯했고, 작고 더러운 서리가 낀 유리창이 있는 방으로 우리를 안내했다. 실로 엄청난 가난에 시달리고 있는 사무실이었다. 러시아로 쓰인 선전 벽보들과 크고 어설프게 그려진 레닌의 초상화가 벽에 걸려있었다. 책상에는 셔츠만 입고 면도를 하지 않고 앉아있던 남자가, 그의 앞에 있던 신문더미에서 꺼낸 신문 포장지에 주소를 쓰던 중이었다. 내가 들어가자 프랑스어로 말을 했다, 그다지 좋은 발음은 아니었다.

'조심성이 없구먼!' 그가 야단치듯 소리쳤다. '왜 세탁물도 없이 왔는가?'

'세탁물?'

'누구든 여기에 올 땐 세탁물을 들고 온다고, 밑에 있는 세탁소에 가는 것처럼 보이게 말이야. 다음에는 제대로 된 꾸러미를 들고 와. 경찰들이 우

리 뒤를 밟는걸 원치 않아.'

이건 내 예상보다 더 큰 음모가 도사리고 있는 듯했다. 보리스가 빈 의자에 앉았고, 그 뒤로 러시아어로 많은 대화가 오고 갔다. 오직 면도를 하지 않은 남자만이 말을 했다; 다른 한 명은 벽에 기댄 채로 나에게서 시선을 떼지 않았다. 여전히 나를 의심하는 듯 보였다. 단 한 단어도 이해할 수 없는 대화들을 들으며, 혁명 벽보로 둘러 쌓인 작은 방에 서있자니 기분이 묘했다. 러시아인들은 미소를 짓고 어깨를 으쓱거리며 빠른 속도로 열띤 대화를 나눴다. 무엇에 관한 대화인지 궁금했다. 그들은 서로를 '작은 아버지'라고 칭하거나, 내 생각이지만, 러시아 소설들 속의 인물들인, '작은 비둘기' 아니면 '이반 알렉산드로비치' 로도 부르는 것 같았다. 혁명에 관한 대화였을 것이다. 면도를 하지 않은 남자가 힘주어 말했다, '우리는 말싸움 따윈 절대 하지 않아, 말싸움은 부르주아들의 취미라고. 행동이야 말로 우리의 논쟁이지.' 그렇지만 나는 꼭 그런 것만은 아님을 이해했다. 보아하니 입회료 20프랑이 필요했고, 보리스는 그 돈을 지불하겠다고 약속했다(우리가 가진 돈이라고는 17프랑이 전부였다). 결국 보리스는 우리의 소중한 저축을 꺼내 보여주고는 계약금으로 5 프랑을 지불했다.

그러자 사나운 인상의 남자는 경계를 살짝 풀고는, 책상 끝에 걸쳐 앉았다. 면도를 하지 않은 남자가 프랑스어로 나에게 질문을 하며, 종이쪽지에 적기 시작했다. 공산주의자였나? 그가 물었다. 그에게 동의하며 대답을 했다; 한 번도 어떤 기관에 몸 담은 적이 없다. 영국의 정치상황을 이해하고 있는가? 오, 당연하다, 당연하다. 나는 여러 장관들의 이름들을 꺼내놨고, 노동당을 경멸하는 발언들도 했다. 운동경기는 어떤가? 운동경기에 관한 기사도 쓸 수 있는가?(유럽 대륙에서는 축구와 사회주의 사이에 오묘한 관계가 있다.) 오, 당연하다, 다시 대답했다. 두 러시아인 모두 진중하게 고개를 끄덕거렸다. 면도를 하지 않은 남자가 말했다.

'확실히, 자네는 영국의 상황에 대해 충분히 잘 알고 있군. 모스크바에 있는 주간지를 위해 기사를 써줄 수 있겠나? 자네에게 상세한 사항들을 알려주겠네.'

'물론이지요.'

'그럼, 동무, 내일 첫 번째 우편을 통해 연락을 받을 걸세. 아니면 두 번째 우편이 될 수도 있고. 기사료는 기사 한 건당 150 프랑이네. 다음 번에는 세탁물 가져오는 걸 기억하고. 잘 가게, 동무.'

우리는 밑으로 내려와서, 세탁소 밖에 누가 있는지 조심이 살폈고, 스리슬쩍 빠져 나왔다. 보리스는 행복에 겨워 날뛰었다. 보리스는 희생적 황홀경에 빠져 담배가게로 뛰어가, 50상팀 시가를 사버렸다. 그는 기쁨에 찬 표정으로 지팡이로 바닥을 치며 밖으로 나왔다.

'드디어! 드디어! 이제야 말로, 친구, 우리의 운이 피었네. 자네가 아주 잘해 주었어. 자네를 동무라고 부르는 걸 들었나? 기사 한 건당 150프랑-오 신이시여, 이렇게 운이 좋다니!'

다음 날 아침 우체부 소리를 듣고는 편지를 받으러 식당으로 달려갔다, 실망스럽게도, 편지는 오지 않았다. 두 번째 우편을 위해 집에 머물렀지만, 편지는 오지 않았다. 삼 일이 지나도 나는 비밀 단체로부터 아무 소식을 들을 수가 없었다, 우린 희망을 포기하며, 분명 그들이 기사를 쓸 다른 사람을 찾아낸 것이라 결론 내렸다.

열흘 뒤 우리는 비밀 단체의 사무실을 다시 방문했다, 세탁물처럼 보이는 꾸러미를 가져가는 걸 잊지 않았다. 그런데 비밀 단체가 사라져 있었다! 세탁소 여인은 아는 게 없었다-그녀는 그냥 '그 신사분들'은 며칠 전에 떠났는데, 방세 문제가 생긴 뒤라 했다. 얼마나 우리가 바보 같이 보이던지, 가짜 세탁물 꾸러미를 들고 거기 서 있는 꼴이라니! 그래도 20 프랑 대신 5 프랑을 냈음에 위로가 되었다.

그게 우리가 비밀 단체에 대해 들은 마지막이었다. 그들이 정말 누구였는지는, 아무도 알지 못했다. 개인적으로 볼 때 그 사람들은 공산당과는 아무 관련도 없었을 것이다. 그저, 러시아 난민들을 먹이 삼아 있지도 않은 단체의 입회비를 뜯어먹는 협잡꾼들이었다. 꽤나 안전한 사기였다. 의심할 필요도 없이 지금도 어느 도시에서 똑같은 짓을 하고 있을 거다. 꽤나 똑똑한 친구들이었고, 각자 맡은 역할을 경이로울 정도로 소화해냈다. 그들의 사무실은 실제 비밀 공산당 사무실처럼 보였다, 게다가 세탁물을 들고 오라 했던 부분은, 정말이지 천재 같았다.

9

우리는 일자리를 찾아 터벅거리며 돌아다니다, 내 방에 있는 빵과 수프를 축내려 집으로 돌아오기를 삼 일을 이어갔다. 어설프게 빛나는 두 가지 희망만이 있었다. 첫 번째는, 보리스가 호텔 X에 일자리가 있다는 말을 들었고, 콩코드 플라세 인근이다, 두 번째로는 커머스 거리의 새로운 식당 주인이 마침내 돌아왔다는 거였다. 점심에 우리는 그를 만나러 갔다. 가는 길에 보리스는 우리가 벌게 될 막대한 돈과, 우리가 이 일을 잡았을 경우다, 주인에게 좋은 인상을 심어야 한다고 쉴 새 없이 떠들었다.

'겉모습 - 겉모습이 전부일세, 친구. 내게 새 양복을 한 벌주게 그럼 저녁 전까지는 내 몇 천 프랑을 빌려오겠네. 제기랄 우리에게 돈이 남았을 때 옷깃을 사뒀어야 하는데. 아침에 옷깃을 뒤집어 놓았네만, 소용이 없어, 이 쪽이나 저 쪽이나 더럽긴 마찬가지야. 자네가 볼 때 내가 굶주려 보이나, 친구?

'창백해 보입니다.'

'썩을, 빵이랑 감자만으로 뭘 어쩔 수 있겠나? 배고파 보이는 건 치명적인데 말이야. 사람들이 쫓아내고 싶게 만들어 버린다고. 잠깐.'

그는 보석상 유리 앞에 서서는 혈색이 돌게끔 그의 뺨을 후려쳤다. 그러고 나서, 혈색이 사라지기 전, 우리는 서둘러 식당에 들어가 주인에게 우리의 소개를 했다.

주인은 작고, 다소 뚱뚱했으며, 회색 곱슬머리에 위엄이 있는 남자였다. 두 줄 단추의 플라넬 정장에 향수 냄새를 풍기고 있었다. 보리스는 주인 또한 러시아 군대의 대령이었다고 말해주었다. 그의 부인도 함께 있었는데, 무서운 인상이었다, 죽은 듯 창백한 얼굴에 새빨간 입술의 뚱뚱한 프랑스 여자로, 차가운 송아지 고기와 토마토를 연상시켰다. 주인은 보리스에게 친절하게 인사했고, 둘은 몇 분 간을 러시아어로 대화했다. 나는 뒤에 서서는, 내 접시닦이 경력에 대한 큰 거짓말을 준비하고 있었다.

마침내 주인이 내 쪽으로 다가왔다, 나는 걱정스러운 마음에 엉거주춤하며, 굽실거리는 태도를 보여주려 노력했다. 접시닦이는 노예 중에 노예라고 보리스가 나에게 각인시켜 놓았기에, 나는 주인이 나를 먼지처럼 대할 것이라 예상했었다. 놀랍게도, 그는 내 손을 따뜻하게 잡아주었다.

'그래 영국인이시라고요!' 그가 소리쳤다. '멋져 보이십니다! 물어 보나 마나지만, 골프를 치시나요?'

'당연하지요!'라고 대답했다, 나에게 기대한다는 걸 알 수 있었기 때문이다.

'내 평생 골프를 쳐보고 싶어 했습니다. 그, 신사분께서, 몇 가지 중요한 자세를 보여 주 실 수 있겠습니까?'

러시아 사람들의 사업방식인 듯했다. 내가 아이언과 드라이브의 차이점을 설명하는 동안 주인은 경청했다, 그러다 뜬금없이 잘 이해했다고 알려주었다. 식당이 개시를 하면 보리스는 급사장이 될 것이었고, 나는 접시닦이가 될 것이었다, 식당이 잘만 되면 화장실 수행원이 될 기회도 주어졌다. 식당이 언제 시작하나요? 내가 물었다. '오늘부터 정확히 2주 걸립니다.' 주인이 당당하게 대답했다(그는 팔을 흔들며 동시에 담뱃재를 터는 습관이 있었는데, 그 모습이 꽤나 장엄해 보였다), '정확히 오늘로부터 이 주 뒤, 점심시간입니다.' 그러고는, 넘치는 자부심을 가지고, 식당을 두루 안내해 주었다.

조금은 작은 장소였는데, 평범한 욕실보다는 크지 않은 주방, 술 마시는 공간과 식사 공간을 갖추고 있었다. 주인은 중세적 효과를 주기 위해 야하면서 '고풍스럽게 생생한' 양식으로 내부를 꾸미는 중이었다(그는 노르망식이라 했다, 가짜 철골들이 회반죽에 붙어있었고, 다른 것들도 비슷했다), 그리고 제한 코타드의 고급식당이라 부르길 원했다. 그는 전단지를 뽑아 두었는데, 지역의 역사 사실과는 다른 거짓말로 가득 차 있었다. 전단지에 실제로 주장된 거짓말 중 최고는, 한 때 식당 자리가 샤를마뉴 대제가 자주 이용하던 여관이 있었던 자리라 한 것이다. 주인은 자신의 솜씨에 매우 만족해했다. 그리고 술을 마시는 공간은 살롱의 한 미술가의 외설적인 그림들로 채워 지고 있었다. 끝에 가서는 우리에게 값나가는 시가를 하나씩 주고는 몇 마디 말을 나눈 뒤 집으로 돌아갔다.

이 식당에서 얻어낼 게 어떤 것도 없어 보였다. 내 눈에는 주인장은 협잡꾼처럼 보였는데, 더 나쁜 건, 무능한 협잡꾼처럼 보였다는 거다. 그리고 뒷문에서 어슬렁거리는 누가 봐도 빚쟁이인 두 남자도 보았다. 하지만 보리스는, 이미 본인을 다시 급사장으로 보고 있었다, 낙심이란 없었다.

'우리가 해냈네- 고작 2 주만 버티면 돼. 2 주 따위? 별 것도 아니지. 3 주 뒤엔 내가 애인을 만들 수만 있다면 그 정도야! 까무잡잡할까 휠지 궁금한 걸? 너무 깡마르지만 않으면 내 신경도 신경 안 쓰지.'

힘든 이틀이 지났다. 우리에겐 달랑 16상팀만 남아 있었다, 그것도 빵에 비빌 마늘 한 조각과 반 파운드 빵을 썼다. 마늘을 빵에 문지르는 이유는 맛이 오래가서 최근에 무언가 먹었다는 착각을 하게끔 하기 때문이다. 플란테 공원에서 하루의 대부분을 앉아 있었다. 보리스는 공원의 비둘기들에게 돌을 던졌지만, 번번이 놓쳤다. 후에는 봉투 뒷면에 우리의 저녁 메뉴를 적었다. 배가 너무 고픈 나머지 우리는 음식 외에는 다른 건 생각할 수도 없었다. 보리스가 마지막으로 골랐던 음식이 기억이 난다, 굴 한 접시, 보르쉬 수프(크림이 얹힌 붉은 파프리카와 비트로 만들어진 수프다), 가재, 영계 스튜, 익힌 자두와 소고기, 신선한 감자, 샐러드, 슈에트 푸딩 그리고 라케포트 치즈와 함께 버건디 산 포도주 1리터 그리고 오래 숙성된 브랜디였다. 보리스의 음식취향은 국제적이었다. 나중에, 우리가 살만해졌을 때, 그가 이 정도 음식을 부담 없이 먹는 걸 가끔씩 보았다.

우리의 돈이 바닥 났을 때, 나는 일자리 찾기를 멈추었다. 음식 없는 또 다른 하루를 보냈다. 나는 제한 코타드의 고급식당이 문을 열거라 믿지 않았다, 다른 가능성도 보이지 않았다, 하지만 나는 다른 뭔가를 하기엔 나는 너무 게을러져서 침대에만 누워있었다. 그러다 불쑥 운이 바뀌었다. 오밤중에, 열 시쯤이었다, 거리에서 활기찬 목소리가 들렸다. 자리에서 일어나 창문으로 갔다. 보리스였다, 지팡이를 흔들며 활짝 웃고 있었다. 그는 말 없이 주머니에서 휘어진 빵을 꺼내 나에게 던졌다.

'친구, 나의 소중한 친구여, 우린 살았네! 무슨 일인 것 같나?'

'일자리를 얻은 건 아니겠지요!'

'콩코드 거리 근처, 호텔 X 라네- 한 달에 500 프랑이라고, 음식도 포함일세, 오늘 거기서 일하다 오는 중일세, 할렐루야, 배 터지게 먹었지!'

열 시간에서 열두 시간의 일이 끝나고, 절룩거리는 다리로, 그가 첫 번째로 한 생각은 이 호텔까지 3킬로미터를 걸어 나에게 이 기쁜 소식을 전하는 거였다! 거기에, 다음 날 그가 점심에 잠시 쉴 때 튈리르 공원에서 만나자 하며 잘 하면 음식을 훔쳐다 줄 수 있다고 했다. 약속된 시간에 공원 벤치에서 보리스를 만났다. 그는 조끼를 풀고는, 크고, 구겨진, 신문 꾸러미를 꺼내 보여주었다. 다진 고기, 갬버트 치즈 덩이, 빵과 엔클레어 케이크가 뒤죽박죽 섞여 있었다.

'보게!' 그가 말했다, '이게' 자넬 위해 내가 훔쳐 나올 수 있는 전부였네. 문지기가 교활한 돼지새끼라서 말이지.'

공공 의자에 앉아 신문지에서 음식을 꺼내 먹는 건 그리 유쾌한 일이 아니다, 어여쁜 아가씨들이 넘치는 튈리르 공원 같은 곳에서는 더 그렇다, 하지만 그런 걸 신경 쓰기엔 배가 너무 고팠다. 내가 먹는 동안, 보리스는 자신이 호텔 카페테리아에서 일하는 중이라며 설명해주었다.- 그곳은 영어로 하면 저장고(stillroom)다. 알고 보니 카페테리어는 호텔에서 가장 낮은 일자리였고, 웨이터에들에게는 끔찍한 실추였다, 하지만 러시아 식당이 열 때까지는 충분했다. 그 동안에 나는 보리스를 튈리르 공원에서 매일 만나기로 했다, 보리스는 그가 가지고 나올 수 있을 만큼 음식을 훔쳐 나왔다. 우리는 이 만남을 3 일을 더 이어갔고, 나는 전적으로 훔친 음식에 의지해 연명했다. 그러다 우리의 모든 문제가 막을 내렸다, 접시닦이 한 명이 호텔 X를 그만두었고, 보리스의 충고로 나는 그곳에서 일을 하기로 했다.

10

호텔 X는 정면 외관이 넓고, 웅장하며 고풍스러웠다, 한 편에는 쥐구멍같이 어둡고 작은 입구가 있었는데, 종업원용 출입구였다. 나는 7 시 15 분 전에 그곳에 도착했다. 기름으로 얼룩진 바지를 입은 사람들이 줄지어 황급히 호텔로 들어가며 조그만 사무실에 앉아있는 문지기에게 확인을 받고 있었다. 나는 기다리는 중이었다, 인력 관리자가, 부지배인 정도 된다, 곧 도착했고 나에게 질문을 시작했다. 이탈리아 사람이었는데, 둥글고 창백한 얼굴은 과로로 초췌했다. 그는 내가 접시딱이 경험이 있는지 물어보았고, 나는 그렇다고 대답했다. 그는 내 손을 슬쩍 한 번 보더니 내가 거짓말 했음을 알아차렸다. 하지만 내가 영국인이라는 걸 듣자마자 목소리가 부드럽게 바뀌었고 나를 고용해 주었다.

'영어연습을 할 수 있는 사람을 찾고 있던 중이었습니다.' 그가 말했다. '손님들이 모두 미국 사람 들이라오, 우리가 아는 영어라고는-' 그는 꼬마들이 런던 어느 벽에나 낙서할 때나 쓸법한 단어들을 반복했다. '당신 쓸모가 있겠군, 따라 내려오시오.'

그는 울퉁불퉁한 계단의 복도로 나를 이끌었다, 너무 낮아서 몸을 구부려야만 했다. 그곳은 답답할 정도로 어두컴컴하고 더웠다. 몇 야드마다 떨어진 희미한 노란 전등만이 있었다. 마치 어두운 미로가 몇 마일이고 이어지는 것 같았다-실제로, 내 생각이지만, 다 합쳐서 몇 백 야드는 될 듯하다-여객선의 괴상했던 지하갑판을 생각나게 했다, 똑같은 열기, 협소한 공간 그리고 따뜻한 음식의 악취, 그리고 엔진이 돌며 윙윙대는 굉음(주방의 화로에서 나는 소리였다)은 정확히 엔진 돌아가는 소리 같았다. 여러 문들을 지났는데 어쩔 때는 욕지거리가, 어쩔 때는 붉은 불꽃이, 한 번은 몸서리치게 추운 찬 바람이 얼음창고로부터 흘러나왔다. 길을 따라가고 있을 때, 뭔가가 내 등을 강하게 후려쳤다. 백 파운드짜리 얼음 덩어리였는데, 푸른색 앞치마의 짐꾼이 들고 있었다. 그가 지나가자 한 소년이 어깨에 거대한 크기의 송아지 고기를 어깨에 지고 왔다. 소년의 볼은 스펀지같이 축축한 살덩이들에 눌려 있었다. 그들은 '비켜 멍청이!'라고 외치며 나를 밀치고 급하게 지나갔다. 어느 전등 아래, 벽에, 누군가 깔끔한 글씨로 이렇게 적어 두었다, '호텔 X에서 처녀를 찾는 것보다 구름 한 점 없는 겨울 하늘을 찾는 게 더 빠르다.' 묘한 장소 같았다.

통로 중 하나는 세탁소로 이어졌다, 그곳에서 해골 같은 얼굴을 한 늙은 여자가 나에게 푸른 앞치마와 마른행주 더미를 주었다. 그러고 나서 부지배인은 협소한 지하굴로 나를 데려갔는데-지하창고 밑의 지하창고, 그런 곳이었다-가스 오븐과 싱크대가 있었다. 똑바로 서기에는 나한테는 너무 낮았고, 온도는 화씨 110도 정도 되었다. 부지배인이 말하길 내가 할 일은 높은 직급의 종업원들에게 음식을 가져다 주고, 높은 직급들은 위층의 작은 식당에서 식사를 했다, 그들의 방과 식기를 닦는 것이라 했다.

그가 떠나자, 웨이터 한 명이, 또 다른 이탈리아 사람이다, 거칠게 나를 밀고는, 문 쪽으로 향하며 나를 내려다보았다.

'영국인이라고?' 그가 말했다, '내가 여기 담당이야, 만약 자네가 일을 잘하면' -그는 병을 거꾸로 드는 모양새를 취하고는 시끄럽게 빨아댔다.'만약 그렇지 않다면- 그는 문틀을 몇 차례나 격하게 차 댔다. '내가 네 몫을 비틀어 버리는 건 바닥에 침 뱉기보다 쉬워. 그리고 문제가 생기면 윗사람들은 네가 아닌 나를 믿을 거야. 그러니 조심해.'

그러고 나는 바로 일을 시작했다. 한 시간 정도를 빼면, 아침 7시에 출근해서 저녁 9시 15분까지 일했다, 처음에는 식기를 닦았고, 그 다음에는 직원 식당의 바닥과 식탁을 닦았다. 그러고는 칼과 유리잔을 광냈고, 그리고는 음식을 가져다 주었다, 그러고 나서 다시 식기를 닦았다, 그리고는 다시 음식을 더 가져다 주고 식기를 또 닦았다. 일은 쉬웠다. 음식을 가지러 주방에 가는 것만 빼고는 적응 할 수 있었다. 주방은 내 단 한 번도 보지도 그리고 상상도 못 해본 곳이었다. -낮은 천장 지하실의 화염, 화염으로부터 나오는 붉은빛, 귀청을 울리는 욕들과 고성들 그리고 냄비와 솥이 부딪히는 소음으로 숨이 막혔다. 옷으로 덮인 스토브 외에는 금속으로 된 물건은 모두 극히 뜨거웠다. 화로 중간은, 12 명의 요리사들이 앞 뒤로 뛰어다녔다, 흰색 모자를 썼음에도 그 들의 얼굴에서는 땀이 뚝뚝 떨어졌다. 쟁반을 들고 고함을 쳐대는 웨이터와 접시딱이들이 모이는 카운터가 둘러쳐져 있었다. 잡부들은, 반나체 상태로, 불을 붙이고 있거나 구리로 된 소스 펜을 모래로 문질렀다. 모든 사람들은 급해 보였고 화가 잔뜩 나 보였다. 잘 생기고 붉은 끼가 도는 주방장은, 수염이 덥수룩했다. 쩌렁쩌렁한 목소리로 계속해서 외쳤다. '스크램블 두 개! 안심 스테이크와 구운 사과!' 어떤 접시닦이에게 욕을 할 때만큼은 말을 멈추었다. 세 개의 카운터가 있었는데, 주방에 처음 들어갔을 때 잘 몰라서 내 쟁반을 다른 사람에게 가져다 주었다. 주방장이 나에게 걸어왔고, 그의 콧수염을 꼬며, 내 아래위를 훑었다. 아침 담당 요리사를 손짓으로 부르고는 손가락으로 나를 가리켰다.

'이거 보여? 요즘에는 이런 접시닦이를 우리한테 보낸다고. 어디서 왔어, 멍청한 놈아? 샤른톤에서 왔나? (샤른톤에는 큰 정신병원이 있었다)

'영국입니다.' 내가 말했다.

'내 몰라 봤어 그래. 그래요, 영국 신사 양반, 제가 당신은 창녀 아들임을 알려줘도 되겠습니까? 네가 속한 카운터로 썩 꺼져!'

나는 주방에 갈 때마다 이런 환영을 받아야 했다 왜냐면 매번 실수를 했기 때문이다. 사람들이 내가 일을 배우기를 기대 받았던 까닭에, 기대만큼 욕을 먹어야 했다. 포주라는 욕을 하루 몇 번이나 들었는지 궁금해져 한 번 세어보기도 했다. 총 39번이었다.

4시 30분쯤에 이탈리아 웨이터가 일을 쉬어도 된다 했다, 하지만 밖에 나가는 건 별 의미가 없었다, 다섯 시에 다시 일이 시작되었기 때문이다. 담배를 피우려 화장실로 갔다. 흡연은 절대적으로 금지였지만, 보리스는 내게 화장실이 유일하게 안전한 장소라고 언질 해줬었다. 그 뒤 9시 15분까지 일을 했다, 이탈리아 사람이 문 쪽으로 나가며 나에게 남은 설거지는 남겨두라 했다. 깜짝 놀랐다. 하루 종일 돼지나, 포주 등 별의별 욕으로 나를 부르던 사람이 갑자기 친절해져 있었다. 내가 마주해야 했던 욕설들은 그저 수습기간의 일환임을 깨달았다.

'그 정도면 됐어' 그가 말했다. '자네 융통성은 없지만, 일은 괜찮게 하는군. 올라가서 저녁 먹자고. 호텔에서 우리에게 각각 와인 2 리터씩을 허락해줬어 그리고 내가 한 병 더 훔쳐놨지. 괜찮은 술들이야.'

우리는 높은 직급의 직원들이 떠나고 훌륭한 저녁을 먹었다. 이 이탈리아 웨이터는, 온화한 태도로, 그가 저지른 불륜, 이탈리아에서 그가 찌른 두 사람들, 그리고 어떻게 징병을 피했는지에 관한 이야기들을 해주었다. 그는 알고 보면 괜찮은 친구였다. 그는 왠지 베베누토 첼리니를 생각나게 했다. 난 피곤하고 땀에 흠뻑 젖어 있었지만, 하루 동안 음식다운 음식을 먹고 나자 새로운 사람이 된 것 같았다. 일이 어렵지는 않았다 그리고 이 일이 나에게 맞는 것 같았다. 하지만, 일을 계속할 수 있을지 확신할 수 없었던 게, 나는 '여분'의 일용직으로 하루 25상팀에 고용되어 있었다. 심술궂은 인상의 문지기는 돈을 세어 주었고, 보험료라고 하며 5상팀을 적게 주었다(거짓말임을 후에 알게 됐다). 그리고는 복도로 나와서는, 내 코트를 벗게 하고는, 신중하게 내 몸 이곳 저곳을 찔러보며 훔친 음식이 있는지 찾아보았다. 그 뒤에 부지배인이 나타나서는 나에게 말을 걸었다. 그 이탈리아 웨이터처럼, 더욱 상냥해져서는 내가 일할 의지가 있는지 알아보고자 했다.

'원한다면 정규직을 시켜 줄 수도 있네, ' 그가 말했다.

'웨이터장이 영국 사람 이름 부르는 게 좋다고 하더군. 한 달 동안 계약하겠나?'

마침내 일자리가 생겼고, 나는 뛰어들 준비가 되어 있었다. 하지만 이 주 뒤에 여는 러시아 식당이 기억났다. 한 달을 일하겠다고 약속하기엔 공정하지 않은 것 같았다. 나는 다른 일을 기다리고 있다고 말했다. - 이 주 동안 만이라도 일 할 수 있을까요? 부지배인은 그 질문에 어깨를 들썩이며 호텔은 오직 달 단위로만 고용한다고 했다. 나는 확실하게 채용 기회를 날려버렸다.

보리스는, 약속한 대로, 리볼리 거리의 화랑에서 나를 기다리고 있었다. 무슨 일이 있었는지 그에게 말하자, 그가 분노했다. 내가 그를 만난 이래 처음으로 그는 예의를 잊고 나를 바보라 불렀다.

'멍청하긴! 멍청한 족속 같으니라고! 일을 찾아주니 곧바로 가서는 때려치우면 대체 무슨 소용이란 말인가? 어떻게 바보같이 다른 식당에 대해 말할 수 있나? 무조건 한 달간 일 하겠다고 약속을 했어야지.'

'제가 떠나야 할 수 도 있다고 말하는 게 더 정직한 것 같았어요.' 나는 반론했다.

'정직이라니! 정직이라니! 정직한 접시닦이에 대해 들어보기는 했나?- 갑자기 내 옷깃을 잡고는 매우 진지하게 말을 했다- 친구, 자네 여기서 하루 종일을 일했네. 호텔 일이라는 게 어떤지 봤지 않나. 자네 접시닦이가 명예 따위를 따질 여유가 있다고 생각하나?'

'아니요, 그런 것 같지 않네요.'

'그럼, 빨리 돌아가서, 부지배인한테 한 달 동안 일 할 준비가 돼있다고 말하게. 다른 일자리는 던져 버리겠다 하고. 그러고 나서, 새 식당이 문을 열면, 그때 빠져 나오기만 하면 되네.'

'하지만 제가 계약을 어기게 되면 제 급여는요?'

보리스는 지팡이를 땅에 치며 진짜 멍청함에 소리를 질렀다. '일급으로 달라고 요청하게, 그러면 동전 하나 잃지 않을 거야. 자넨 그들이 접시닦이를 계약 파기로 고소할 것 같은가? 접시닦이는 고소를 당하기엔 너무 밑바닥이야.'

난 서둘러 돌아가 부지배인을 찾았다, 그리고 한 달을 일하겠다고 말했다, 그 자리에서 계약을 해 주었다. 이 일이 접시닦이들의 도덕성에 관한 내 첫 수업이었다. 직원들에게 자비 따위는 없는 큰 호텔들을 위한 양심의 가책이 얼마나 멍청했는지는 훗날 깨닫게 되었다. 호텔은 일의 수요에 따라 직원을 해고하고 고용했다. 그리고 바쁜 철이 지나면 십 분에 일에서 그 이상을 해고해 버렸다. 갑작스레 일을 그만둔 사람의 자리도 문제없이 채울 수 있었는데, 파리는 실직한 호텔 종업원들로 넘쳐나고 있었다.

11

결론적으로, 제한 코타드 식당이 개업을 하려는 조짐을 보이기 6주 전이었기 때문에 나는 계약을 깨지 않았다. 그동안, 나는 호텔 X에서 일을 했다, 한 주에 4 일은 카페테리아에서, 하루는 4 층에서 웨이터들과, 하루는 식당에 나갈 식기를 설거지하는 여자를 대신했다. 내 쉬는 날은, 운이 좋았다. 일요일이었다, 하지만 누군가가 아프면 그날도 일을 해야만 했다. 근무시간은 아침 7 시부터 점심 2 시까지, 그리고 저녁 5 시부터 9시까지 열 한 시간이었다; 하지만 식당 설거지까지 할 때면 14 시간을 일해야 했다. 파리의 접시닦이들의 평범한 기준에 비하면, 내 근무시간은 보기 드물게 짧은 시간이었다. 이 삶의 오직 어려운 점은, 무섭도록 덥고 답답한, 미로 같은 지하실들이었다. 지하실만 제외하면, 호텔은 크고 제대로 정돈되어 있었다, 아늑하게 여겨졌다.

카페테리아는 좌우 20피트, 7피트 그리고 높이는 8 피트 정도 되었고 매우 더러웠다, 커피 항아리나 빵 자르는 도구들로 가득 차 있어 누구도 이것들과 부딪히지 않고는 움직일 수가 없었다. 이 곳을 밝히는 곳은 단지 희미한 전등 하나뿐이었고, 네, 다섯 개의 가스화덕들은 맹렬하게 붉은 숨결을 내뿜었다. 온도계가 하나 있었는데, 절대 화씨 110도 밑으로는 떨어지지 않고 낮 동안에는 130도까지 올라가기도 했다. 한쪽 끝에는 다섯 개의 엘리베이터가 있었으며, 반대 끝 쪽에는 우유나 버터를 보관하는 얼음창고가 있었다. 얼음창고에 한 발자국만 들여놔도 온도의 100도는 단번에 떨어 낼 수 있었다. 그곳은 그린란드의 얼음 산과 인도의 산호해변에 대한 찬가를 기억나게 해주었다. 나와 보리스를 제외하고도 2 명이 더 카페테리아에서 일을 했다. 한 명은 마리오였는데, 덩치가 크고, 흥분을 잘 하는 이탈리아 사람이었다-그는 오페라 가수의 몸짓을 가진 도시 경찰 같았다- 다른 한 명은, 털이 많고, 무례한 짐승이었는데 우리는 그를 마자르 사람이라 불렀다. 내 생각이지만 그는 트랜슬배니아 사람이었거나 아마 더 먼 어느 딴 나라의 사람이었을 것이다. 마자르를 빼고는 우리는 모두 덩치가 컸다, 바쁠 때는 끊임없이 서로 부딪혔다.

카페테리아의 일은 예측할 수 없었다. 우리는 절대 게으름을 부리지 못 했는데, 제대로 일이 폭발하는 건 한 번에 두 시간 씩이었다.-우리는 바쁜 시간을 '발사'라고 불렀다- 첫 번째 '발사'는 여덟 시에 찾아왔다, 손님들이 잠에서 깨 아침을 주문할 때다. 여덟 시에는 갑작스러운 소음과 외침들이 지하실 전체에 걸쳐 터져 나온다. 종들은 여기저기서 울리고, 푸른 앞치마의 남자들은 복도를 뛰어다니며, 우리의 승강기들은 꾕음을 내며 동시에 내려온다, 그리고 5 층 전체에 있는 웨이터들은 이탈리아 말로 욕하며 수직 통로에 대고 소리치기 시작한다. 우리가 했던 모든 업무가 기억이 나진 않는다, 그렇지만 커피나 홍차 그리고 초콜릿을 끓이고, 음식은 주방에서, 와인은 창고에서, 과일 같은 것들은 식당에서 가져와야 했다, 빵 썰기, 토스트 굽기, 버터 덩어리를 말기, 잼의 양 재기, 우유 깡통 따기, 설탕 덩어리 세기, 계란 삶기, 포리쥐 요리하기, 얼음 깨기, 커피 갈기 등이 포함되어 있었다. - 이 모든 것을 100 명에서 200 명의 손님 분에 맞추었다. 주방의 크기는 30 야드 정도 되었고, 식당은 60에서 70 야드 정도 되었다. 승강기를 통해 올려 보내는 모든 것은 계산서에 포함되었기에, 계산서는 제대로 보관해야만 했다, 만약 설탕 한 덩이라도 없어지면 문제가 됐다. 이 것 외에도, 직원들에게 빵과 커피를 제공해야 했고, 위층에 있는 웨이터들에게 음식을 가져다 주었다. 전반적으로, 복잡한 일이었다.

계산을 해 보니 한 사람이 하루에 15 마일을 뛰거나 걸어야만 했다, 하지만 이 일은 육체적인 것보다 정신적인 면이 더 컸다. 그 어떤 일도, 겉으로 보자면, 이 멍청한 부엌일 보다 쉬운 건 없었다. 하지만 한 번 바빠지면 놀라우리만치 어려웠다. 많은 일 사이를 종횡무진 뛰어다녀야 했다-정해진 시간 안에 카드 한 묶음을 순서대로 정리하는 것과 비슷하다- 토스트를, 예를 들자면, 만드는 중이었다. 갑자기 쾅! 홍차, 롤빵과 각기 다른 세 가지 종류의 잼 주문이 실린 승강기가 내려온다, 그리고 동시에 쾅! 다른 엘리베이터가 으깬 계란, 커피 그리고 왕귤을 요구하며 내려온다. 계란을 가지러 주방으로, 과일을 가지러 식당으로 뛴다, 번개처럼 뛴다, 토스트가 타기 전에 돌아와야 한다, 그러면서도 커피와 홍차를 기억하고 있어야만 한다, 게다가 이 많은 주문들 외에도 다른 주문들은 여전히 밀려가고 있다. 그리고 동시에 웨이터 한 명이 쫓아와 없어진 탄산수로 시비를 건다, 그러면 그 사람과 말싸움을 하고 있게 된다. 보통 생각의 이상으로 두뇌를 필요로 하는 일이다. 마리오는, 실제로 그렇다, 믿을 수 있는 카페테리어가 되기 위해선 족히 일 년은 걸린다 했다.

8시부터 10시 사이는 광란의 시간대였다. 어떤 때는 우리 오 분밖에 못 살 사람들처럼 행동했고, 어떤 때는 주문이 멈춰 갑작스러운 소강상태가 찾아왔다, 그 순간만큼은 모든 것이 차분해지는 듯했다. 그러면 우리는 바닥에 쓰레기를 치우고, 새 톱밥을 자빠뜨렸다, 그리고는 와인이나, 커피나 홍차를 사발로 들이켰다-젖어있기만 하면 그 어떤 거라도 마셨다. 우리는 주로 얼음덩어리를 깨서 입에 넣고 일 하는 동안 빨아먹었다, 가스난로에서 나오는 열기는 메스꺼웠다. 하루에 2리터가 넘는 물을 들이켰다, 몇 시간만 지나면 앞치마 조차도 땀으로 흠뻑 젖었다. 가끔은 절망할 정도로 일에 치였다, 그럴 때는 몇몇 손님이 아침도 못 먹고 떠날 수도 있었다, 하지만 마리오가 우리를 잘 이끌어 주었다. 그는 카페테리아에서 14년을 일해 왔고, 일과 일 사이에서 1초도 절대 허투루 쓰지 않는 실력이 있었다. 마자르는 정말 멍청했고 나는 경험이 없었다, 그리고 보리스는 게으름을 피웠는데, 어느 정도는 불편한 다리 때문에 그랬고, 한 편으로는 웨이터였던 그가 카페테리아에서 일한다는 창피함 때문이었다, 하지만 마리오 만큼은 경이로웠다. 마리오는 대단한 팔을 카페테리아를 가로질러 뻗어 커피 주전자를 채우고 다른 한 손으로는 계란을 삶았으며, 동시에 토스트를 보며 마자르에게 윽박을 질렀다, 그리고 이런 틈들 사이사이에 가곡 리골레토의 몇 소절을 부르고 있었다, 경이로움 그 이상이었다.

주인은 그의 가치를 알고 있었다, 우리들처럼 한 달에 오백 프랑이 아닌,

한 달에 천 프랑을 받았다. 열 시 반에는 아침의 대혼란이 끝이 났다. 그러면 우리는 카페테리아의 식탁을 박박 문 질러 씻고, 바닥을 닦고 놋그릇에 광을 냈다, 그리고, 한가해진 아침에는, 한 명씩 담배를 피우러 화장실에 갔다. 이 시간이 한산한 시간대였다- 그나마 상대적으로 그런 시간이다, 하지만, 단 한 번도 방해를 안 받고 보낸 적은 없었다. 손님들의 점심시간은, 열 두 시부터 두 시 사이였고, 아침시간같이 또 다른 혼란의 시간대였다. 대부분은 주방에서 음식을 가져오는 일이었는데, 끊이지 않는 요리사들의 싫은 소리를 의미했다. 이 시간쯤 되면 요리사들은 화로 앞에서 네, 다섯 시간 땀을 흘렸기에, 그들의 성질도 적당히 열이 올라 있을 때다.

두 시에는 갑작스레 자유의 몸이 되었다. 우리들은 앞치마를 팽개치고 코트를 챙겨 입고, 잽싸게 문 밖을 나선다, 돈이 있었을 때는, 가까운 술집으로 뛰어 들어갔다. 불구덩이 지하실에서 거리로 올라오면, 뭔가 이상했다. 마치 북극 여름의 극 할 정도 맑고 찬 공기 같았다. 음식과 땀의 악취 이후 맡는 휘발유 냄새는 정말 달콤했다! 가끔 같이 일하는 웨이터들과 요리사들을 술집에서 만나고는 했다, 그들은 살갑게 굴었고 술도 사주었다. 안에서야 우리는 그들의 노예였지만, 일을 하지 않는 시간에는 모든 사람이 평등하다가 호텔의 기본 예의였다, 욕설도 마음에 담지 않았다.

5시 15분 전에는 모두 호텔로 되돌아 갔다. 6시 반까지는 주문이 없었다, 우리는 이 시간을 식기에 광을 내거나, 커피 기구들을 닦거나, 다른 이상한 일들을 하는 데 사용했다. 그리고 나면 하루 중 가장 장엄한 혼란이 시작되었다, 저녁식사 시간이었다.- 아주 잠깐만이라도 프랑스의 소설가 졸라가 되어 이 저녁시간을 그려 낼 수 있었으면 좋겠다. 상황을 요약하자면 백 명에서 이백 명의 각자 다섯 또는 여섯 가지의 전혀 다른 코스요리를 주문한다. 오십 명에서 육십 명의 사람들이 이를 위해 요리하고 시중 들고 후에 청소까지 해야 한다. 요식업을 경험 한 사람이라면 이게 무슨 뜻인지 알 수 있을 것이다. 이 시간대에 일이 두 배일 때는, 전 직원이 녹초가 되고, 많은 직원들이 취해 있게 된다. 정확한 기억 없이도 이 장면에 대해서는 몇 장이고 쓸 수 있다. 종업원들은 좁은 복도를 이리 뛰고 저리 뛴다, 부딪힘, 고함, 얼음덩어리, 상자, 쟁반과의 고군분투, 열기, 어두움, 결판을 낼 시간도 없음에도 분노에 차 끓어가는 말싸움 등등-어떻게 표현을 할 수가 없다. 지하실에 처음 온 사람이라면 미치광이들의 소굴에 들어왔다고 생각할 수 있다. 나중에 되어서야, 호텔의 일을 이해했고, 나는 혼돈 속의 질서를 볼 수 있었다.

8시 반이 되면 일이 확 하고 멈춘다. 9시까지는 자유가 아니었지만, 우리는 바닥에 대자로 드러누워 버리고는 했다, 누워서 다리를 쉬게 했는데, 너무 지쳐 물을 마시러 얼음창고까지는 가지도 못 했다. 가끔 부지배인이 맥주 몇 명을 들고 내려왔다, 고된 하루를 보낸 날은 호텔에서 한 병의 맥주를 사주고는 했다. 우리에게 주어지는 음식은 그저 그랬지만, 주인은 술에서만큼은 짜지 않았다. 매일 하루 2리터의 와인을 허락해주었다, 접시닦이에게 2리터가 주어지지 않으면 3리터를 훔친다는 걸 잘 알고 있었기 때문이다. 우리에겐 남은 술도 있었기에, 너무 많이 마시기도 했다- 하나 좋은 점은, 적당히 취하면 더 빨리 일하는 것처럼 느껴졌다는 거다.

4일이 이런 식으로 지나갔다. 남은 이틀 중 하루는 괜찮았고, 하루는 더 심했다. 이런 삶의 한 주가 지나자 나는 휴가가 필요했다. 토요일 밤이었고, 우리 호텔 술집에 있는 사람들은 취하기에 바빴다. 쉬는 날 전이었던 나도 합류할 준비가 되어 있었다. 모두 자러 갔다. 취했고, 새벽 두 시였으며, 정오까지 늦잠을 자려했다. 다섯 시 반쯤 갑자기 누군가가 나를 깨웠다. 호텔에서 보낸 야간 경비원이 내 침대 옆에 서 있었다. 옷들을 벗겨내며 나를 거칠게 흔들었다.

'일어나!' 그가 말했다. '거하게 마시셨구먼, 그래도 여하튼, 호텔에 사람이 부족해. 오늘 일해야 돼.'

'내가 왜 일을 해야 합니까?' 나는 저항했다. '오늘은 내 휴무입니다.'

'휴무, 어쩌란 말인가! 일이 있으면 해야지. 일어나!'

나는 일어나 밖으로 나갔다, 허리는 마치 부러지고 머리는 뜨거운 숯덩이로 가득 찬 것 같았다. 나는 오후 근무를 제대로 할 수 없을 것 같았다. 하지만, 지하실에 한 시간 정도 있자, 완벽히 멀쩡해진 나를 발견했다. 마치 뜨거운 터키탕에 들어간 것 비슷한데, 창고의 열기 속에서는 얼만큼의 술이라도 땀으로 쏟아 낼 수가 있었다. 접시닦이들은 이를 알고 있었고, 믿고도 있었다. 와인 몇 리터를 들이마셔도, 숙취가 오기 전 땀으로 빼낼 수 있는 권한은 그네들이 가진 삶의 낙 중 하나였다.

12

단언컨대 호텔에서 내 최고의 시간은 4층의 웨이터들을 도우러 갈 때였다. 작은 식료품 창고에서 일을 했는데 승강기 통로로 카페테리아와 의사전달을 했다. 지하에 비하면 기분 좋을 정도로 시원했다, 주로 식기와 유리잔을 광 내는 일이었는데, 인간다운 작업이었다. 발렌티, 이 웨이터는, 예절 바르고, 둘이 있을 때는 거의 나를 동급으로 대해 주었다, 다른 사람들의 앞에서는 거칠게 말해야만 했는데, 웨이터들은 접시닦이들에게 친절함을 베풀어서는 안 됐기 때문이다. 가끔 그가 괜찮은 수입을 얻은 날에는 팁으로 오 프랑을 나에게 주고는 했다. 그는 곱상한 외모에, 24살의 나이에도 18살처럼 보였다, 그리고 다른 웨이터들이 그렇듯, 그도 자기관리를 잘했고 옷을 어떻게 입어야 하는지도 잘 알았다. 연미복과 하얀 넥타이, 부드러운 갈색머리와 생기 넘치는 얼굴, 그는 꼭 이튼학교의 학생 같았다. 다른 점이라면 그는 열두 살부터 스스로 먹고 살아왔고 실로 시궁창부터 여기까지 올라왔다는 거였다. 여권 없이 이탈리아 국경에서 장사도 했고, 북쪽 대로에서 수레를 끌고 밤을 팔았다, 런던에서는 허가증 없이 일을 하다 50일 동안 감옥살이를 하기도 했다. 어느 호텔에서는 늙은 졸부 여자에게 몸을 팔아야 했는데, 그에게 선물로 다이아몬드를 주고는 나중에 도둑질해 갔다며 그를 고소했다. 그가 경험 일들의 일부들이다. 쉬는 시간 승강기통로 옆에서 담배를 피우며 그와 대화는 나에게는 즐거움이었다.

달갑지 않은 날은 식당에서 설거지를 할 때였다. 접시는 주방에서 해결해서 내가 닦지는 않았다. 하지만 다른 식기들, 은제품, 포크, 칼 그리고 유리잔들을 닦아야 했다, 별로 어렵진 않았지만, 13시간을 일해야 했고, 하루에 30장에서 40장의 행주를 썼다. 프랑스에서 쓰는 구시대적 방법은 설거지를 갑절로 만들었다. 접시걸이는 거의 쓰이지 않았고, 주방 비누도 없었다. 당밀 비누만 있었는데, 프랑스의 센물에서는 거품도 일지 않았다. 더럽고 사람들로 가득 찬 식료품 저장고와 부엌이 붙어 있는 굴에서 일을 했다, 식당으로 곧장 통로가 이어져있었다. 설거지 외에도, 웨이터들에게 음식을 가져다 주고 시중도 들어야 했다. 대부분이 참을 수 없을 정도로 무례하고 버릇이 없었다. 상식선의 정중함을 얻기 위해 주먹도 몇 번이고 사용해야만 했다. 보통 그곳에서 설거지를 하는 사람은 여자였는데, 웨이터들은 그녀의 삶을 피폐하게 만들었다.

더럽고 작은 부엌을 훑어보는 건 재미있었다, 우리와 식당 사이에 이중문 하나밖에 없었다는 게 놀랍기도 했다. 화려하게 차려 입고 앉아있는 손님들, 티끌 하나 없는 식탁보, 꽃병들, 거울과 천장을 두른 장식과 천사들로 찬 그림들, 그리고 단지 몇 발자국 떨어진, 이 안에서 우리들은 역겨운 오물을 뒤집어쓰고 있었다. 정말 메스꺼울 정도로 불결했다. 저녁때까지는 바닥을 닦을 시간이 없어서, 양배추 잎사귀, 찢긴 종이, 뭉개진 음식들과 비눗물이 섞인 복합물 바닥을 미끄러지듯 헤치고 다녔다. 많은 웨이터들은 상의를 벗고, 젖은 겨드랑이 부분을 보여주며 다녔다. 식탁에 앉아 엄지손가락은 크림 병에 담가 둔 채 야채를 비볐다. 그 안은 땀냄새와 음식 냄새가 섞여 더러운 악취를 풍겼다. 모든 천장 안의 그릇들 뒤에는, 웨이터들이 훔쳐 둔 지저분한 음식들이 쌓여 있었다. 싱크대는 두 개 밖에 없었고, 세면대는 없었다. 웨이터들에게 헹궈진 그릇들이 올라오는 싱크대에 하는 세수는 흔한 일이었다. 하지만 손님들은 이런 걸 하나도 볼 수가 없었다. 식당 문 밖에는 거울과 코코넛 밭이 달려 있었고, 웨이터들은 몸치장을 하고는 청결함을 담은 한 폭의 그림처럼 식당으로 들어갔다.

호텔식당으로 웨이터들이 들어가는 광경을 보자면 교훈을 얻게 해준다. 문을 지나는 순간 그들에게 급격한 변화가 찾아온다. 어깨자세가 변한다, 더러움, 급함, 짜증을 모두 단번에 털어낸다. 목사 같은 근엄한 얼굴로 카펫 위를 공기같이 미끄러지듯 나아간다. 부지배인이 기억이 나는데, 불 같은 성질의 이탈리아 사람이었다, 식당으로 나가는 문 옆에 멈춰 서서는 와인 병을 깬 수습생에게 일장연설을 했다. 머리 위로 올린 손을 떨면서 소리를 쳐댔다(운이 좋게도 거의 방음이 됐다)

'말해 봐라- 너 스스로를 웨이터라 부를 수 있겠냐, 피도 안 마른 자식아? 정신 차려! 네 엄마가 사는 창녀 굴의 바닥을 닦는 게 아니라고. 기둥서방 자식아!'

욕으로도 분을 삭이지 못한 채, 그는 문 쪽으로 돌아섰다. 문을 열며 톰 존스의 인물 스콰이어 웨스턴이 했던 것처럼 마지막 모욕을 가했다.

그러고는 식당으로 들어가 접시를 들고 항해하듯 가로질러 나아갔다, 한 마리의 백조처럼 우아하게. 십 초 후에는 경건한 자세로 손님에게 고개를 숙이고 있었다. 그의 인사와 미소, 그 숙련된 웨이터의 상냥한 미소를 보고 나면, 손님이 이런 귀족을 자신에게 봉사하게 만들어 몸 둘 바를 모르겠구나 라는 생각을 안 할 수 없게 된다.

설거지는 지독히도 혐오스러운 일이었다-어렵진 않다, 하지만 굉장히 지루하고 하찮다. 누군가 이 직업에 몇 십 년을 소비한다고 생각하면 정말 무서워진다. 내가 대신한 여자는 60대 전후였는데, 일 년 내내, 하루 13시간을 싱크대에 앞에 서서, 일주일간 6일을 일했다, 그녀는, 게다가, 웨이터들에게 지긋지긋하게 괴롭힘도 당했다. 한 때 여배우였다고는 하는데-사실, 내 예상에는, 창녀가 아녔을까 한다, 대부분의 창녀들은 파출부가 된다. 나이와 살고 있는 삶에도 불구하고 검게 칠한 눈과 20세 소녀 같은 화장에 밝은 금색 가발을 쓴 그녀를 보면 묘한 기분이 들었다. 확실히 일주일 78시간의 노동 조차도 어떤 사람한테는 약간의 활력 정도는 남겨 주는 모양이었다.

13

호텔에서 삼 일째 되던 날, 인력관리장이, 평소에는 점잖은 목소리로 말하던 사람이다, 나를 불러 세우고 날을 세워 말했다.

'자네, 그 콧수염 당장 밀어 버리게! 이런 망할, 어디 접시닦이가 콧수염을 기르나?'

나는 저항을 시작했다, 하지만 그는 내 말을 잘랐다. '콧수염 기른 접시닦이라니- 말도 안 되는 소리! 정리하게 내일은 콧수염 없는 자네를 볼 테니.'

집으로 가는 길에 보리스에게 무슨 영문인지 물었다. 그는 어깨를 들썩거렸다. '그 사람 말대로 무조건 하게, 친구, 호텔에서는 아무도 콧수염을 기르지 않아, 요리사들만 기를 수 있어. 자네가 알아챘을 거라 생각했는데. 이유? 그런 건 없어, 그저 관습이야.'

나는 이게 예의임을, 저녁식사 차림에는 흰 넥타이를 하지 않는 것처럼, 알게 됐고 콧수염을 밀어 버렸다. 후에 이 관습에 대한 설명을 찾아냈다, 연유는 이거였다. 고급 호텔에서는 웨이터들은 콧수염을 기를 수 없는데, 웨이터들은 자신들의 위치를 과시하기 위해 접시닦이들도 콧수염을 기르지 못 하게 규칙을 세웠고, 요리사들은 웨이터들을 향한 멸시를 보여주기 위해 콧수염을 기른다.

콧수염은 호텔에 존재하는 정교한 카스트제도의 개념을 설명해 준다. 우리 종업원들의 -약 110명 정도 된다- 위신은 군인들의 계급처럼 정교하게 등급으로 나뉘어 있었다, 요리사들과 웨이터들은 사병 위의 장교처럼 접시닦이보다 한 참 위였다. 가장 높은 사람은 지배인이었는데, 누구라도, 요리사 조차도, 해고할 수 있었다. 우리는 주인을 한 번도 본 적이 없다, 그에 대해 아는 거라고는 그의 식사는 손님의 식사보다 더 심혈을 기울여 준비되어야 한다는 것뿐이다. 호텔의 모든 규칙은 전적으로 매니저에게 달려 있었다. 그는 성실한 사람이었고, 언제나 태만한 직원을 찾아 다녔다, 하지만 우리는 지배인보다 더 똑똑했다. 호텔을 가로지르는 종소리 체계가 있었는데, 전체 종업원은 종을 이용해 서로에게 신호를 보냈다. 한 번의 긴 종소리와 짧은 종소리 한 번, 뒤를 잇는 긴 종소리 두 번은, 매니저가 온다는 뜻이었다, 이 신호를 듣게 되면 우리는 바쁜 척을 했다.

지배인 밑으로는 급사장이 따른다. 그는 평범한 식탁에는 시중을 들지 않고, 귀족이나 이에 상응하는 사람들에게만 시중을 든다. 대신 다른 웨이터들에게 명령을 하거나 음식이 나가는 것을 돕는다. 그가 샴페인 회사로부터 받는 봉사료와 수수료는(그가 돌려주는 코르크 마개 하나 당 2프랑이었다) 하루에 200프랑 정도 되었다. 급사장은 다른 직원들과는 확실히 다른 위치에 있었다, 독방에서 식사를 했고, 식탁의 은제 식기와 함께 말끔한 흰색 상의 차림을 한 두 명의 수습생이 그의 시중을 들었다. 급사장 밑으로는 주방장이었다, 한 달에 5000 프랑을 벌었다. 주방장은 주방에서 식사를 했지만 식탁은 따로 있었다, 그리고 수습 요리사가 그의 시중을 들었다. 그리고 인력관리장이 뒤를 이었다. 관리장이 버는 돈은 한 달에 1500 프랑이었지만, 검은색 외투차림으로 육체노동은 하지 않았다, 그리고 접시닦이나 웨이터들을 자를 수 있었다. 이 다음이 다른 요리사들이다, 한 달에 3750 프랑 밑으로 벌어갔다, 그리고 웨이터들, 적은 고정급여에 더해, 하루 70프랑 정도를 봉사료로 가져갔다. 다음이 세탁과 수선을 하는 여자들, 다음이 수습 웨이터들인데 봉사료는 받지 못했고 한 달에 750 프랑을 월급으로 받았다. 그리고 접시닦이들, 역시 한 달에 750 프랑이 지급됐다, 다음이 500 프랑을 버는 객실 청소부였고, 마지막이 카페티어들이었다, 한 달에 500프랑을 벌었다. 우리 카페티어들은 호텔의 가장 낮은 떨거지들이었고, 모두에게 경멸과 무시를 당했다.

다른 부류의 직원들도 있었다 -사무실 직원, 통상 안내원이라 불렸다, 창고관리인, 술 창고관리인, 짐꾼과 잡부들, 얼음관리인, 제빵사, 야간 경비원, 문지기 등. 각각의 일들은 다른 인종들에 의해 맡아졌다. 사무실 직원, 요리사, 그리고 바느질하는 여자들은 프랑스인들이었고, 웨이터들은 독일인이나 이탈리아인(파리에는 프랑스인 웨이터가 거의 없다), 접시닦이들은 유럽 각지에서 온 모든 인종들이었고 흑인과 아랍인도 있었다. 프랑스어가 국제공용어였고, 심지어 이탈리아 사람들은 자기들끼리도 프랑스어로 대화했다.

모든 부서는 그들만의 특권이 있었다. 파리의 모든 호텔은 쪼개진 빵을 제
빵사들에게 1파운드 당 동전 8닢에 파는 관습이 있었고, 주방의 음식쓰레
기는 돼지치기에 헐값에 넘겨, 접시닦이들이 돈을 나눠 가졌다. 빼돌리는
일도 많았다. 웨이터들은 어떤 음식이고 훔쳤다-사실, 호텔에서 제공되는
음식을 안 먹는 웨이터는 거의 본 적이 없다- 요리사들은 더 큰 단위로 훔
쳤다. 카페티어인 우리는 허락 없이 커피와 홍차를 마음껏 마셨다. 술 관
리인은 브랜디를 훔쳤다. 호텔의 규칙에 따라 웨이터들은 술을 다룰 수 없
었다, 그렇기에 주문을 받으면 술 관리인에게 술을 받아와야만 했다. 술
관리인은 술을 따라 주면서 각 잔 마다 약 한 숟가락 정도를 덜어 내놓는
식으로, 술을 모았다. 그는 이렇게 훔친 술을 믿을 수 있는 사람들에게만
한 잔에 동전 5 닢을 받고 팔았다.

종업원 중에는 도둑들도 있었다, 외투 주머니에 돈을 넣어두면 없어지기
일쑤였다. 문지기는, 우리에게 급여를 주고 훔친 음식은 없는지 검사했다,
가장 대단한 도둑이었다. 한 달에 받는 내 500프랑에서, 실제로 이 사람
은 6주 동안 140프랑을 사기 쳐 갔다. 나는 일급을 요청해 두었기에, 매일
저녁 문지기는 나에게 16 프랑을 주었다, 그런고로, 일요일 일급을 내게
주지 않고(당연히 내 급여에 포함된 부분이다) 자기 주머니에 챙겨 넣었다.
게다가, 일요일에도 가끔씩 일을 했는데, 이런 날에는, 나는 모르고 있었

다, 25프랑의 특별 수당을 받도록 되어있었다. 문지기는 이것도 내게 단한 번을 지급한 적이 없었다, 그렇게 또 75프랑을 훔쳐갔다. 마지막 주에나 가서야 속고 있음을 알게 됐고, 아무것도 증명할 수 없었기에, 25프랑만 되돌려 받을 수 있었다. 문지기는 속일 수 있을 정도로 어리바리한 직원들에게 비슷한 사기를 쳤다. 스스로를 그리스인이라 했지만 사실은 아르메니아 사람이었다. 이 사람을 알고 난 후 속담이 가진 힘을 알게 됐다. '그리스인을 믿으려거든 유대인을 믿고 유대인 보다는 뱀을 믿어라, 하지만 아르메니아 사람은 절대 믿지 마라.'

웨이터 중에는 특이한 성격을 가진 사람들이 많았다. 신사 한 명이 있었는데-대학교육을 받고, 사업을 하는 사무실에서 급여도 괜찮게 받았던 청년이다. 그는 성병에 걸려, 방황하다, 지금은 웨이터가 된 것만으로도 행운이라 여기고 있었다. 많은 웨이터들은 여권 없이 프랑스로 몰래 들어왔다, 그리고 그들 중 한 두 명은 간첩이었다- 웨이터는 간첩들이 흔하게 선택하는 직업이다. 하루는 직원 식당에서 모란디와, 미간 사이가 정말 멀었고 얼굴은 위협적이었다, 다른 이탈리아인 사이에서 살벌한 싸움이 일어났다. 모란디가 그 남자의 애인을 낚아챈 모양이었고, 허약해 보이던 이 사람은, 누가 봐도 모란디를 겁내고 있었다, 어정쩡한 말투로 위협을 가했다.

모란디는 그를 조롱했다. '그래, 그래서 뭘 어쩌겠다는 거지? 네 여자랑 잤어, 세 번이나 잤지. 그거 괜찮더군. 뭘 어쩔 건데?'

'비밀경찰한테 다 까발릴 거야. 너 이탈리아에서 온 간첩이지.'

모란디는 부정하지 않았다. 그저 모란디는 남자의 양 볼을 절개하겠다는 듯, 상의 주머니에서 면도날을 꺼내 허공에 빠르게 두 번 그었다. 그러자 마자 다른 웨이터가 칼을 뺏었다.

호텔에서 본 가장 이상했던 사람은 어떤 '일용직' 남자였다. 그는 아픈 마 자르를 대신해 하루 25프랑에 고용되었다. 세르비아사람이었는데, 25세 정도 되는 나이에 떡 벌어진 체구로 영리한 친구였다, 영어를 포함해 6개 언어를 구사했다. 그는 호텔의 일에 대해 속속들이 아는 듯했고, 정오까지 는 노예처럼 일을 했다. 그러고는, 열두 시가 되자마자, 뾰로통한 얼굴로 태만을 부렸다, 와인을 훔치고, 끝에 가서는 입에 파이프를 물고는 대놓고 게으름을 피웠다. 흡연은, 당연히, 아주 심한 처벌로 금지되어 있었다. 이 를 듣고 지배인은 격하게 분노하여 씩씩거리며 그를 찾아왔다.

'무슨 미친 생각으로 여기서 담배를 피워?' 지배인이 소리쳤다.

'그 딴 상판은 어떤 미친 생각으로 달고 있는 건데?' 세르비아 사람이 차분하게 대답했다.

이런 신성모독적 발언은 나라면 절대 할 수 없다. 주방장이었다면, 접시닦이가 주방장에게 이런 식으로 말했다면, 뜨거운 국물이 든 냄비를 얼굴에 던졌을 것이다. 지배인이 바로 말했다, '넌 해고야!' 그리고 두 시가 되자 세르비아 사람은 25프랑을 받았고 시간에 맞추어 해고가 되었다. 그가 나가기 전 보리스가 대체 뭐 하는 짓이냐고 러시아어로 물었다. 보리스가 말하길 그는 이렇게 대답했다고 한다.

'이 보오, 늙은이, 내가 정오까지 일하면 하루 일당을 지불해줘야만 하지, 그렇지 않소? 그게 법이니까. 일당을 받을 수 있는데 그 뒤로 일 하는 게 제정신인가? 내가 어떻게 하고 사는지 말해주지. 한 호텔에 가서 일용직 일을 잡고 정오까지는 열심히 일을 해. 그러다, 열두 시 종이 땡 치면, 나를 자르는 것 외에는 방법이 없도록 문제를 일으키는 거지. 기가 막히지? 보통은 열두 시 반쯤에는 잘리는데 오늘은 두 시네. 하지만 신경 안 써, 4시간은 아꼈으니까. 문제가 딱 하나 있는데, 똑같은 호텔에서 두 번은 못 해.'

이 청년은 파리의 절반에 달하는 식당과 호텔에서 이런 짓을 하고 다닌 듯했다. 호텔들은 주의인물명부를 만들어 이런 짓들로부터 스스로를 보호하려 했지만, 여름 동안에는 이런 장난이 정말 쉽게 먹히는 것 같았다.

14

며칠이 지나고 나는 호텔이 어떤 원칙 위에서 운영되는지 파악했다. 직원들의 구역에 처음 들어오는 누구라도 경악하게 만드는 게 있다면 그건 바쁜 시간의 끔찍한 소음과 무질서일 것이다. 공장이나 상점의 안정적인 일과는 천지차이인데 첫눈에는 운영이 그냥 제대로 안 되는 것처럼 보일 수 있다. 하지만 이는 정말 어쩔 수 없는 노릇인데, 이유는 이렇다. 호텔 일이 특별히 어려운 건 아니다, 하지만 타고난 습성으로 인해 복잡해지고 효율적이 될 수가 없다. 스테이크를, 예를 들자면, 주문 두 시간 전부터 구워둘 수는 없다. 마지막 순간까지 기다려야만 하고, 그 시간이 오기 전 다른 일들이 잔뜩 쌓이게 된다, 그렇게 되면, 정신 없는 속도로, 한 번에 모든 일을 처리해야만 한다. 결국 식사시간에는 한 사람이 두 사람 몫을 하게 되고, 이는 소음과 말다툼 없이는 불가능하다. 실제로 언쟁은 일의 과정에서 꼭 필요한 부분이다. 모든 사람이 다른 모든 사람들을 빈둥거린다고 비난하지 않고서는 일의 속도를 절대 따라갈 수가 없다. 바쁜 시간 동안 전체 종업원이 미친 듯이 날뛰고 악마처럼 욕을 해대는 이유다. 바쁜 시간대에는 욕을 빼면 동사는 거의 쓰이지 않는다. 빵 만드는 열여섯 소녀가 있었는데, 마부도 이길 것 같은 욕을 썼다.('부엌데기 같이 욕을 하는구나'라고 햄릿이 말하지 않았던가? 셰익스피어는 부엌데기가 일 하는 모습을 본 게 확실하다) 그럼에도 우리는 이성을 잃지 않았고 시간을 허비하지도 않았다. 단지 네 시간의 노력을 두 시간으로 줄이기 위해 서로를 격려했을 뿐이다.

어리석고 엉뚱하기는 해도, 호텔이 장사가 되게 하는 건 종업원들이 가진 진심 어린 그들의 자부심이라는 사실이다. 한 사람이 게으름을 피울라치면, 다른 사람들이 그 사람이 해고되도록 작당 모의했다. 요리사, 웨이터 그리고 접시닦이들의 겉모습은 정말 달랐다, 하지만 능률 있게 일한다는 자부심만큼은 전부 똑같았다.

두 말할 필요 없이, 최고의 장인 계급은, 가장 비굴하지도 않다, 요리사들이다. 웨이터만큼 벌지는 못 하지만, 그들은 위신도 더 높고 고용도 더 안정적이다. 요리사는 스스로를 하인이 아닌, 숙련된 장인으로 여겼다. 요리사는 통상 노동자로 불렸지만 웨이터들은 절대 그렇지 않았다. 요리사는 그의 힘을 알고 있다 – 식당을 살릴 수도 망칠 수도 있다는 것과 그가 오 분만 늦어도 모든 게 통제불능이 된다는 걸. 요리사는 요리를 하지 않은 직원들을 멸시했고, 웨이터 장 밑의 모든 사람들을 모욕하는 걸 명예로 받아들인다. 요리사는 대단한 기술을 요하는 그의 일에 진심 어린 예술가적 자부심을 가지고 있다. 요리 그 자체가 어려운 건 아니다, 시간 내에 모든 걸 해내는 것이 어렵다. 아침과 점심시간 사이에 호텔 X의 주방장은 몇 백 개의 주문을 받는데, 각기 다른 시간에 나가야 했다. 몇 개의 요리는 주방장이 직접 하기도 했고, 모든 요리에 대한 지시를 내리고 요리가 나가기 전에 검사를 했다. 그의 기억력은 대단했다. 주문지는 판자에 꽂혀 있었는데, 주방장은 거의 쳐 다도 안 봤다, 모든 게 그의 머릿속에 저장되어 있었다, 정확히 몇 분 전, 각 요리가 나갈 시간이 되면, 영락없이 이렇게 외쳤다, '송아지 갈비 내보내'(다른 음식도 마찬가지다) 주방장은 참기 힘들 정도로 고약했다, 하지만 동시에 예술가였다. 여자보다 남자 요리사가 선호

되는 건, 기술이 가진 우월함 때문이 아닌, 정확한 시간 엄수 때문이다.

웨이터들의 복장은 크게 달랐다. 그들 또한 자신들의 기술에 자부심을 가지고 있다, 하지만 그들의 주된 기술은 굽실거림이다. 웨이터의 업무는 그들의 정신을, 장인정신이 아니다. 속물로 만든다. 그들은 부자들의 끊임없는 시선을 받고, 부자들의 식탁 옆에 서고, 부자들의 대화를 들으며, 조심스러운 농담과 예의 바른 웃음으로 아부하며 살아간다. 그들은 대리인으로서 돈 쓰는 것을 즐긴다. 게다가, 부자가 될 기회는 언제나 있다, 대부분의 웨이터가 가난하게 죽기는 하지만, 가끔은 행운이 연속으로 일어나기도 한다. 그랜드 대로에 있는 어느 카페에서는 많은 돈이 오고 가는데, 웨이터들이 고용되기 위해 주인에게 실제로 내는 돈들이다. 끊임없이 돈을 보고, 그 돈을 얻고 싶다는 희망하다 보면, 웨이터들은 그들 스스로를 어느 정도 주인과 동일시하게 된다. 그들은 식사를 접대하는 고통도 멋지게 감내한다, 왜냐하면 그들도 식사에 참여 중이라고 착각하기 때문이다.

발렌티가 딱 한 번 일한 니스에서 열린 한 연회에 대해 말해주었다, 20만 프랑이 어떻게 쓰였는지 어떻게 소문이 났는지에 관해 몇 달은 이야기했다. '기가 막혔어! 얼마나 아름답던지! 오, 예수님! 샴페인, 식기들, 난초들 – 내 한 번도 그런 걸 한 번도 본 적이 없었어, 그렇게 대단한 걸 본거야. 얼마나 영광스럽던지!'

'하지만' 내가 말했다, '자네는 그저 일만 하지 않았나?'

'그야, 그렇긴 하지, 하지만 정말 대단했다고!'

교훈은, 웨이터는 절대 동정할 필요가 없다는 거다. 가끔 식당에 앉아서, 마감시간 30분이 지나도록 여전히 음식을 먹고 있다면, 지쳐있는 웨이터가 당연히 당신을 보며 혐오한다 느낄 것이다. 하지만 그렇지 않다. 그는 당신을 보며 '이런 돼지같이 막돼먹은 놈' 이라 생각하지 않고, 이렇게 생각한다, '언젠가, 내 충분히 돈을 모으면, 저 사람이랑 똑같은 짓을 할 수 있겠지.' 그들은 자신들이 매우 잘 이해하고 경배하는 이런 종류의 기쁨에 봉사하는 중이다. 이런 이유로 웨이터들 중에는 사회주의자가 거의 없고, 영향력 있는 노동조합도 없다, 하루 12시간도 일하지 않는다 - 그들은 많은 카페들에서 7일 하루 15시간 일 한다. 그들은 속물이며, 일이 가진 비굴한 습성을 적성에 맞는다고 생각한다.

접시닦이들은 또 다른 모습을 가지고 있다. 그들의 일은 어떤 가망도 없고, 지독하게 진만 뺀다, 동시에 일에 대한 기술도 흥미도 없다. 견뎌낼 힘만 있다면 이런 일은 언제나 여자들이 한다. 이들에게 요구되는 건 계속 뛰어

다니고, 장시간의 노동과 답답한 환경을 참아내는 것뿐이다. 접시닦이들은 이 삶에서 도망 칠 길도 없고, 급여로는 한 푼도 저축하지 못 한다, 일주일 동안 60시간에서 100시간의 노동은 그들에게 다른 무언가를 배울 시간을 남겨주지 않는다. 그들이 바랄 수 있는 최고의 희망은 야간경비원이나 화장실도우미같이 조금이나마 더 쉬운 일을 찾는 것뿐이다.

그럼에도 접시닦이들도, 바닥에 있으면서, 자부심 비슷한 것이 있다. 이는 잡부로서의 자부심이다-얼만큼의 일이 있던 항상 일정해야 한다. 이 단계에서는, 황소처럼 쉼 없이 일하는 단순한 힘이 미덕이다. 달인은 모든 접시닦이들이 불리고 싶어 하는 칭호다. 달인이란, 불가능한 명령을 받아도, 어떻게든 해결하는 사람이다. 호텔 X에 있던 주방의 한 잡부는, 독일인이었다, 달인으로 유명했다. 어느 날 밤, 영국 귀족 한 명이 호텔을 찾았다, 웨이터들은 절망하고 있었다, 귀족이 복숭아를 주문했고, 창고에는 복숭아가 한 개도 없었다. 밤은 늦었고 상점들은 모두 문을 닫았다. '나한테 맞기 시오, ' 독일인이 말하고는 밖으로 나가, 십 분 후 복숭아 네 개를 들고 돌아왔다. 근처 식당에 가서 훔쳐 온 것이었다. 이런 걸 두고 달인이라 부른다. 이 영국 귀족은 복숭아에 개 당 20프랑을 지불했다.

카페테리아의 책임자 마리오는, 전형적인 잡부의 마음가짐을 가지고 있었다. 그가 생각하는 오로지 일 끝내기뿐이었고, 엄청나게 많은 일도 그를 무너뜨릴 수는 없었다. 14년 동안의 지하실은 그에게 기계부속 같은 천성적인 게으름을 남겨주었다. '강해져야 돼.' 누군가 불평할 때면 저렇게 말하고는 했다. 접시닦이들이 은 '나는 강하다'라는 자기자랑을 자주 한다. - 접시닦이들은 마치 자신들이, 남자가정부가 아닌, 군인인 듯 굴었다.

이와 같이 호텔의 모든 사람들은 그들만의 명예가 있었고, 일의 압박이 닥칠 때면 우리는 결연히 단결하여 일을 끝낼 준비가 되어있었다. 다른 업무를 보는 사람들과의 전쟁도 일의 효율성에 기여했는데, 모두가 자신들의 특권을 고수하고자, 다른 사람들의 나태함과 좀도둑질을 막으려 노력했기 때문이다.

이런 부분은 호텔 일의 긍정적인 면이다. 호텔에서는 거대하고 복잡한 기계를 아무 직원이나 다룬다. 왜냐하면 모든 직원이 잘 정의된 업무를 부여받고 꼼꼼하게 처리하기 때문이다. 하지만 약점도 있는데, 무엇이냐 하면 - 직원들이 하는 일들은 고객들이 돈을 지불한 이유와 상충되지 않는다. 고객이 돈을 지불할 때는, 그들의 시각에는, 좋은 서비스를 위해서고, 직원은 월급을 받는데, 직원들이 볼 때는, 일을 하고 받는 것이다- 이렇게 되면, 일반적으로, 봉사는 그저 흉내에 불과해진다. 이렇다 보니, 호텔들은 기적적인 정확함을 갖추고도, 정작 신경 써야 할 중요한 부분에서는 최악의 가정집들보다 더 형편이 없다.

청결을 예로 들어 보자. 호텔 X의 더러움은, 한 번 쓱 보기만 해도, 역겹기 그지없었다. 우리 카페테리아의 모든 컴컴한 구석에는 일 년 묵은 오물이 쌓여있었고, 빵 저장통은 바퀴벌레로 우글거렸다. 한 번은 마리오에게 이 해충들을 죽이자 제안했었다. '불쌍한 벌레를 왜 죽여?' 그는 나를 나무랐 다. 버터를 만지기 전에 손을 씻고 싶어 하자 다른 사람들이 나를 비웃었 다. 하지만 청결을 일의 부분으로 인정할 때만큼은 깔끔했다. 우리는 식탁 과 놋쇠는 주기적으로 문질러 닦아 두었다, 명령 이였기 때문이다. 하지만 진짜로 청결해야 된다는 명령은 없었다. 있었다 할지라도 그럴 시간이 없 었다. 우리들은 충실히 의무를 이행했다. 첫 번째 의무가 시간 엄수였기에, 불결함으로 시간을 절약했다.

주방의 더러움은 더 심했다. 비유가 아니다, 진짜 사실 그대로 프랑스 요 리사는 수프에 침을 뱉는다-그렇다, 그가 먹을 수프가 아니라면 말이다. 그는 예술가다, 하지만 그의 예술은 깨끗함에 관한 게 아니다. 정확히 말 해 어느 정도는 더러워야 한다 요리사는 예술가이기 때문이다, 음식과 깔 끔한 모습을 위해서는, 더러운 처방이 요구된다. 스테이크를 예로 들면, 스테이크가 검사를 위해 주방장에게 온다, 그는 스테이크를 포크로 다루 지 않는다. 손가락으로 집어 들어서는 다시 접시에 던져 놓고는, 양념을 맛보기 위해 엄지손가락으로 접시 한 바퀴를 돌리고는 혀로 핥는다, 그리 고 다시 한번 접시를 엄지손가락으로 훑고는 다시 핥는다, 그러고는 한 발 짝 물러나 마치 예술가가 그림 평가하듯 고기를 응시한다, 그리고는 아침 에만 백 번은 핥은 그의 뚱뚱한, 분홍색 열 손가락으로 고기를 사랑스럽게

132

배치시킨다. 주방장이 만족하면, 행주를 들어 접시에 묻은 그의 지문을 지우고, 웨이터에게 넘긴다. 그리고 웨이터는, 당연하게도, 그의 손가락을 양념에 담근다- 더럽고, 기름진 손가락인데 머릿기름을 바른 머리 사이를 몇 번이고 가로질렀던 손가락이다. 다른 누군가 보다 돈을 더 내는 사람이라면, 파리에서 고기 요리에 10프랑을 냈다고 치면, 이런 식으로 손가락들이 담가졌다고 확신할 수 있다. 아주 싼 식당은 다르다, 음식에서는 이런 문제가 없다, 고기는 포크로 팬에서 꺼내져 접시 위에 던져진다, 손으로 만지는 것도 없다. 얼추 말하자면, 음식에 돈을 더 내는 사람은 더 많은 땀과 침을 어쩔 수 없이 먹게 된다.

불결함은 호텔과 식당의 본성이다. 음식의 청결은 시간엄수와 세련미에 희생되기 때문이다. 호텔 직원들은 음식이 누군가가 먹을 것이라는 걸 신경 쓰기에는 음식준비에 너무 바쁘다. 음식은 단지 '주문'에 불과하다, 암으로 죽어가는 사람이 의사에게는 단순한 하나의 '사례'인 것처럼. 예를 들어, 고객이 토스트를 하나 주문한다. 누군가가 깊은 지하실 어딘가에서 일에 쫓긴다. 토스트를 준비해야만 한다. 무슨 수로 일을 멈추고,'이 토스트는 누군가가 먹을 거야-꼭 먹을만하게 만들어야 돼'라고 말하겠는가? 그가 아는 건 토스트가 무조건 보기 좋아야 하고 3분 안에 준비가 끝나야 한다는 거다. 큰 땀방울이 이마에서 흘러 토스트로 떨어진다. 왜 걱정해야 되는가? 토스트가 바닥 위의 더러운 톱밥 위로 떨어져 있다. 왜 성가시게 새로 만드는가? 톱밥을 털어 내는 게 훨씬 빠르다. 위로 올라가는 길에 토스트의 버터를 바른 부분이 다시 떨어진다. 한 번 닦아 내면 된다. 다른 모든 것들도 이렇게 처리한다. 호텔 X에서 깨끗하게 준비되는 음식이라고는 호텔 직원들과, 주인 음식밖에 없다. 격언이 있는데, 모든 사람이 반복했다, '주인이나 조심해라, 고객은, 누가 신경 쓰랴!' 직원구역 전체는 불결함으로 곪아 있었다- 이 비밀스러운 불결한 혈관은, 사람들 몸을 가로지르는 창자들처럼, 웅장한 붉은빛의 호텔 전체에 퍼져 있었다.

불결함과는 별도로, 주인은 손님들을 착실하게 등쳐 먹었다. 요리들의 주된 재료들은 상태가 정말 안 좋았지만, 요리사들은 세련되게 접대하는 법을 알고 있었다. 고기는 가장 좋아 봐야 평범했고, 야채의 경우는, 분별력 있는 주부라면 시장에서 거들떠도 안 볼 것들이었다. 크림은, 변치 않은 규칙이다, 우유로 희석되어 있었다. 커피와 홍차는 가장 낮은 등급이었고, 잼은 상표도 없는 큼지막한 깡통에서 꺼낸 인조 물질이었다. 가격이 저렴한 모든 와인은, 보리스 말로는, 썩은 코르크 마개를 쓰는 싸구려 와인이라 했다. 직원들이 뭔가를 못 쓰게 만들면 무조건 값을 치러야 하는 규율이 있었다, 이 규율의 결과는, 하자가 생긴 것들이 버려지는 경우를 거의 없게 했다. 한 번은 3층에서 어떤 웨이터가 승강기통로로 구운 닭 요리를 떨어뜨렸다, 닭고기는 빵 덩어리들과 찢어진 종이 등 쓰레기 더미로 떨어졌다. 우리는 행주로 한 번 닦아내고 다시 올려 보냈다. 위층에는 한 번 사용된 침대보는 세탁을 안 한다는 더러운 이야기가 있었다, 단순히 물에 한 번 적시고는, 다림질해서 침대로 되돌려 놓는 게 끝이다. 주인은 손님들에게 야박하듯 우리에게도 쩨쩨했다. 어땠냐 하면, 그 넓은 호텔 전체에 쓰레받기와 손 빗자루 따위는 없었다, 대빗자루와 널빤지로 청소를 해야만 했다. 직원용 화장실은 중앙아시아 수준이었고, 손을 씻을 곳이라고는 접시 닦는 싱크대 밖에 없었다.

이럼에도 불구하고 호텔 X는 파리에서 가장 비싼 호텔 중 하나였고, 손님들은 놀랄만한 돈을 지불했다. 일반적인 하룻밤 요금은, 아침 식사 미포함이다, 200프랑이었다. 모든 와인과 담배는 정확히 상점의 두 배 가격에 팔렸다, 당연히 주인은 도매가에 사 왔다. 만약 손님이 작위가 있거나, 백만장자로 알려져 있다면, 이들이 내는 모든 요금은 자동으로 올라갔다. 어느 아침에는 4층의 한 미국인이 소금과 뜨거운 물만을 아침으로 주문했다, 그는 다이어트 중이었다. 발렌티는 몹시 화가 나 있었다. "이런 제기랄!' 그가 말했다, '내 팁 10 퍼센트는 어쩌고? 소금과 물의 10 퍼센트가 뭐냐고!' 그래 놓고 발렌티는 아침식사에 25프랑을 달아 놓았다. 이 손님은 투정 하나 없이 돈을 냈다.

보리스가 말하길, 이런 비슷한 일들이 파리의 호텔 전체에서, 아니 적어도 크고 비싼 호텔에서 일어난다고 했다. 하지만 내 생각에는 호텔 X의 손님들이 특히 등쳐먹기 쉬운 듯했다, 대부분이 미국인이었고, 약간의 영국인이 섞여 있었는데-프랑스인은 없었다-뭐가 좋은 요리인지 어떤 건지 아는 게 전혀 없어 보였다. 이 곳 손님들은 역겨운 미국식 '가공곡식'을 먹었고, 홍차를 마말레이드와 같이 마시고, 저녁 후에는 베르무트를 마셨다. 그리고 백 프랑이나 주고'여왕의 닭'을 주문해서는 굳이 그걸 우스터 양념에 찍어 먹었다. 한 손님은, 피츠버그에서 왔다, 매일 저녁 자신의 방에서 가공곡식, 으깬 계란과 코코아만 먹었다. 이런 사람들은 사기를 당하거나 말거나 대수롭지 않은 듯했다.

15

호텔에서 이상한 이야기들을 들었다. 멍청한 친구들의 소문이었다, 곱상한 어린 급사만을 찾는 늙은 난봉꾼, 도둑질, 협박과 같은 이야기들이었다. 마리오는 그가 있었던 호텔에 대해 이야기해 주었는데, 여자 객실청소부가 미국숙녀의 값도 매길 수 없는 다이아몬드 반지를 훔쳤다고 했다. 며칠 간 종업원들은 퇴근 시에 몸수색을 받았고, 두 형사는 호텔 구석구석을 수색했다, 하지만 반지는 끝내 발견되지 않았다. 객실 청소부에게는 제빵사 애인이 있었는데, 그가 반지를 빵 속에 넣고 구웠고, 수색이 끝날 때까지 의심받지 않고 그 안에 남겨져 있었다.

한 번은 발렌티가, 쉬는 시간에, 자기 이야기를 들려주었다.

'보게, 친구, 이 호텔의 삶은 아주 괜찮은 거야, 잘리면 아주 염병이니까. 음식 없이 지내는 게 어떤지 잘 알잖나. 마지못해 하는 거지, 그렇지 않으면 여기서 접시나 닦고 있진 않겠지. 그래도 나는 망할 접시닦이는 아니야, 웨이터라고, 한 번은 5일 동안 아무것도 못 먹고 보낸 적이 있지. 빵 부스러기 조차도 못 봤어 -환장할 노릇이지!'

'내 말하건대, 그 5일은 정말 죽을 맛이었어. 다행인 건 방세를 미리 지불해 뒀다는 거뿐. 라틴 구역 위의 성 엘로와 거리에 더럽고 좁은 호텔에서 살고 있었지. 이름이 호텔 수잔 매이였는데, 제국 시절의 유명한 창녀 이름을 따라지었다더군. 나는 굶주려있었고 할 수 있는 거라고는 아무것도 없더군. 호텔 주인들이 웨이터를 고용하러 오는 카페도 갈 수 없었어, 뭘 사 마실 돈이 있어야 말이지. 내가 할 수 있는 거라고는 침대에 누워 천장을 기어가는 벌레들이나 보며 점점 쇠약해 가는 거였지. 다시는 그런 상황은 절대 겪고 싶지 않아, 절대로 말이야.'

5일째 되는 날 점심에는 반은 미쳐 있었어, 지금 보니 적어도 그때는 그랬었던 것처럼 보여. 내 방 벽에는 오래되고 빛 바랜 여자 얼굴 그림이 걸려 있었는데, 그게 누군지 궁금해지더군, 한 시간 지나고 나서야 난 그게 틀림없이 성 엘로와라는 걸 알아차렸지, 그 구역의 수호성인 말이야. 일전에는 내 한 번도 그 그림에 신경을 써 본 적이 없었는데, 하지만 그때는, 그림을 응시하다 보니, 정말 이상한 생각이 머릿속에 떠오르더군.

'이봐, 친구, ' 혼잣말을 했지, '이렇게 가면 얼마 못 가 굶어 죽을 거야. 뭔가는 해야만 해, 성 엘로와에게 기도해 보는 게 어떨까? 저리로 내려가서 그녀 앞에 무릎 꿇고 약간의 돈을 보내달라고 부탁해 보자. 어쨌든, 손해볼 게 없잖아. 시도나 해봐!'

'미친 소리 같지? 그래, 사람이 배가 고프면 뭔 짓이든 하니까. 게다가, 내가 말했듯, 손해 볼게 하나도 없었어. 침대에서 내려와 기도를 시작했지.

"다시 힘을 내기 위한 빵과 와인 한 병 살 돈이면 됩니다. 3프랑이나 4프랑이면 될 겁니다. 당신이 저를 한 번만이라도 도와주시기만 한다면, 제가 얼마나 감사해할지 모르실 겁니다, 성 엘로와여. 장담하건대, 무엇이라도 보내 주신다면, 첫 번째로, 이 아래 있는 당신의 교회에 가서, 당신을 위한 초를 밝히겠습니다. 아멘."

'초 이야기를 집어넣은 이유는, 성자들은 경의를 표하는데 초를 태우는 걸 좋아한다고 들었거든. 당연히, 난 약속을 진심으로 지킬 생각이었지. 하지만 난 무신론자였기에 어떤 일이 생길 거라 믿지는 않았어.'

'그러고는, 내 침대로 돌아갔지. 5 분이 지나자 방문을 두드리는 소리가 나더군. 이름이 마리아인 소녀였는데, 우리 호텔에 살던 뚱뚱한 농부의 딸이야. 진짜 멍청하긴 했지만, 착했어. 그녀가 내 몰골을 보는 데 신경도 안 썼어.'

'날 보자마자 비명을 지르더군. '오 하나님!' 그녀가 말하더군, '제정신 이세요? 이렇게 될 때까지 침대에서 뭘 하고 있는 거예요? 당신 꼴을 보세요! 사람이라기보다 시체 같아 보여요.'

'꼴이 엉망으로 보였을 거야. 5일을 음식 없이 보냈고, 대부분 침대에 누워서는, 씻지도 면도도 하지 않은지 3일이나 지났으니. 방도 돼지우리였어.'

"어찌 된 일이에요?" 마리아가 다시 말하더군.

"무슨 일!" 내 말했지, '썩을! 배가 고파 죽겠다고. 5일 동안 먹지를 못 했어, 그게 문제야.'

'마리아가 놀라더군. '5일을 먹지 못 했다고요? 그녀가 말했지. '하지만 왜요? 돈이 한 푼도 없어요?'

"돈이지!" 내가 말했네, '네 생각엔 내가 돈이 있으면서 굶고 있다는 거야?' 전부 저당 잡히고, 지금은 다섯 푼짜리 동전 한 닢 밖에 없다고. 방을 둘러나 보라고 어디 팔거나 저당 잡힐 만한 물건이라도 있는지. 50상팀이라도 받을 수 있는 물건을 찾아내면 네가 나보다 똑똑한 거야.'

마리아가 방을 훑어보기 시작했어. 쓰레기 더미가 있는 곳들 이곳 저곳을 찔러보다가, 갑자기 기뻐하더군. 깜짝 놀라서는 그 두꺼운 입이 떡 하니 벌어졌어.

"이런 멍청한 사람!' 그녀가 소리치더군, '이런 천치!' 이건 뭔가요 그럼?'

'난 그녀가 빈 기름통을 드는 걸 보았지 구석에 놓여있던 거였어. 내 물건들을 팔기 전에 가지고 있던 오일램프에 쓰려고 몇 주 전에 사둔 거였지.'

'그게 뭐?' 내가 말했지. '그건 기름통이잖아. 그게 어쨌다는 거야?'

'이런 천치 같은 양반! 여기에다 3프랑 50전을 보증금으로 내지 않았나요?'

'그래, 당연히 3프랑 50전을 냈었지. 기름통에는 언제나 보증금을 내게 되어 있어, 기름통을 다시 가져다 주면 보증금을 돌려주지. 그걸 까맣게 잊고 있던 거야.'

'그렇지-' 내가 말했네

'멍청하긴!' 마리아가 다시 소리쳤지. 그녀는 너무 기쁜 나머지 춤을 추기 시작했는데 나막신이 바닥을 뚫겠구나 하는 생각이 들 때까지 추더군. '멍청이! 미쳤어요! 미쳤어요! 할 일이라고는 이걸 들고 가서는 보증금을 찾아오면 되는 거 아닌가요? 배를 곯다니, 3프랑 50전이 당신을 빤히 쳐다보고 있는데! 천치로군요!'

'지금도 믿을 수가 없는 게, 그 기름통을 상점에 가져다 줄 생각을 그 오일 내내 하지 못 했다는 거야. 3프랑 50전의 현금만큼 좋은 일이 내게는 생긴 적이 없었지! 침대에서 일어나서는, '서둘러!' 마리아에게 외쳤지, '그걸 내 대신 들고 가. 모퉁이에 있는 상점에 가져가라고- 잽싸게 달려. 그리고 음식을 좀 가져와!'

'마리아는 이미 그럴 생각이었어. 기름통을 집어 들고는 마치 코끼리 한 무리처럼 쿵쾅거리며 계단을 내려가서는 한쪽 팔에는 2파운드의 빵, 그리고 다른 팔에는 반 리터의 와인을 끼고는 삼 분 안에 돌아 오더군. 고맙다는 말을 멈추지 않았어. 단숨에 빵을 잡아서는 내 이들 사이에 깊숙이 묻었지. 몇 날을 굶주리다 먹는 빵이 얼마나 맛있는지 알고 있나? 차고, 축축하고, 설익은 밀가루-거의 물풀 같았지. 하지만, 오 예수님, 얼마나 맛이 좋던지! 와인은 말이야, 한 모금에 다 들이켰는데, 마치 내 혈관으로 바로 들어가서는 새로운 피 마냥 온몸을 훑었어. 아, 그제야 좀 살겠더군'

'2파운드 빵을 숨도 쉬지 않고 게걸스레 끝내 버렸어. 마리아는 옆에 서서 허리춤에 두 손을 바치고는 내가 먹는 모습을 지켜보고 있었지. '그래, 이제 좀 괜찮나요?' 다 먹고 나니 묻더군.

"훨씬!' 내가 말했지. '완벽해! 5분 전의 나와 지금의 나는 전혀 같은 사람이 아니야. 지금 이 세상에서 당장 필요한 건 딱 하나뿐이야- 담배 한 개비.'

'마리아는 자신의 앞치마에 손을 넣고는. '필 수 없어요.' 그녀가 말했어. '돈이 없어요. 3 프랑 50전에서 남은 거라고는 이것뿐이에요- 7전이에요. 좋지 않네요, 가장 싼 담배가 한 갑에 12 전이니.'

"그럼 필 수 있겠네!' 내가 대답했지. '이런, 행운이 이라니! 나한테 5 전이 있어- 딱 이야.'

'마리아는 12전을 받아 들고 담배가게로 가려 했어. 근데 그때 까맣게 잊고 있던 무언가가 머릿속에 떠오르더군. 빌어먹을 성 엘로와가 말이야! 그녀가 내게 돈을 보내 준다면 초를 바치겠다고 약속을 했었지. 아니, 그 누가 기도가 이루어지지 않았다고 말할 수 있겠나? '3프랑에서 4프랑' 내 딱 그렇게 말했지; 그리고 바로 3프랑 50 전이 나타났고. 내 뺄 수가 없었어. 초를 사는데 12전을 써야만 했지.'

'마리아를 다시 불렀어. '그럴' 필요 없어.' 내가 말했네, '성 엘로와에게, 내 그녀에게 초 한대를 약속했어. 12전은 거기에 써야만 돼. 바보 같지, 그렇지 않아? 그러니까 담배를 사면 안 돼.'

"성 엘로와요?' 마리아가 묻더군, '성 엘로와가 뭘 어떻다고요?'

"그녀에게 돈을 위해 기도했고 나는 초를 바치기로 약속했어.' 내가 대답했지. '그녀가 내 기도에 응해줬어-여하튼, 돈이 나타났으니까. 초를 사야만 해. 웃기긴 하지만, 난 약속을 꼭 지켜야만 할 것 같아.'

"근데 왜 성 엘로와를 떠올렸어요?' 마리아가 물었지.

"그녀의 그림이야.' 내가 말했고, 그리고 모든 걸 설명해 주었지. '저기 그녀가 있잖아, 보라고', 벽에 걸린 그림을 가리켰어.

'그녀가 벽의 그림을 보고는, 깜짝 놀랄 정도로 박장대소를 터뜨리더군. 점점 더 심하게 웃더니, 터질 듯한 살찐 배를 움켜쥐고는 방 안을 쿵쿵거리고 돌아다녔어. 난 그녀가 미쳐버린 줄 알았지. 입을 떼는데 2분이 걸렸어.

"천치 같으니라고!' 마침내 그녀가 말했지. '미쳤어! 미쳤어! 정말로 저 그림 앞에 무릎 꿇고 기도를 올렸어요? 저게 성 엘로와라고 누가 그러던가요?'

'분명 성 엘로와야 확실해!' 내가 말했지.

'천치 양반! 저건 성 엘로와가 아니네요. 저게 누군지 알아요?'

"누군데?' 내가 물었지.

"저건 수잔 메이예요, 이 호텔이 이름을 딴 여자 말이에요.'

'난 수잔 메이한테 기도를 했던 거야, 제국 시절 유명했던 그 창녀한테 말이지...'

'그래도, 어찌 됐든, 기분이 나쁘지는 않더군. 마리아와 나는 기분 좋게 웃었고, 수다를 좀 떨었어. 그리고 내가 성 엘로와에게 빚진 게 아무것도 없다는 결론을 내렸지. 정확히 내 기도에 응답한 건 그녀가 아니었으니 말이야, 그러니 초를 바칠 필요도 없었고. 그래서 나는 담배 한 값도 살 수 있었어.'

16

시간이 흘렀지만 러시아 식당은 열 낌새도 보이지 않았다. 하루는 보리스와 내가 점심시간에 그곳에 가 보았다 그 외설적인 그림들을 제외하면, 어떠한 변화도 이루어진 게 없었다, 그리고 빚쟁이는 두 명 대신 세 명이 되어 있었다. 주인장은 그 특유의 붙임성으로 우리를 맞아 주었다, 그러고는 바로 내 쪽으로 돌더니(그의 촉망 받는 접시닦이에게) 5프랑을 빌려갔다. 그리고 나자 나는 이 식당이 말뿐임이 확실해졌다. 주인장은, 그럼에도, 개시일을 '지금으로부터 2주 뒤에'라고 장담했다, 그리고는 요리를 할 여자를 우리에게 소개하여 주었다. 발트해 러시아여자였는데, 짤막한 키에 운동장은 가로지를 엉덩이였다. 그녀는 요리를 하기 전 까지는 가수였었다, 그래서 그런지 자신이 굉장히 예술가적인 면모가 있고, 영국문학을 사랑한다 했다, 특히 엉클 톰의 오두막집을 좋아한다고 했다. (*엉클 톰의 오두막은 미국 소설이다.)

지난 2주 동안 다른 뭔가를 생각할 겨를이 거의 없을 정도로 접시닦이 생활에 익숙해져 있었다. 큰 변화가 없는 삶이었다. 6시 15분 전 느닷없이 일어나서는, 기름으로 뻣뻣해진 옷을 쑤셔 입고는, 더러운 얼굴과 뻣뻣한 근육으로 집을 허둥지둥 벗어 난다. 새벽이다, 노동자들이 모이는 카페를 제외하고는 모든 창문이 어둡다. 하늘은 코발트색의 광활한 평평한 벽과 같았는데, 이를 지붕들과 검은 종이를 풀로 붙여놓은 듯한 첨탑들이 수놓는다. 잠에서 덜 깬 사람들이 긴 빗자루를 들고 거리를 쓸고, 누더기를 걸친 가족들은 쓰레기통을 뒤진다. 일꾼들과 여자들은, 한 손에는 초콜릿을 한 손에는 크로와상을 들고 지하철역으로 쏟아져 들어간다. 전철은, 더 많은 노동자를 싣고, 우울한 굉음을 내며 지나쳐 갔다. 역 밑으로 재빠르게 내려간다. 자리를 맡기 위해 싸움을 벌인다-문자 그대로 아침 여섯 시 파리의 지하철에서는 싸워야만 한다-그러고는 흔들리는 수많은 승객들 사이에 꼼짝도 못 하고 선다, 입에서 쉰 와인과 마늘 냄새를 뿜는 흉물스레 생긴 어떤 프랑스인의 얼굴을 코 바로 앞에 둬야 한다. 이러고 나서 호텔 지하의 미로로 들어간다, 그렇게 두 시까지는 햇살 따위는 잊는다, 태양은 뜨겁고 검은 도시는 자동차와 사람으로 붐비는 시간 때다.

호텔에서의 첫 주가 지난 뒤로, 점심시간 때는 낮잠을 자거나, 돈이 있을 때는 술집에 있었다. 몇몇 야망 높은 웨이터들이 영어 수업을 가는 것 외에는, 전체 직원들이 그들의 여가시간을 비슷하게 낭비했다. 나도 아침 일이 끝나고 더 나은 뭔가를 하기에는 게을렀다. 가끔은 잡부들끼리 무리를 만들어 새예 거리의 거대한 매춘가로 향했다, 가격이 5프랑 25상팀 정도였다-영국 돈 10펜스 1 페니 반이다. '고정된 가격'이라는 별명으로도 불렸다, 다녀온 사람들은 그곳의 경험을 대단한 농담처럼 묘사하고는 했었다. 그곳은 호텔일꾼들에게는 인기집합장소였다. 잡부들의 월급으로는 결혼도 할 수 없었고, 두 말 필요 없이 호텔지하실의 일들은 청결함이나 까다로움을 장려하지도 않았다.

네 시간을 더 창고들 속에서 보냈다, 그렇게, 땀을 흘리며, 차가운 공기의 거리에 나섰다. 가로등 불빛이 비추고 있었고 -희미한 보라색을 띤 희한

한 파리의 가로등이다-강 넘어 에펠 탑은, 마치 한 마리의 불로 된 거대한 뱀처럼, 머리부터 발 끝까지 전등으로 번쩍거리고 있었다. 자동차들의 줄기는 앞 뒤로 미끄러지듯 조용히 흘렀다, 여자들은, 희미한 조명 아래 매우 아름다운 모습으로, 상점가를 거닐었다. 가끔은 여자들이 보리스나 나를 힐끔 보기도 했다, 그러다, 우리의 기름진 옷을 눈치채면, 급하게 시선을 돌렸다. 지하철에서 또 다른 전투를 끝내고 집에 도착하니 열 시 전이었다. 통상 10시부터 12시까지는 집 근처의 작은 술집에 갔다, 지하에 위치한 곳으로 아랍 인부들이 단골로 삼은 곳이었다. 싸움을 하기에는 나쁜 장소였다, 종종 병이 날아다니는 것을 보기도 했고, 한 번은 끔찍한 결과도 있었다, 그렇지만 하나의 규칙은 아랍인들은 그들끼리만 싸웠고 기독교인은 건들지 않고 내버려 두었다. 아랍 술 라키를 굉장히 저렴하게 팔고, 밤새 장사를 했는데, 하루 종일 일하고 밤새 술 마시는 아랍인들-운이 좋은 사람들이다-의 저력 때문이었다.

이게 전형적인 접시닦이의 삶이었다, 그때는 그리 나쁜 인생처럼 보이진 않았다. 가난 다하는 느낌이 없었다. 방세를 내고도 일요일에 먹을 음식과 담배를 살 돈에 여행경비도 남았고, 그러고도 또 하루에 술 한 잔 할 수 있는 4프랑이 있었다, 4프랑이면 풍족한 거였다. 엄청나게 단순해진 삶에는 -표현하기 힘들지만- 짐승이 느낄 법한, 육중한 만족감 같은 것이 있었다. 어떤 것도 접시닦이의 삶보다 더 단순해질 수는 없다. 접시닦이들은 잠과 일 사이의 규칙적인 박자 속에서, 생각할 시간도 없이, 바깥세상에 대한 인식 없이 살아간다. 그들의 파리는 호텔, 지하철, 몇몇의 작은 술집 그리고 그들의 침대로 쪼그라들어 있다. 그들의 무릎에 앉아 굴과 맥주를 마시는 하녀와 함께 소풍을 간다 할지라도, 도로 몇 개 떨어진 거리가 전부다. 쉬는 날에는 정오까지 침대에 누워있다가, 깨끗한 셔츠를 입고, 술내기를 하고, 점심식사 후에 다시 침대로 돌아간다. 그들에게는 일, 술 그리고 잠만이 현실이다. 그리고 이들 중에서 잠이 가장 중요하다.

어느 날 밤에는, 새벽이었다, 내 창문 바로 아래서 살인이 일어났었다. 무시무시한 소란에 잠에서 깨었고, 나는 창문으로 다가갔다, 바닥 위에 쭉 뻗은 남자를 보았다. 나는 살인자들도 볼 수 있었다, 세 명이었고, 도로 끝으로 도망치고 있었다. 우리 몇몇은 밑으로 내려가 남자가 죽었음을 확인했는데, 그의 머리는 배관으로 맞아 깨져 있었다. 그 피 색깔이 선명하다, 신기하리만큼 자줏빛을 띠고 있었다, 마치 와인 같았다, 그 날 저녁 집에 돌아왔을 때도 여전히 남아 있었다, 몇 마일이나 떨어진 마을의 아이들도 구경하러 모여들었다고 사람들이 말했다. 당시를 돌이켜 볼 때 충격적인 사실은 살인이 일어나는 3분 동안 나는 침대에 누워 자고 있었다는 거다. 거리에 있던 대부분의 사람들 또한 마찬가지였다. 우리들은 남자가 죽었음을 확인하고는, 침대로 바로 돌아갔다. 우리들은 일하는 사람들이었다, 살인 때문에 잠자는 시간을 낭비할 정신이 어디 있었겠는가?

호텔의 일은 나에게 진정한 수면의 가치를 가르쳐 주었다, 배고픔이 음식의 소중함을 알려 주었듯. 수면은 단순히 육체적으로만 필요한 게 아니었다. 수면은 안도나 안심 그 이상으로 관능적이며 유혹적이고 특별했다. 더 이상 벌레 때문에 골머리를 썩지 않게 되었다. 마리오가 확실한 처리법을 알려주었는데, 후추였다. 침구에 두껍게 뿌렸다. 나는 재채기를 해야 했지만, 벌레들이 이를 질색했고, 다른 방들로 이민을 가버렸다.

17

술에 쓰는 일주일 치의 30프랑으로 나는 구역 안의 사회생활을 할 수 있었다. 토요일에는, 호텔 트와 므와뉴 밑에 있는 술집에서, 즐거운 저녁 시간들을 보내고는 했다.

벽돌 바닥에, 담배연기로 뿌연, 15피트 넓이의 정도 되는 공간에 20명의 사람들로 가득 차 있었다. 소음은 귀가 먹먹할 정도였고, 모든 사람은 목청껏 이야기를 하거나 노래를 불렀다. 어떤 때는 음성들은 분간도 안 되는 소음에 불과했다. 어떤 때는 식당 안의 모든 사람이 함께 노래를 똑같이 부르기도 했는데-'마르세유', '인터나시오날레', '마델론', 아니면 '딸기와 라즈베리' 같은 노래들이었다. 아자야는, 유리공장에서 14시간을 일하는 잡초같이 대단한 여자였고, 이런 노래를 불렀다, '그가 흑인들의 춤 찰스턴을 추는 내내, 바지를 벗고 있었다네.' 그녀의 친구 마리네트는, 코르시카 섬의 완고한 성격을 가진, 마르고, 까무잡잡한 피부의 여자였다, 무릎을 묶고는 벨리 춤을 추었다. 늙은 루기어 부부는 이곳 저곳 술을 구걸하고 돌아다니며, 언젠가 침대틀을 가지고 그들을 속인 사람에 대한 길고 이해하기 힘든 이야기를 늘어놓으려 애썼다. R은 유령같이 조용하게, 구석에 앉아 술을 들이켰다. 찰스는, 취해서, 살찐 한 손에 가짜 압생트가 찬 술잔을 들고 반은 비틀거리고 반은 춤을 추며, 여자의 가슴을 잡고 시를 읊었다. 사람들은 술 내기로 다트를 던지고 주사위를 굴렸다. 스페인 사람, 마뉴엘은, 여자들을 술자리로 끌고 와서는, 행운을 빌며, 그녀들의 배 위에 주사위를 굴렸다. 마담 F는, 쓰기 쉬운 젖은 행주를 들고, 카운터에 서서 납깔때기로 병에 든 와인을 들이부었는데, 술집의 모든 남자들이 그녀와 한 번 자려고 시도했기 때문이었다. 벽돌공인 거대한 루이스의 두 자식들은, 구석에 앉아 음료수를 나누고 있었다. 모든 사람은 행복했고, 세상은 황공할 만큼 살만한 곳이었으며, 우리는 주목 받는 무리들이었다.

소음은 한 시간 동안 거의 줄어들지 않았다. 자정쯤 '시민들이여!'라는 날카로운 외침과 의자가 넘어가는 소리가 났다. 금발에, 붉은 얼굴을 한 일꾼 한 명이 일어서서는 병으로 식탁을 때렸다. 모든 사람이 노래를 멈추고, 수군거렸다, '쉬, 퓨렉스가 시작하려 한다.' 퓨렉스는 이상한 사람이었다. 리무쟁에서 온 석공으로 일주일은 착실하게 일하고 토요일에는 발작을 할 정도로 폭음을 했다. 그는 기억을 잃었고 전쟁 이전에 대해선 전혀 기억하지 못했다, 만약 마담 F가 그를 보살피지 않았다면 술로 요절이 났을 것이다. 토요일 저녁 다섯 시가 되면 그녀는 누군가에게 이렇게 말했다. '퓨렉스가 급료를 다 쓰기 전에 잡아와.' 그가 잡혀 오면 제대로 된 한 잔을 마실 돈을 남겨주고 나머지는 뺏었다. 한 주는 그가 도망을 쳤는데, 인사불성으로 취해서는, 차에 치어 심각하게 다치기도 했다.

퓨렉스의 이상한 부분은, 멀쩡할 때는 공산주의자, 취하면 난폭한 극우주의자로 변모하는 점이었다. 저녁에는 공산주의의 괜찮은 교리로 시작을 한다, 4리터에서 5리터를 마시고 나면, 간첩을 비난하고, 모든 외국인에게 시비를 걸고 싸우려 하는, 말릴 수 없는 극우주의자가 되었다, 게다가 누가 막지 않으면, 병들을 집어 던졌다. 그가 연설을 할 때는 이 단계에 왔을 때다- 매 토요일 밤에는 애국에 관한 연설을 한다. 연설은 언제나 똑같았다, 문자 하나 틀리지 않고, 이렇게 흘러간다.

'공화정의 시민들이여, 여기 프랑스 사람이 있소? 프랑스 사람이 있다면, 내 상기시켜 드리리다- 제대로 상기시켜 드릴 것이오, 전쟁의 영광스러웠던 나날들에 대해 말이오-내가 동지애와 영웅심의 시대를 돌아보았을 때 -실제로, 나는 동지애와 영웅심의 시대를 돌아본다오. 내가 죽어버린 영웅들을 기억할 때-나는 죽은 영웅들을 기억한다오. 공화국의 시민들이여, 나는 버크동에서 부상을 입었다오-'

이 부분에서 그는 옷을 부분적으로 들추며 버크동에서 입은 상처를 보여 주었다. 환호성이 터져 나왔다. 우리는 세상 어디 그 어떤 연설도 퓨렉스의 연설보다 재미있다고는 생각하지 않았다. 그는 구역의 구경거리였다. 다른 술집에서도 그가 연설을 시작할 때쯤이면 그를 보려 찾아오고는 했다.

퓨렉스를 낚기 위한 신호가 사람들 사이에 돌았다. 눈을 깜빡여 조용하 라는 신호를 보낸 어떤 사람이, 그에게 프랑스의 국가 '라 마르세이즈'를 불러 달라 요청했다. 퓨렉스는, 굵고 낮은 목소리로, 노래를 잘 불렀다, '시민들이여 무장하자! 군의 성공을 기원하자.' 부분에 오면 가슴 깊은 곳에서 나오는 애국적으로 우렁찬 목소리를 냈다. 진심 어린 눈물이 그의 뺨을 타고 흘렀다. 퓨렉스는 남들이 그를 비웃고 있음을 알기엔 너무 취해 있었다. 그러고는, 그의 노래가 끝나기 전, 건장한 일꾼 두 명이 각각 팔 한쪽을 붙잡고는 그를 주저앉혔다, 그 와중에, 퓨렉스가 닿지 않는 거리에서, 아자야가 이렇게 외쳤다, '독일 만세!' 그녀의 못된 짓에 퓨렉스의 얼굴이 울그락 불그락 하게 변했다. 모든 사람이 똑같이 외치기 시작했고, '독일 만세!' '프랑스는 꺼져라!' 퓨렉스가 사람들을 잡으려 고군분투했다. 하지만 그러다 갑자기 퓨렉스가 재미를 망쳤다. 얼굴이 창백하고 슬픈 표정으로 변하더니, 팔다리를 흐느적거리며, 누군가 그를 말리기도 전에 식탁 위에 토를 했다. 그러자 마담 F는 그를 마대자루처럼 들어 올려 침대로 데리고 갔다. 아침이 되자, 조용하고 예의 바른 모습으로 돌아와서는, 공산당 신문 위마니테 한 부를 샀다.

식탁은 옷으로 닦여졌고, 마담 F는 와인과 빵을 더 가져왔다, 우리는 자리를 잡고 진지한 술자리를 열었다. 여전히 또 다른 노래들이 남아 있었다. 떠돌이 가수가 벤조를 들고 들어와 동전 몇 닢에 공연을 했다. 거리 밑의 술집에서 온 한 아랍인과 여자는 춤을 추었는데, 남자는 홍두깨 크기의 색칠된 목재 남근을 휘둘렀다. 소란 후 공백이 찾아왔다. 사람들은, 그들의 연애, 전쟁, 센강에서의 잉어낚시, 혁명을 이루는 최고의 방법들에 대해 떠들고, 일화들을 늘어놓았다. 찰리는, 술이 다시 깼고, 대화를 잡아채고는 그의 영혼에 관해 오 분을 떠들었다. 창문과 문은 실내의 열기를 식히려 열렸다. 거리는 비어있었고, 저 멀리 외로운 우유배달 열차가 성 마이

클 대로를 달리며 내는 굉음을 들을 수 있었다. 바깥공기는 찬 기운을 우리들 이마에 불어주었고, 투박한 아프리카산 와인은 여전히 맛이 좋았다. 우리는 여전히 행복했지만, 사색에 잠겨 있었고, 환호와 웃기는 분위기는 끝이 났다.

한 시쯤 되자 우리는 더 이상 행복하지 않았다. 저녁의 기쁨이 약해지고 있음이 느껴졌다, 서둘러 더 많은 와인을 주문했지만, 마담 F는 와인에 물을 타 내놓았고, 맛은 똑같지 않았다. 사람들은 말싸움을 주고받았다. 여자들은 강제적으로 입맞춤 당했고 손들이 가슴속으로 찔러 넣어졌다 그녀들은 더 심한 일이 생기지 않게 서둘러 자리를 떴다. 벽돌공 거대한 루이스는, 취해있었고, 개 흉내를 내며 바닥을 기고 짖었다. 진절머리가 난 사람들은 그가 지날 때마다 그를 발로 찼다. 사람들은 서로의 팔을 붙잡고는 장황하고 두서 없는 고해성사를 시작했다, 그들의 고해성사가 무시당하면 화를 냈다. 사람의 수는 줄어있었다. 마뉴엘과 다른 남자는, 둘 다 도박사다, 아랍인들이 모이는 술집으로 넘어갔다, 해 뜰 때까지 도박판이 이어지는 곳이었다. 찰리는 갑자기 마담 F에게 30프랑을 빌려서는 사라졌다. 아마도 매음굴에 갔을 것이다. 사람들은 술잔을 비워낸 뒤, "신사 숙녀 여러분!"을 외치고, 잠자리로 떠나기 시작했다.

한 시 반쯤에 와서는, 마지막 기쁨의 한 방울도, 두통만 남겨둔 채, 증발해버렸다. 우리는 우리가 아름다운 세상의 훌륭한 거주민이 아닌 그저 저임

금에 더럽게 마시고 우울하게 취한 일꾼들임을 깨달았다. 우리는 계속해서 와인을 목구멍으로, 습관같이, 넘겼지만, 갑자기 술도 역겨워진 듯했다. 머리는 풍선처럼 부어 오르고, 바닥은 꿀렁거렸다, 입술과 혀는 자줏빛으로 물들어 있었다. 결국 계속해야 이어갈 이유가 없어졌다. 많은 사람들이 술집 뒤 마당으로 나가 토를 했다. 우리는 침대로 기어 들어가서는, 반나체로 뒹굴었다. 열 시간을 누워 있었다.

대부분의 내 토요일 밤들은 이렇게 지나갔다. 전체적으로 보면, 두 시간 동안 이어지는 극도로 행복하고 완벽한 순간은 이어질 두통도 가치 있어 보이게 했다. 구역 내의 많은 남자들은 미혼이었고, 고민할 미래도 없었다, 매주 주말의 술판만이 이들의 삶을 살만한 가치가 있게 만들어주었다.

18

어느 토요일 밤 술집에서 찰리가 괜찮은 이야기 하나를 해 주었다. 그가 어떤 모습일지 상상해 보라-취했음에도, 쉬지 않고 떠들 정신은 됐다. 철로 된 기다란 식탁을 치며 정숙을 외쳤다.

'정숙해 주십시오, 신사 숙녀 여러분-정숙 말이오. 제 간청 드립니다! 제가 지금 시작하려는, 이 이야기를 한 번 들어보십시오. 기억할 만한 이야기, 교훈이 되는 이야기이며, 품위 있고 교양 있는 어떤 이의 삶에 기념비 같은 이야기입니다. 정숙해 주십시오, 신사 숙녀 여러분!

'제가 고된 시기를 겪을 때 일어난 일 이외다. 여러분도 고된 날들을 잘 아시지요-얼마나 지긋지긋한지, 품위가 있는 사람이라면 절대 다시는 그런 생활을 해선 됩니다. 집에서는 돈이 오지 않고, 모든 물건은 전당포에 맡겨 버린 상태였죠. 제 앞에 열려 있는 길은 노동뿐 이더군요, 제가 앞으로도 하지 않을 그것 말입니다. 당시 저는 여자와 살고 있었습니다-이본느가 그녀의 이름입니다-금발에 뚱뚱한 다리를 가진, 저기 아자야같이 대단히 얼이 빠진 농부의 여식이었지요. 우리 둘은 사흘 동안 아무것도 못 먹었습니다. 오 하나님, 그 고통이란! 같이 살던 그 여자는 배를, 아사 직전이었기에 죽어가는 개처럼 울부짖었습니다, 움켜쥐고는 방 안을 왔다 갔다 했습니다. 끔찍했지요.

'하지만, 똑똑한 남자에게 불가능이란 없습니다. 저는 저에게 질문을 하나 던졌죠, '일하지 않고 돈을 벌 수 있는 쉬운 방법이 없을까?' 대답이 즉각 나오더군요. '돈을 쉽게 번다면 그건 여자 아닌가. 모든 여자는 뭔가 팔 게 있잖아?' 그렇게, 제가 여자라면 어떻게 할지 생각을 해 보니, 한 가지 묘안이 머릿속에 떠올랐습니다- 정부가 운영하는 산부인과가 기억났습니다.-정부가 운영하는 산부인과를 아시지요? 거기 가면 임신한 여자들은 아무 질문 없이 음식을 받지 않습니까. 애 많이 나라고 그러는 겁니다. 거기선 여자라면 음식을 요구할 수 있고, 여자들은 바로 음식을 받을 수 있습니다.

'오 신이여!' 이런 생각이 들더군요, '내가 여자였다면! 하루에 한 번은 그곳에서 한 끼를 해결할 텐데. 검사도 없이 임신을 했는지 안 했는지 알 수 있다고?'

'이본느에게 돌아 섰소. '그 지겨운 울음 좀 작작해.' 제가 그랬습니다, '음식을 얻을 방법이 생각났어.'

'어떻게요?' 그녀가 물었습니다,

"간단하지, ' '공공산부인과에 가서, 네가 임신했다 말하고 음식을 얻어 오면 돼'

'이본느는 기겁했습니다. '아, 신이여, ' 이렇게 외쳤소, '전 임신을 안 했어요!'

"그게 어쨌단 말이야?' 제가 다그쳤죠, '충분히 해결할 수 있어, 베개 하나 만 있으면 돼-필요하면 두 개도 좋지 않을까? 하늘에서 받은 계시라고, 너, 이 기회를 낭비하면 안 돼.'

'그랬습니다, 결국 그녀를 설득했고, 베개 하나를 빌려 그녀를 준비시키고 는 병원으로 데리고 갔습니다. 병원에서 팔 벌려 그녀를 환영해 주었습니다. 그녀에게 송아지 요리, 양배추 수프, 으깬 감자, 빵, 치즈, 그리고 맥주 에 아기에 관한 모든 조언을 해주었죠. 이본느는 그녀의 배가 찢길 때까지 먹고, 저에게 줄 빵과 치즈를 주머니 속에 잘 쟁여서 빠져 나왔습니다. 제 수중에 돈이 생길 때까지 그녀를 매일 데리고 갔습니다. 내 지혜가 우리 둘을 살렸지 뭡니까.

'모든 게 1년 후까지도 잘 풀렸습니다. 나는 여전히 이본느와 있었지요,

하루는 둘이서 포트 로열에 있는 대로에 있는 군인막사 근처를 걸어가고 있었죠. 갑자기 이본느의 입이 떡 벌어졌고, 얼굴색은 붉그락 해졌다, 창백해졌다가, 다시 붉어지더군요.

"아이고, 신이여!' 그녀가 소리쳤습니다. '저기 오는 사람 봐요. 산부인과의 간호장이에요! 난 끝이에요!'

"서둘러!' 내가 말했소. '뛰어!' 하지만 너무 늦었습니다. 간호사는 이본느를 알아보고, 곧장 우리 쪽으로 다가왔습니다, 미소를 지으며 말입니다. 사과같이 붉은 뺨에 금테 안경을 쓴 그녀는 굉장히 뚱뚱했습니다. 엄마들같이, 참견꾼이었고요.

"잘 지내고 있지요, 이본느?' 상냥히 질문하더군요, '아들도 잘 지내고 있나요? 당신이 원한대로 아들이었겠지요?'

'이본느가 얼마나 떨던지 그녀의 팔을 잡아 줘야만 했어요. '아니요, '라고 덜컥 말해 버렸습니다.

"아, 그럼, 당연히, 여자아이였나요?'

'그러자마자 이본느는, 이 멍청한 여자는, 넋이 완전히 나가 있었습니다.

'아니요, ' 진짜 또 그렇게 대답하는 겁니다!

'간호사는 놀랐고. '무슨 일이죠!' 그녀가 외쳤소, '아들도 딸도 아니라니! 어떻게 그런 일이 있을 수 있나요?'

'한 번 생각해 보세요, 신사 숙녀 여러분, 얼마나 위험한 순간이었을지. 이본느의 얼굴은 붉은 무가 돼서는 당장이라도 울음을 터뜨릴 것 같았습니다. 그리고 바로 이실직고할 낌새였지요. 하늘만이 어떤 참사가 일어날 뻔했는지 알고 있을 겁니다. 하지만 저는 말입니다, 저는 정신을 바짝 차리고 있었습니다. 한 발짝 나가서는 상황을 해결해버렸지요.

"쌍둥이였답니다.' 제가 침착하게 말했습니다,

"쌍둥이요!" 간호사는 탄성을 질렀지요. 사람들이 다 보는데, 크게 기뻐하며 이본느의 어깨를 잡고 축하한다며 양 볼에 입맞춤을 해줬습니다.

'네, 쌍둥이랍니다...'

19

하루는, 호텔 X에서 5주에서 6주를 지난 뒤였다, 보리스가 말도 없이 사라졌다. 저녁이 돼서야 리볼리 거리에서 나를 기다리던 그를 찾을 수 있었다. 그가 기뻐하며 내 어깨를 쳤다.

'드디어 자유네, 내 친구! 내일 아침 일을 그만둔다고 알려도 좋아. 러시아 식당이 내일 문을 연다네.'

'내일이요?'

'음, 아마 하루나 이틀 동안은 이것저것 정리해야 될지 모르지만. 여하튼! 카페테리아 일은 안 해도 돼! 드디어 시작일세, 친구! 전당포에서 이미 내 연미복도 찾아 놨어.'

그의 태도가 너무나 쾌활했기에 분명 뭔가 잘 못 되고 있음이 느껴졌다, 게다가 나는 편하고 안정적인 호텔 일을 그만두고 싶지 않았다. 그렇지만, 나는 보리스에게 약속을 해놨기에, 사표를 냈고, 다음 날 아침 일곱 시에 러시아 식당으로 갔다. 문이 잠겨 있었기에, 나는 보리스를 찾아갔다, 보리스는 또 숙소에서 도망 나와서는 그호와 니버트에 방을 잡고 있던 중이었다. 전날 밤 만난 여자와 함께 자는 그를 볼 수 있었다, 그의 말로는 '동정심이 깊은 여자'라고 했다. 식당에 관해서는, 모두 정리가 되었다고 했다. 문을 열기 전 자잘한 몇 가지만 확인하면 된다 했다.

열 시에 보리스를 침대에서 끌어내, 가게 문을 열었다. 보리스가 말한 손봐야 할 '자잘한 것들'이 쌓여 있는 게 한눈에 보였다. 한 마디로, 지난 마지막 방문 이후로 손 본 게 하나도 없었다. 주방에 쓸 스토브는 도착하지 않았고, 수도와 전기도 들어오지 않은 데다가, 도색, 목공, 청소 모두 마무리를 해야 했다. 기적이 아니고는 10일 안에 개업할 방법이 없었다. 물건들은 외관만 봐도 개봉도 하기 전에 부서져 버릴 듯했다. 어떤 일이 있었는지 너무 빤했다. 사장은 돈이 부족해서, 전문직공들 대신 식당 직원들을 (나를 포함 총 네 명이 있었다) 쓰기로 한 것이다. 그는 거의 공짜로 우리를 부려 먹었다, 웨이터들은 급여를 못 받았고, 나에겐 급여를 줘야 했지만, 식당 개시 전까지 밥을 주지는 않았다. 사실상, 사장은 개시 전부터 식당 일을 시켜 우리들로부터 몇 백 프랑이나 등쳐 먹었다. 보리스와 나는 아무것도 얻지 못하고 좋은 직장만 날린 꼴이 되었다.

보리스는, 그럼에도, 희망이 넘쳐났다. 그의 머릿속에는 한 가지 생각밖에 없었다. 그건, 드디어 웨이터가 되어 연미복을 다시 입는 기회였다. 결국 실직자가 될 수 있음에도 이 희망에 10일간의 무임금 노동을 꺼리지 않았다. '참아보게!' 그는 계속 이렇게 말했다. '모든 게 정리될 거야. 식당 문을 열 때까지만 기다리게, 그러면 모두 돌려받을 수 있어, 견뎌내게, 친

구!'

우리는 인내가 필요했다. 며칠이 지나도 식당 개시를 위한 진척은 이루어 지지 않았다. 우리는 지하실을 치우고, 선반을 고치고, 벽의 도색을 하고, 목조 제품을 광내고, 천장을 하얗게 칠했으며, 바닥을 착색했으나, 배관, 전기, 가스관 같은 중요 작업이 완료가 안 됐다. 주인이 요금을 낼 요량이 없었기 때문이다. 분명히 그는 한 푼도 없었다. 얼마 안 되는 요금도 내기를 거부했고, 돈을 부탁하면 신속히 모습을 감추는 요령이 있었다. 사장의 수완과 귀족적인 태도는 그를 상대하기 매우 어려운 사람으로 만들었다. 구슬퍼 보이는 빚쟁이들은 시도 때도 없이 그를 찾아왔고, 우리는 지시 받은데로, 퐁텐블로, 성 클라우드, 아니면 다른 장소들을 말해주었는데 모두 먼 거리에 있는 곳들이었다. 그 기간 동안, 나는 점점 더 굶주렸다. 호텔을 나올 때 30프랑이 전부였다, 다시 마른 빵 식단으로 돌아가야만 했다. 처음에 보리스가 사장으로부터 60프랑을 선금으로 짜내긴 했었다, 하지만 보리스는 그 돈의 반을 연미복을 수선하는데, 나머지 반은 동정심이 넘친 다는 그녀에게 써 버렸다. 그는 매일 3프랑을 두 번째 웨이터인 줄스에게 빌려 빵을 샀다. 언젠가부터 담배를 살 돈 조차도 없었다.

주방장은 상황이 잘 진행되는지 가끔 확인하러 왔는데, 그녀는 주방에 기본적인 솥과 냄비만 있는 걸 보고는 매번 눈물을 흘렸다. 줄스는, 이등 웨이터였는데, 확고하게 일 돕기를 거부했다. 마자르 사람으로, 굉장히 언변

이 좋고, 약간은 까만 피부에, 날카로운 모습이 인상적인 남자였다. 그는 의대생이었지만, 돈이 부족해 실습을 그만두었다. 다른 사람이 일 할 때 수다를 떠는 취미가 있었고, 본인 자신에 대해서나 자기가 겪은 모든 경험담을 말해 주었다. 그는 공산주의자 같았고 갖가지의 이상한 이론을 가지고 있었다(일하는 게 왜 잘 못 됐는지 숫자를 가지고 증명도 할 수 있었다) 그리고 대부분의 마자르 사람이 그렇듯, 자존심이 격하게 강했다. 자존심이 쎄고 게으른 사람은 좋은 웨이터가 될 수 없다. 줄스의 가장 큰 자랑거리는, 자기가 일하던 레스토랑에서 그를 모욕한 어떤 손님의 목에 수프를 부어버리고, 해고 따위는 기다리지도 않고 바로 식당을 박차고 나온 일이었다.

하루가 지날수록, 줄스는 사장이 우리에게 부리는 술수 때문에 점점 더 격분하게 됐다. 그는 분을 못 이겨 말을 더듬고, 연설하듯 말하는 습관이 있었다. 주먹을 흔들고 주위를 서성거리며 나에게 일을 하면 안 된다고 선동하려 했다.

'그 빗자루 내려놔요, 멍청한 양반아!' 당신과 저는 자랑스러운 종족입니다. 저 빌어먹을 러시아 농노처럼 무임금에 일해서는 안돼요. 정말이지, 이렇게 사기 당하는 건 나한텐 고문이나 다름없어요. 내 이런 적이 몇 번이나 있었는데, 누군가 다섯 닢이라도 사기를 치면, 구토를 했습니다, 그래요, 분노로 구토를 해버렸다고요.'

'게다가, 이봐요, 난 공산주의자라고요. 빌어먹을 부르주아들! 내가 안 해도 되는 일을 하는 걸 본 사람이 있나요? 없지요, 난 노동 따위로 나를 피곤하게 하지 않습니다, 당신들 같이 멍청한 사람들처럼, 하지만 나는 훔칩니다, 나의 독립성을 증명하기 위해 말이지요.' 나를 개처럼 취급해도 된다고 생각한 사장이 운영하던 식당에서 일을 했었습니다. 그래서, 복수로 우유 깡통에서 우유를 훔치고는 아무도 알아차리지 못하게 다시 봉해 놓았죠. 밤낮으로 우유를 훔쳤습니다. 매일같이 4리터의 우유를 마시고, 거기에 더해서 크림 반리터도 먹었습니다. 주인은 우유가 어디로 사라지는지도 모르고 어쩔 줄 몰라 하더군요. 우유를 원해서 그런 게 아니에요, 이해하시겠습니까, 나도 싫었지만. 제 원칙이었습니다, 단순히 제 원칙을 지킨 겁니다.'

'근데, 3일이 지나자 배가 끔찍할 정도로 아파 오더군요, 그래서 의사에게 찾아갔습니다. '그 동안 무엇을 드셨습니까?' 의사가 물었습니다. 대답을 해 줬지요, '하루에 4리터의 우유와 반리터의 크림을 마셨습니다.' '4리터요!' 그가 말하길, '당장 멈추시오. 계속 마시면 속이 다 망가져 버립니다.' '제게 중요한 게 뭔지 아십니까?'라고 말했습니다. '나에겐 원칙이 전부입니다. 내 몸이 부서지는 한이 있어도 그 우유들을 마셔 버릴 겁니다.'

'아쉽지만, 다음 날 우유를 훔치다 주인에게 걸렸습니다. '넌 해고야,' 그
리 말하더군요, '이번 주 주말에 나가주게.' '실례합니다만, 사장님,' 내가
말했지요, '오늘 오전에 떠나겠습니다.' '아니, 그렇게는 안 되지,' 그가
말하길, '이 번 토요일까지는 그냥은 못 보내주지' '좋습니다, 사장님,' 그
러고는 속으로 생각했지요, '누가 먼저 지쳐 떨어지나 봅시다.' 그렇게 일
을 시작했고 식기들을 깨기 시작했습니다. 첫날에는 9장의 접시를, 다음
날에는 13장을 깼습니다. 그러고 나서야 사장이 제 마지막 모습을 보며
기뻐하더군요.'

'난 당신이 아는 그런 러시아 농민이 아닙니다...'

열흘이 지났다. 상황이 좋지 않았다. 결국 돈도 바닥이 났고, 방세는 몇 날
을 밀려 있었다. 우리는 텅 비고 우울한 식당에서 빈둥거렸다, 배가 너무
고파 남은 일도 처리할 수 없었다. 오직 보리스만이 식당의 개시를 믿었다.
그는 급사장이 될 생각만 했고, 사장의 돈이 주식에 묶여 있어 적절한 매
도순간을 기다린다는 이론도 만들어 냈다. 열흘째 되던 날에는 먹을 것도
담배도 없었다, 주인장에게 선불을 주지 않으면 일을 계속할 수 없다고 전
했다. 매번 그랬듯 침착하게, 사장은 급여를 주겠다고 약속했다, 그리고
나서는, 그의 습관대로, 사라졌다. 집에 돌아가는 길이었지만, 밀린 방세
때문에 마담 F를 마주할 자신이 없었다, 그리하여 어느 대로의 의자에서
하루 밤을 보냈다. 정말이지 불편했다-의자의 팔걸이가 등을 아프게 했다

-그리고 생각보다 더 추웠다. 이 러시아사람들의 손에 나를 맡긴 것이 얼마나 바보 같은 짓이었는지 생각할 충분한 시간이 있었다. 새벽과 출근 사이는 정말 길고 지루한 시간이었다.

그렇지만, 아침이 되자, 행운이 다시 찾아왔다. 보아하니 사장이 그의 채권자들의 이해를 얻어낸 것이다. 사장은 주머니에 돈을 채워 돌아왔고, 내부수리가 진행이 되었다. 그리고 나에게 가불을 주었다. 보리스와 나는 말의 간과 마카로니를 샀다. 열흘 만에 먹는 따뜻한 음식이었다.

전문일꾼들이 왔고, 놀라울 정도로 조잡한 자재들을 가지고 허둥지둥하며, 내부를 개조했다. 예를 들어, 식탁의 경우, 녹색모직으로 덮기로 했으나, 사장이 녹색모직이 비쌈을 알자 용도 폐기된 군용담요를 대신 사 왔다. 땀 냄새를 어찌할 수도 없었다. 당연하지만, 식탁보로(바둑판무늬였는데, '노르망디'풍의 장식들에 어울렸다) 덮기는 했다. 마지막 날에는 새벽 두 시까지 개업 준비를 위해 일 했다. 그릇들은 8시까지 도착하지 않았다. 그리고, 새것임에도, 모두 설거지를 다시 했어야만 했다. 식기구도 행주 등도 다음 날 아침까지도 도착하지 않았다. 그리하여, 사장의 셔츠와 식당 안내원의 오래된 베갯잇으로 그릇의 물기를 닦아내야 했다. 보리스와 내가 모든 일을 했다. 줄스는 어딘가로 숨었고, 사장과 아내는 빚쟁이들 그리고 몇몇의 러시아 친구들과 술자리에 앉아 식당성공을 위한 축배를 들었다. 주방장은 식당 안에서 머리를 식탁에 올려놓고 울고만 있었다. 50인분의 음식을 해야 됐기 때문인데, 냄비와 솥은 10명 분도 요리할 수 없을 정도로 부족했다. 자정쯤에는 빚쟁이들의 무시무시한 독촉이 있었다. 사장이 외상으로 얻어 온 8개의 구리 냄비들을 찾으러 온 것이다. 빚쟁이들은 브랜디 반 병에 잠잠해졌다.

줄스와 나는 집으로 가는 마지막 지하철을 놓쳐 식당 바닥에서 자야만 했다. 아침에 처음 본 것은 주방 식탁에 위에 올려둔 햄을 먹고 앉아있는 뚱뚱한 쥐 두 마리였다. 나쁜 징조 같았다. 이 러시아 식당이 망할 것 같다는 더 강한 확신이 들었다.

20

주인장은 나를 주방의 접시닦이로 일하게 했다. 업무는, 접시 닦기, 주방 청소, 야채준비, 차와 커피 끓이기, 샌드위치를 만들기, 간단한 조리, 잡심 부름 등 이었다. 고용조건은, 다른 곳과 다름없이, 500 프랑의 월급과 식 사였다. 하지만 쉬는 날이 없었고 고정된 근무시간도 없었다. 나는 무한한 돈과 양질의 체제를 갖춘 호텔 X를 보았다. 지금은, 러시아 식당에서, 대 단히 질 낮은 식당은 어떻게 일을 처리하는지 배우게 되었다. 묘사할 만한 가치가 있는 게, 이런 류의 식당이 파리에는 몇 백 개나 있고, 파리의 모든 방문자들은 이런 식당에서 한 번이라도 식사를 하기 때문이다.

여기에 더 하자면, 여담이긴 하지만, 이 러시아 식당은 학생이나 노동자들 이 찾는 평범하고 저렴한 식당이 아니었다. 적절한 음식은 25프랑 밑으로 는 제공하지 않았다. 게다가 고풍스럽고 심미적인 분위기는, 우리 식당의 사회적 위신을 올려주었다. 외설적 그림들과 노라망디 풍의 장식품들이 술병들 사이에 걸려 있었고-인조 불빛들과 촛대 모양 전등들이 벽에 걸려 있었다 그리고 농노의 도자기도 있었다. 심지어는 입구에 승마디딤대도 있었다-여기에 주인장과 웨이터들의 우두머리는 전 러시아 장교들이었고 손님들은 떠돌아다니는 러시아 망명자들이었다. 짧게 말해, 우리는 확실 히 세련됐었다.

그럼에도, 주방 문 넘어 상태는 돼지우리나 하기에 적절했다. 주방 배치 덕에 그럴 수밖에 없었다.

주방은 세로 15피트에 가로 8피트 정도 되었고, 이 중 절반은 스토브와 식탁이 차지했다. 모든 냄비들은 손도 닿지 않는 선반에 놓여졌다, 그리고 쓰레기통도 하나였다. 이 쓰레기통은 오후가 되면 꽉 찼고, 바닥은 통상 1인치 높이의 뭉개진 음식 퇴비들이 쌓여 있었다.

불이라고는 오븐도 없이, 가스스토브 세 개가 전부였고, 모든 술은 빵 굽는 곳에 빼놓아야 했다.

식품저장고도 없었다. 식품저장고를 대신 한 건, 반쯤 지붕으로 덮인 뒷마당에 자라던 한 나무의 그늘 밑이었다. 고기나 야채 같은 식재료는 맨 땅 위에 방치됐고, 쥐 나 고양이들에게 습격 받았다.

뜨거운 물도 나오지 않았다. 설거지를 하려면 냄비에 물을 끓여야 했지만, 설거지가 쌓였음에도, 음식이 요리될 때는 물 끓일 자리도 없었다, 대부분의 접시는 찬물로 닦았다. 부드러운 비누와 파리의 센물로 닦아야 했는데, 기름기는 신문지로 문질러 닦아 내야만 했다.

냄비도 부족해 한 번 사용하고 나면, 저녁까지 놔두지 못하고, 바로 바로 닦아 두어야 했다. 이 것만 해도 한 시간을 잡아먹었다.

설치비를 제대로 지불치 않은 덕분에, 저녁 8시가 되면 전등이 자주 나가고는 했다. 사장은 촛대 세 개 만을 주방에서 켤 수 있게 허락했다, 하지만 주방장은 세 개는 재수 없다 했다, 그래서 두 개만 켰다.

우리의 커피분쇄기는 인근의 술집에서 빌렸고, 빗자루와 쓰레기통은 식당 안내원에게 빌렸다. 첫 주가 지나고 세탁소에 맡긴 행주들이 돌아오지 않았는데, 세탁비를 지불 못 했기 때문이다. 식당에 프랑스인이 한 명도 고용되지 않은 것을 발견한 노동감독관과 문제가 있었다. 사장은 몇 번의 개인적인 면담을 가져야 했고, 내 믿기로는, 뇌물을 줄 수밖에 없었을 것이다. 전기회사 직원들은 여전히 빚 독촉을 하고 있었다, 하지만 우리가 술 아페르티프를 뇌물로 줄 수 있다는 걸 알자, 매일 아침마다 찾아왔다. 식료품점에도 외상을 지고 있었는데, 만약 식료품점 사장의 아내가(콧수염이 있는 60대 여자였다) 줄스를 좋아하지 않았다면, 외상도 끊겼을 것이다, 줄스는 매일 아침 그녀를 달래기 위해 보내졌다. 나 또한 비슷했던 게 매일같이 야채 값 몇 닢을 깎기 위해 커머스 거리에서 한 시간을 낭비해야 했다.

충분하지 않은 자본으로 식당을 시작한 결말들이 이렇다. 이런 조건들 속에서 주방장과 나는 하루 30접시에서 40접시를 내가면 될 거라 했었다, 후에는 100접시를 내가고 있었다. 첫날부터 우리들의 일은 고되었다. 주방장의 근무시간은 아침 8시부터 자정까지였고, 나는 아침 일곱 시부터 다음 날 밤 열두 시 삼십 분까지였다- 열일곱 시간 삼십 분을 일했지만, 쉬는 시간이 거의 없었다. 오후 다섯 시까지는 앉을 시간도 없었는데, 더 최악은 쓰레기통을 빼면 앉을 자리가 없었다. 보리스는 식당 인근에 살았기에 마지막 지하철을 잡아 탈 필요가 없었다, 그래서 아침 여덟 시부터 다음 날 새벽 두 시까지 일했다-하루에 열여덟 시간, 일주일에 칠 일을 일했다. 이런 장시간의 업무는, 평범하지도 않지만, 파리에서는 특별할 것도 없었다.

이 식당에서의 삶이 고착된 일상이 되자 호텔 X의 삶은 휴가 같아 보였다. 매일 아침 여섯 시에 침대에서 나를 끄집어내어, 면도는 하지도 못 했지만, 가끔은 씻었다, 이탈리아 광장으로 달려가 전철에서 자리를 잡으려 싸웠다. 일곱 시 전에는 춥고 더러운 황량한 주방에 있게 된다, 감자껍질, 고기 뼈들, 생선꼬리들이 바닥을 덮고 있고, 기름이 덕지덕지 묻은 접시 더미는 일치단결로 쌓인 채 어젯밤부터 나를 기다리고 있었다. 물이 차가워 설거지를 바로 시작할 수가 없었다, 게다가 나는 우유도 가져오고 커피도 만들어야 했다, 여덟 시에 도착하는 사람들이 커피가 준비되어 있다고 기대했기 때문이었다. 그리고, 닦아야 될 동으로 된 냄비들도 있었다. 이 동으로 된 냄비들은 접시닦이 인생의 골칫거리들이다. 이 구리 냄비들은 철수세

미와 모래로 박박 문질러 닦아야 했는데, 개당 10분을 잡아먹었고, 야외에서 브라소 약품으로 광까지 내야 했다. 천만다행으로, 이 구리 냄비를 만드는 기술이 잊혀지고 있고 프랑스의 식당에서는 이 냄비들이 천천히 사라져 가는 중이다, 물론 여전히 중고로는 구매가 가능하다.

내가 설거지를 시작할 때면 주방장은 나를 데려다 양파 껍질을 벗기게 한다. 내가 양파 껍질을 벗기기 시작할 때면 사장이 와서 양배추를 사 오라고 시켰다. 양배추를 사 들고 돌아오면 사장의 아내가 화장품 한 통을 반 마일이나 떨어진 상점에서 사 오라고 시켰다. 돌아오면 더 많은 야채들이 나를 기다리고 있었고, 여전히 접시는 그대로였다. 이런 무능함이 각각의 일 위로 하루 종일 쌓였고, 모든 일이 늦어졌다.

열 시까지는, 일은 비교적 쉽게 흘러갔다, 일은 빨리 했지만, 아무도 성질을 내진 않았다. 주방장은 그녀의 예술가 기질에 대해 떠들 시간이 있었고, 톨스토이는 대단하지 않냐고 말할 시간도 있었다. 그리고 도마 위에 고기를 다지며 썩 들어줄 만한 괜찮은 소프라노 목소리로 노래를 불렀다. 하지만 열 시가 되면 웨이터들이 점심을 요구하기 시작한다, 그들은 점심을 일찍 먹었다, 열한 시쯤이 되면 첫 손님이 들어왔다. 갑자기 모든 게 바빠지고 성질을 부리기 시작한다. 호텔 X에서처럼 맹렬한 재촉이나 고함은 없었지만, 정신 없는 분위기, 사소한 신경전과 분노는 똑같았다. 불편함이 바닥에 깔려 있었다. 주방이 견딜 수 없을 정도로 좁았다, 접시들은 바닥에 놔둬야만 했고, 사람들은 접시를 밟지 않으려 끊임없이 신경을 곤두세워야 했다. 주방장의 넓은 엉덩이는 그녀가 이리저리 움직일 때마다 나에게 부딪혔다. 사람의 신경을 긁는, 반복되는 그녀의 잔소리는 쉬지를 않았다.

'이런 말도 안 되는 멍청이가 있나! 내가 빨간 무는 짜내지 말라고 몇 번이나 말했어요? 비켜요, 싱크대로 좀 가게요! 저 칼들 좀 치워주세요; 감자를 손 좀 봐놔요, 내 거르개로 대체 뭘 한 거예요? 아, 그 감자들은 그냥 놔둬요, 내가 닭 고깃국의 기름을 걷어내라 하지 않았어요? 설거지는 신경쓰지 말고 이 셀러리부터 잘라요. 아니, 그렇게 말고, 멍청하기는, 이렇게 말이야. 저기 봐! 완두콩이 끓어 넘치고 있는데 그냥 놔둘 거예요! 일 좀해요, 청어의 비늘을 벗겨야죠. 이봐요, 이 접시가 깨끗해요? 앞치마로 닦아요. 그 샐러드는 바닥에 두고요. 그렇지, 내가 밟을 수 있는 곳에 그렇게 두셔야겠지! 저기 봐요, 저 냄비 끓잖아요! 저 냄비 하나 내려 주세요. 아니 그거 말고 다른 거요. 이건 석쇠 위에 올리요. 저 감자들을 좀 치워봐요. 시간 낭비하지 말고, 그냥 바닥에 버려요. 발로 으깨요. 그리고 톱밥을 조금 뿌려 놓으세요. 망할 바닥이 스케이트장 같네. 저 봐요, 멍청한 사람아, 고기가 타잖아요! 오 신이여, 왜 이 사람들은 이렇게 멍청한 접시닦이를 나에게 보냈담? 말버릇이 그게 뭔가요? 내 숙모가 러시아 백작인 건 알아요? 끝이 없었다.

보통은 열한 시쯤에 정신적 한계를 맞은 주방장의 홍수 같은 눈물을 제외하면, 세 시까지는 특별한 차이 없이 지나간다. 세 시부터 다섯 시까지는 웨이터들은 제대로 된 휴식시간을 갖는다, 하지만 주방장은 여전히 바쁘고, 나도 가장 빠른 속도로 일을 하고 있을 때다, 더러운 접시들이 엉켜서는 기다리고 있다, 저녁시간이 시작되기 전, 설거지를 전부 끝내야 하는 경주가 된다, 아니면 일부라도 끝내 놔야 했다. 좁은 식기 건조대, 미지근한 물, 젖어있는 행주들, 한 시간마다 막히는 싱크대로 이루어진 원시적인 조건은 설거지를 두 배로 힘들게 했다. 다섯 시가 되면 주방장과 나는 다리가 풀려간다, 아침 일곱 시부터 먹지도 앉지도 못 했다. 우리는 피곤에 지쳐, 그녀는 쓰레기통 위에 나는 바닥에, 주저앉고는 했다, 맥주 한 병을 마시며, 아침에 말했던 몇 가지 언사들에 대한 사과를 주고받았다. 홍차야말로 우리가 계속 일을 하게 만들어줬다. 주전자가 언제나 따뜻할 수 있게 관리했고, 하루에 몇 리터를 마시고는 했다.

다섯 시 반이 되면 긴박함과 말싸움이 다시 시작됐다, 이때쯤이면 더욱 심해졌다, 모든 사람이 피곤에 지쳐 있기 때문이다. 주방장은 여섯 시에 정신적 고비를 한 번 맞고 아홉 시에 다시 한번 맞이 했다. 그녀의 정신적 고비는 꽤나 정확한 주기로 찾아와서 그녀를 보면 몇 시인지 말할 수 있을 정도였다. 쓰레기통 위에 앉아서는, 병적으로 울기 시작한다, 절대, 아니, 절대로 이런 삶을 살게 될 거라 상상도 못 해 봤다며 비명을 지른다. 나의 정신은 이런 일을 견디지 못했다. 비엔나에서 음악 공부를 했었다. 보살펴야 할 몸겨누운 남편이 있다, 등등. 평소라면 사람들은 그녀를 안타까워했을 것이다, 하지만, 우리 모두가 지쳐있을 때고, 그녀의 훌쩍거리는 목소리는 우리를 열 뻗치게 만들었다. 줄스는 문 옆에 서서 그녀의 훌쩍거림을 흉내 내고는 했다. 주인장의 아내는 바가지를 긁었고, 보리스와 줄스는 하루 종일 다퉜는데, 줄스는 농땡이를 쳤고, 보리스는 웨이터의 우두머리로서, 봉사료에서 더 많은 몫을 요구했기 때문이었다. 식당 문을 연지 이틀이 지났을 때, 그 둘이 식당에서 2프랑의 봉사료를 가지고 싸우기 시작했고, 주방장과 나는 그 둘을 떼어 놓아야만 했다. 식당에서 예의를 잃지 않는 사람은 사장뿐이었다. 우리와 같은 시간을 식당에서 지냈지만, 그는 할 일이 없었고, 실제로 식당도 아내가 운영했다. 그의 유일한 업무는, 물건 주문을 빼면, 담배를 물고 술을 파는 곳에 서서 신사의 모습을 보여주는 것뿐이었다, 그리고 사장은 이 업무를 완벽하게 소화해 냈다.

주로, 주방장과 나는 열 시와 열한 시에 저녁을 찾아 먹었다. 자정이 되면 주방장은 남편을 위해 훔친 음식을, 옷 밑에 숨겼다, 훌쩍거리며 이 생활 때문에 죽겠다며 아침에는 사표를 낼 수도 있다 말하고는, 황급히 달아난다. 줄스 또한 자정에 떠나는데, 통상 보리스와 말싸움을 끝낸 뒤, 보리스는 새벽 두 시까지 술 파는 자리를 지켜야 했다. 나는 열두 시부터 열두 시 반까지 설거지 마무리를 위해 내가 할 수 있는 일만 했다. 설거지 마무리를 제대로 끝낼 시도조차 할 시간은 없었다, 식사용 휴지로 접시에 묻은 기름때를 대충 닦아 냈다. 바닥에 쌓인 쓰레기들은, 그냥 두고는, 그 중 가장 더러운 것만 스토브 밑으로 안 보이게 밀어 넣었다.

열두 시 반에 나는 외투를 입고 서둘러 밖으로 나갔다. 주인장은, 평소같이 평온하게, 술자리 옆의 좁은 통로를 지나가는 나를 멈춰 세웠다.'아, 신사 양반, 이렇게 피곤해 보일 수가! 제가 브랜디 한 잔을 대접할 수 있게 허락해 주시지요.'

그는 마치 내가 접시닦이가 아닌 러시아의 한 공작인 양 예의를 갖추어 브랜디 잔을 나에게 건넸다. 그는 우리 모두를 이렇게 대해 주었다. 그의 태도는 하루 열일곱 시간의 노동으로 받는 보상이 되어주었다.

마지막 지하철은 대체로 비어 있었다-큰 장점이었고, 자리에 앉아 십오 분은 잠을 청할 수 있었다. 통상 한시 반이 되면 나는 침대 속에 있었다. 막차를 놓치면 식당바닥에서 자야 했지만, 대수가 아니었다, 그 시간이면 자갈도로에서도 뻗어 잘 수 있었다.

21

식당을 찾는 손님들이 늘며 일도 조금씩 많아졌다. 이런 생활이 2주간 지속됐다. 식당 근처에 방을 잡아 한 시간 정도는 절약하고 싶었지만, 이사할 시간을 찾는 게 불가능해 보였다- 아니, 시간적인 측면에서 보자면, 머리를 자르거나, 신문을 읽거나, 심지어는 옷을 다 벗는 것도 마찬가지였다. 열흘이 지나고야 약 십오 분 정도의 시간을 낼 수 있었고, 런던에 사는 내 친구 B에게 직장을 찾아 줄 수 있는지 물으려 편지를 썼다- 어떤 일이라도 좋았다, 하루 다섯 시간만 잘 수 있게 해준다면. 하루 열일곱 시간의 노동이 나에게는 그냥 맞지 않았다, 물론 이런 생활이 별거 아니라고 생각하는 사람은 부지기수겠지만. 혹사를 당할 때, 파리의 많은 식당들에서 수천 명의 사람들이 이 정도 시간을 일 하는 중이며, 계속하게 될 것이고, 몇 주가 아닌 몇 년을 하게 될 것을 생각하면, 자기연민에 좋은 치유제가 된다. 내가 사는 호텔 근처 술집에 일 년 내내 아침 일곱 시부터 자정까지 일하던 아가씨가 있었는데, 오직 식사를 할 때만 앉았다. 그녀에게 춤을 추러 가자고 했던 기억이 난다 그녀는 웃으며 몇 달간 동안 그 거리의 귀퉁이 밖을 나가 본 적이 없다고 했다. 그녀는 폐결핵을 앓고 있었고, 내가 파리를 떠날 쯤 세상을 떠났다.

단지 한 주가 지났지만 여기저기 시종일관 숨어 지낸 줄스를 제외하면, 우리 모두 피로와 함께 신경쇠약에 걸려 있었다. 초기에는 언쟁들이 간헐적이었으나, 후에는 끊임없이 이어졌다. 몇 시간이고 아무 이유 없는 불평불만의 가랑비가 계속 내리다가, 얼마 지나 욕설의 폭풍으로 커졌다. '그 냄비 좀 내려줘요, 이 멍청한 양반아!' 주방장이 외치면(냄비에 팔이 닿기에는 작은 키였다). '당신이 직접 내리지 그래요, 이 늙은 창녀 양반, '이라고 내가 대답한다. 마음에서 우러나는 이런 말투는 주방의 분위기가 자연스레 만들어 주는 듯했다.

우리는 상상도 못 할 하찮은 것들로 언쟁을 벌였다. 예를 들어, 쓰레기통은 끝나지 않는 언쟁의 원천이었다- 내가 원하는 쓰레기통의 위치는 주방장이 다니는 통로였고, 그녀가 놓고 싶어했던 곳은, 내 자리와 싱크대 사이였다. 한 번은 내가 폭발할 때까지 그녀가 바가지를 긁고 또 긁었다, 순수한 악랄함으로, 쓰레기통을 들어, 그녀가 걸려 넘어질 수밖에 없는 바닥 중간에 놓았다.

'자, 이 돼지야, ' 내가 말했다, '네가 직접 옮기지 그래.'

이 늙고 가엾은 여자는, 그녀가 들기에는 쓰레기통은 너무 무거웠기에, 주저앉아, 식탁에 머리를 묻고 울음을 터트렸다. 나는 그런 그녀를 비웃었다. 극단적 피로가 사람의 행동에 올라탔을 때 나타나는 결과다.

며칠이 지나자 그녀는 톨스토이와 그녀의 예술가 본질에 관해 말하기를 그만두었고, 일을 위한 목적을 제외하고는, 그녀와 나는 대화를 나누지 않게 되었다, 줄스와 보리스도 대화를 나누지 않았고, 이 둘 모두도 주방장과 말을 섞지 않게 되었다. 보리스와 나 조차도 대화를 잘 나누지 않게 되었다. 우리는 사전에 일을 하는 시간 동안의 욕설은 일이 끝난 후에는 신경 쓰지 않기로 합의를 보았다, 하지만 잊기에는 너무 심한 단어로 서로를 불렀다- 게다가, 일을 안 하는 시간이 없었다. 줄스는 점점 더 농땡이를 부리며, 그의 말을 빌리자면, 의무감에 음식을 쉬지 않고 훔쳤다. 우리가 도둑질에 참여하지 않을 때는, 그는 우리를 배신자라며 몰아붙였다. 그는 괴상하고 악질적인 사상을 가지고 있었다. 자존심이 걸린 문제라며, 손님에게 수프를 가져 나가기 전에 수프에 젖은 행주를 짜내었다, 부르주아를 향한 동료들의 복수를 다짐했기 때문이라 했다.

주방은 더욱 더러워져 갔다, 몇 마리를 쥐덫으로 잡았지만, 쥐들은 더욱 대담해졌다. 그 더러운 장소를 둘러보면, 생고기들은 바닥에 쌓인 쓰레기 더미 속에 놓여 있었고, 차갑게 응고된 냄비들이 여기저기 제 멋대로 널브러져 있었다. 싱크대는 기름으로 덮이고 막혔다, 세상에서 우리 식당만큼 더러운 식당이 있을까 하고 궁금해했지만. 나를 제외한 다른 세 명은 더 심각하게 더러운 곳도 보았다고 했다. 줄스는 더러운 물건들을 긍정적으로 보았다. 그가 한가할 때면, 보통은 오후였다, 문 옆에 서서 열심히 일하는 우리를 보며 조롱을 해댔다.

'바보들! 그 접시는 왜 닦아요? 그냥 바지로 한 번 문질러요. 손님들은 왜 신경 씁니까? 그 사람들은 무슨 일이 있는지도 몰라요. 식당일 이라는 게 뭡니까? 닭고기를 저미다 바닥에 떨어져요. 사과하고, 인사하고, 밖에 나갔다가. 그 똑같은 닭고기를 가지고 다른 문으로 다시 들어오는 거예요. 그게 식당일 이라고요.'

말하기 조금 이상하지만, 이 더러움과 무능력에도 불구하고, 실제로 이 러시아 식당은 성황을 이루었다. 처음 며칠 간은 모든 손님이 러시아 사람들이었다, 주인의 친구들이었는데, 미국인이나 다른 외국인들과 동행하여 오고는 했다-프랑스인은 없었다. 그러던 중 형언할 수 없을 만큼 흥분되는 사건이 일어났다, 우리의 첫 번째 프랑스 손님이 방문한 것이다. 그 순간만큼은 우리는 언쟁을 잊고 하나가 되어 제대로 된 저녁을 준비하기 위해 뭉쳤다. 보리스가 주방으로 살금살금 들어와, 엄지손가락을 어깨 뒤로 가리키며 굉장히 조심스레 속삭였다.

'쉬! 집중, 프랑스인이야!'

바로 주인장의 아내가 들어와 속삭였다.

'집중해요, 프랑스인이 왔어요! 손님에게 야채를 두 배로 주도록 하세요.'

프랑스손님이 먹는 동안, 주인장의 아내는 주방 문 뒤 쪽에 서서 창문으로 프랑스 손님의 얼굴 변화를 관찰했다. 다음 날 저녁 그 프랑스손님은 다른 프랑스인 두 명과 함께 다시 식당을 찾았다. 우리가 명성을 얻고 있다는 징조였다. 나쁜 식당임을 확실히 증명하는 법은 오직 외국사람만 온다는 거다. 성공을 하게 된 계기 중 하나는 사장인 듯했다, 식당을 꾸미며 보여 준 희미한 빛에 대한 감각과, 예리한 칼을 사두었기 때문이다. 예리한 칼은, 당연하지만, 성공한 식당들의 비밀이었다. 나는 이 사건이 있었음에 고마워하고 있다, 내가 가진 환상 중 하나를 깨 주었기 때문인데, 소위, 프랑스 사람들은 음식을 보기만 해도 좋은 음식인지 알 수 있다는 환상이었다. 아니면 아마도 프랑스인 기준에도 우리 식당이 꽤나 괜찮은 식당이었는지도 모른다. 어느 쪽이 됐던 더 안 좋은 식당들은 상상을 초월할 것이다.

B에게 편지를 쓴 뒤 얼마 지나지 않아 일자리를 알아 봐 줄 수 있다는 답장을 받았다. 정박아들을 돌보는 일이었는데, 이 식당의 일에 비하니 아주 훌륭한 휴식처럼 들렸다. 나는 시골길을 거닐고, 길 옆의 꽃잎을 내 지팡이로 쳐내며, 구운 양과 당밀 타르트를 먹으며, 라벤더향이 나는 침대보 속에서 자는 나를 그려 보았다. B는 내 여행경비와 저당 잡힌 옷을 찾을 수 있게끔 5파운드를 보내주었다, 돈이 도착하자마자 나는 하루 말미의 사표를 냈다. 나의 급작스러운 사표는 사장을 당황하게 만들었다, 평소와

다름없이 그는 돈 한 푼이 없었기에, 30프랑이 부족한 급료를 나에게 지불해 줄 수밖에 없었다. 하지만 그는 크루보아제 48년산 브랜디 한 잔을 사주었는데, 이 브랜디 한 잔으로 남은 급여를 채워줬다고 생각하는 듯했다. 식당은 내 자리를 채우기 위해, 체코인을 고용했는데, 굉장히 능숙한 접시닦이었다, 그리고 늙고 불쌍한 주방장은 몇 주 뒤 해고되었다. 후에 듣기로는, 최고 등급의 두 명이 일한 덕분에, 주방의 노동시간을 열다섯 시간까지 줄였다고 했다. 그 밑으로는, 주방을 현대화시키기엔 역부족이라, 누가 와도 줄일 수 없었을 것이다.

22

파리에 사는 접시닦이들의 삶에 관한 개인적인 의견들을 말해 보고 싶다. 생각해 보면, 대단히 현대화된 도시에 수없이 많은 사람들이 눈 뜨고 있는 시간을 뜨거운 지하소굴 안에서 접시를 닦으며 소비한다는 건 어딘가 이상하다. 내가 제기하고자 하는 의문점들은 이렇다, 어째서 이런 삶이 계속될까-그들의 삶이 추구하는 목적은 무엇인가, 그리고 어떤 사람들이 이런 삶들이 유지되길 원 하는가, 그리고 어째서 나는 단순히 반항적인 태도도 게으른 방관자적 태도도 취하지 않는가. 접시닦이 삶의 사회적 의의를 자세히 들여다 보고자 노력해 보겠다.

접시닦이들을 현대 사회의 노예들이라 칭하며 시작하는 게 적절할 듯하다. 이 사람들을 동정할 필요까지는 없는데, 이들은 많은 육체노동자들 보다는 상황이 더 낫다, 그럼에도, 여전히 그들이 사고 팔리면 더 이상 자유롭지 못함은 다르지 않다. 그들의 일은 기술 없이, 그저 굽실거리면 된다. 목숨을 부지할 정도의 급여만을 받는다. 그들의 유일한 휴일은 해고다. 결혼도 가로막혀 있고, 결혼을 해도, 그들의 아내들 또한 일을 해야만 한다. 행운의 기회가 없다면, 이 삶에서 도망은 못 친다, 감옥은 제외하자. 지금 이 순간에도 대학 졸업장을 가진 누군가는 파리 어딘가에서 접시를 열 시간 열다섯 시간을 문지르고 있다. 누구도 그들이 게을러서라고 함부로 말해선 안 된다, 나태한 사람은 접시닦이가 될 수 없다. 그들은 단지 생각이 불가능한 일상에 갇혀 있을 뿐이다. 만약 접시닦이들이 생각을 할 수 있었다면, 오래 전 노조를 조직해 처우개선 시위에 나섰을 거다. 하지만 그들은 생각하지 않는다, 그런 여가를 즐길 시간이 없기 때문이다. 그네들이 그들을 노예로 만들어 놓은 것이다. .

물음은 이렇다, 왜 이런 노예제는 멈추지 않을까? 사람들은 모든 일들이 행해지는 데는 타당한 목적이 있다고 당연한 듯 받아들인다. 사람들은 어떤 누군가가 유쾌하지 않은 일을 하는 걸 보고 나서, 그 일은 필요해 라고 말만하면 문제가 해결되었다 여긴다. 석탄 채광을, 예로 들어보자, 힘든 일이지만, 필요한 일이다-우리는 석탄이 필요하다. 하수도 작업은 불쾌하다, 하지만 누군가는 하수도에서 일해야만 한다. 접시닦이들의 일도 비슷한 맥락이다. 누군가는 식당에서 밥을 먹어야만 한다, 그렇기에 누군가는 일주일에 80시간을 접시를 닦아야 한다. 문명사회의 직업이다, 고로 의문이 필요 없다. 이 점이 고려해 볼 가치가 있다.

접시닦이들의 일은 정말 문명사회에 필요할까? 우리에겐 무조건 그 일들이 "고된" 일이어야만 한다고 막연히 생각한다, 왜냐면 그들의 일은 힘들고 기피하고 싶기 때문이며, 우리가 육체노동을 일종의 집착같이 숭배해왔기 때문이다. 나무를 자르고 있는 사람을 본다, 그리고 우리는 그가 사회의 필요부분을 채우고 있다고 확신한다, 단순히 그가 근육을 사용하기 때문이다. 사실은 그가 아름다운 나무를 잘라내고 그 자리에 흉측한 동상을 세우려 한다고 생각하지 않는다. 나는 접시닦이도 똑같다고 생각한다. 그들은 이마에 맺힌 땀으로 먹을 빵을 얻는다 그렇다고 해서 그들이 필요한 일을 했다는 의미는 아니다. 그들이 호사를 제공하고 있을 수도 있다이 호사는, 매우 자주, 호사가 아니다.

내가 뜻하는 호사가 호사가 아닌 예가 있다, 유럽에서는 거의 볼 수 없는, 극단적인 예를 들어보자. 인도의 인력거꾼이나 마차 끄는 조랑말들을 가져와 보자. 극동에는 수 백 명의, 샅바를 맨 깡마르고 검게 탄 불쌍한, 인력거꾼들이 있다. 누구는 병에 걸려 있고, 몇몇은 50살이 넘었다. 태양과 비를 맞으며 끊임없이 달린다, 머리는 숙이고, 흰수염에서는 땀이 뚝뚝 떨어진다, 손잡이 끝을 끌어당긴다. 그들이 늦게 달리기라도 하면 손님들은 그들을 여성성기로 비하하며 욕한다. 한 달에 30루피에서 40루피를 벌고, 몇 년이 지나면 폐가 망가져 기침을 한다. 마차를 끄는 조랑말들은 깡말랐다, 악독하게도 이런 조랑말들이 싸게 팔리는 건 일 할 수 있는 시간이 몇 년 남지 않았기 때문이다. 이 말들의 주인들은 채찍을 음식 대신으로 생각한다. 이 사람들의 일은 산수 비슷하게 표현된다- 채찍 더하기 음식은 힘이다. 주로 60 정도가 채찍이고 음식이 40 정도가 된다. 어떤 때는 말들의 목에 넓은 상처가 띠를 두르는데, 속살로 온종일 마차를 끌고 다니기도 한다. 그럼에도 여전히 이 말들을 일하게 만드는 게 가능하다. 어떻게 하면 말들을 채찍질로 엉덩이고통을 목의 고통보다 더 크게 하느냐라는 단순한 문제다. 몇 년이 지나 채찍 조차도 이점이 사라지면, 조랑말들은 도축업자에게 넘어간다. 이 것들이 필요하지 않은 노동의 사례다, 실제로 마차를 끄는 조랑말이나 인력거꾼은 필요가 없다. 그들이 존재하는 이유는 걷는 게 동양에서는 천하다고 여겨지기 때문이다. 이런 것들이 호사고 사치다, 한 번이라도 타 본 사람들이라면 알 고 있듯, 매우 허접스러운 사치들이다.

이 두 가지 노동은 얼마 되지도 않는 편의만을 제공하는데, 절대 사람과 동물이 겪는 고통을 상쇄시켜 줄 수가 없다.

접시닦이의 경우도 비슷하다. 그들을 인력거꾼이나 마차를 끄는 조랑말과 비교하면 왕이지만, 그들의 사례도 유사하다. 접시닦이는 식당이나 호텔의 노예다, 그리고 이런 노예제는 거의 쓸모가 없다. 거대한 호텔과 깔끔한 식당의 진정한 필요성은 어디에 있을까? 호텔이나 식당은 호사와 사치를 제공해야 한다, 하지만 실상 그들이 제공하는 것은 조잡하고, 가짜 호사와 사치들이다. 거의 모든 사람들이 호텔을 싫어한다. 어떤 식당은 다른 식당들보다 낫기는 하지만, 같은 가격으로, 집에서 먹는 음식처럼 좋은 음식을 식당에서 먹기란 불가능하다. 의심할 여지없이 호텔과 식당은 존재해야만 한다, 하지만 그렇다고 해서 수 백 명의 사람을 노예로 만들 필요는 없다. 무엇이 호텔과 식당의 노동을 이렇게 만들었냐는 본질이 아니다. 호사와 사치가 됐어야 할 사기들이 요점이다. 세련됨이란, 그렇게 불리지만, 실제 의미는, 그저 직원들의 일은 늘어나고 손님들이 돈을 더 낸다는 뜻이다. 호텔에서 듀빌에 휴양용 별장을 사게 될 소유주를 제외하면 득을 보는 사람이 없다. 기본적으로, '세련된' 호텔이란 백 명의 사람들이 개같이 일을 하고 이백 명의 손님들이 터무니없는 가격에 기실 자신들이 원하지도 않는 물건들을 사게 되는 공간이다. 만약 호텔과 식당에서 터무니없는 업무를 잘라내고, 업무들이 간단한 효율로 처리가 된다면 접시닦이들은, 거의 매일 같이 열다섯 시간씩이 아닌, 하루 여섯 시간에서 여덟 시간만 일을 해도 될 것이다.

실제로 접시닦이들의 일이 거의 쓸모가 없다고 가정하자. 그렇다면 질문이 하나 따라오는데, 대체 왜 누가 그들이 계속해서 일 하기를 바라는 것일까? 나는 직접적인 경제적 원인을 넘어서, 평생 접시를 닦아야 하는 사람들을 생각하며 기쁨을 느끼는 사람들을 파헤쳐 보려 한다. 그런 사람들이 분명 있는데-편한 상황의 사람들이다-이런 생각들 속에서 하나의 기쁨을 찾아낸다. 노예는, 마르쿠스 카토가 말하길, 잠을 안 자면 일을 해야 한다. 노예들이 하는 노동이 필요한지 아닌지는 중요한 게 아니다, 그저 노예는 무조건 일을 해야 한다, 노동 그 자체가 좋은 것이기 때문이다- 최소한, 노예들에게는 그래야만 한다. 이러한 정서는 여전히 살아남아, 쓸모 없는 잡일들을 산처럼 쌓아 놓고 있다.

쓸모 없는 일을 영구화하려는 이 본능은, 근본적으로, 군중을 향한 두려움이라고 나는 생각한다. 군중들은(흔하게 퍼져있는 사상이다) 너무 저급한 동물들로서 여가시간을 가지면 위험해질 수 있다. 생각을 하지 못 하도록 바쁘게 만들어 놔야 더욱 안전하다. 냉철한 부자가 있다고 치자, 그가 만약 노동여건 개선에 대한 질문을 받게 되면, 대개 이런 식으로 대답할 것이다.

'우리는 빈곤이 불편한 걸 알고 있습니다; 사실, 빈곤이라는 게 너무 동떨어져 있어서, 우리는 빈곤의 불쾌함을 생각하며 스스로를 정말 잘 괴롭히고 있습니다. 하지만 우리가 이에 있어 어떤 행동을 할 거라 예상은 하지 마십시오. 우리는 낮은 계층인 당신네들을 안타까워는 합니다, 피부병을 앓고 있는, 한 마리의 고양이를 안타까워하듯 말입니다. 하지만 당신들 노동조건개선에는 악마처럼 맞서 싸울 겁니다. 당신들이 지금처럼 있어야 우리는 더 큰 안도감을 느낍니다. 현재 상황이 우리들에게 딱 맞습니다, 우리는 당신들을 자유롭게 만드는 위험을 감수하지 않을 것입니다, 하루 단 한 시간도 그렇게는 못 합니다. 자, 존중하는 형제님이여, 보아하니, 우리들의 이탈리아 여행경비를 대주기 위해 땀 좀 흘려야 할 것 같은데, 어서 땀이나 흘리다 뒤져버리시지요.'

지성과 교양을 갖춘 사람들의 태도가 딱 이렇다. 이 사상의 실상 수 없이 많은 글들 속에서 읽을 수 있다. 극소수의 교양을 갖춘 사람들만이 일 년에 (얼추) 400파운드 미만의 수익을 번다, 이들은 자연스레 부자들의 편에 서는데, 약간의 자유라도 가난한 자들에게 이양되는 건 자신들의 자유에 위협이 된다고 예상하기 때문이다. 암울한 칼 마르크스의 유토피아가 대안으로써 예견되기에, 지식인들은 현 상황유지를 선호한다. 이들은 그들 주변의 부자 친구들을 좋아하지 않을 수 있다, 하지만 그 부자들 중에서도 가장 천박한 사람도, 가난한 사람들 보다는, 그들의 행복에 해로움을 끼치지 않고, 자신들과 같은 부류라고 여긴다, 그렇기에 부자들 편에 서는 게 훨씬 낫다는 생각을 한다. 그들의 의견으로는 이른바 위험한 군중에 대한 공포심이 거의 모든 지식인들을 보수적으로 만든다고 주장한다.

군중에 대한 공포는 미신이 쓰인 공포심이다. 이 공포심은, 마치 이 두 부류가 다른 인종인 것 마냥, 흑인과 백인처럼, 가난한 자와 부자 사이에는 근본적인 차이가 있다는 괴상한 개념에 기반을 두고 있다. 하지만 현실에서는 그런 차이는 존재하지 않는다. 부자와 가난한 자들은 소득에 따라 구분될 뿐이다 그것 외엔 아무것도 없다, 보통의 백만장자들은 보통의 접시 닦이들이 새 양복을 입었을 뿐이다. 자리를 바꿔보고, 어느 쪽이 누구인지 맞춰보라, 누가 판사고 누가 도둑일까? 가난한 사람들의 조건에 버무려져 본 사람들은 이 사실을 정확히 알고 있다. 문제는 지성과 교양을 갖춘 계층들인데, 진보적인 의견을 가졌다고 기대될지 모르지만, 절대 가난한 부류와는 섞이지 않는다. 지식인들이 가난에 대해 대체 뭘 안단 말인가? 내가 가진 프랑스시인 비용의 시집 편집자는 '빵을 창문 너머로만 보고 있다.'는 구절은 각주를 더해 설명해야 한다고 진심으로 생각한다. 심지어 배고픔 조차도 이 지식인의 경험과는 먼 거리에 있는 것이다.

이런 무지 때문에 군중을 향한 미신 쓰인 공포가 아주 자연스럽게 결실을 맺는다. 교육받은 사람들은 멍청한 무리들이 단순히 하루의 자유를 위해서, 그들의 집을 약탈하고, 책을 불사르고, 기계를 다루게 하고, 화장실을 청소를 시킬 거라 상상을 한다. '뭐가 됐던' 그들은 이렇게 생각한다. '그 어떤 부당한 행위도, 군중의 속박을 풀어 주는 것보다는 낫다.' 지식인들은 태반의 부자들과 가난한 자들 사이의 다른 점이 없고, 그렇기에 대중을 자유롭게 하는데 아무 문제가 없음을 보지 못 한다. 사실 대중들은 이미 풀어져 있다. -부자의 외양을 갖추고- 그리고 그들의 힘을 사용하여 '세련된' 호텔이라는 쳇바퀴를 설치하고 있는 중이다.

요약을 해 보면, 접시닦이는 노예다, 필요 없는 노예로서, 대체로 우습고 쓸데없는 일을 한다. 접시닦이는 일에 얽매여 있는데, 궁극적으로, 여가를 가지면 위험해질 수 있다는 얼빠진 생각 때문이다. 그리고 지식인들은, 이들 편에 서야 함에도, 침묵을 지키고 있다, 왜냐하면 지식인들은 이 사람들에 대해 아는 게 하나 없다 그 결과 이들을 무서워한다. 내가 접시닦이를 적용한 이유는 이러한 그들의 삶을 내가 살펴보아왔기 때문이다. 셀 수 없이 많은 다른 노동자들에게도 똑같이 적용 될 수 있다. 지금까지가, 틀림없이 진부했을, 당면하고 있는 경제적 문제들은 참조하지 않은, 접시닦이 삶의 기본적인 사실들에 관한 나의 지극히 개인적인 생각들이다. 위의 의견들은 내가 호텔에서 일할 때 머릿속에 박혀버린 여러 생각들의 견본이라고 본다.

23

식당을 떠나자마자 나는 침대로 들어가 시계가 한 바퀴를 돌 동안 잠을 잤다, 그래 봐야 한 시간이었다. 그리고 이 주 만에 처음으로 양치를 하고, 목욕을 한 뒤 머리를 자르고는, 전당포에서 옷을 찾아왔다. 나는 이틀 동안 눈부시게 아름다운 게으른 순간들을 보냈다. 심지어 나는 내가 가진 최고의 정장을 입고 러시아식당에 찾아갔다, 술을 파는 곳에 몸을 기대어 5프랑을 주고 영국 맥주 한 병을 마셨다. 기묘한 기분이었다, 한 때 내가 노예의 노예였던 장소에 손님이 되는 기분이란. 보리스는 제대로 된 직업을 얻어 돈을 벌 기회가 왔을 때 내가 떠난다며 아쉬워했다. 그 뒤로 보리스 소식을 들었다, 그는 하루에 백 프랑을 벌고 매우 참한 절대 마늘 냄새를 풍기지 않는 여자를 만났다고 한다.

하루 동안 내가 살던 구역을 돌아다녔다, 모두에게 작별 인사를 건넸다. 그 날, 한 때 같은 구역에 살았었던, 수전노 루콜의 죽음에 대해 찰리가 말해 주었다. 높은 확률로 찰리는 거짓말을 하는 것 같았지만, 이야기가 괜찮았다.

루콜은, 74세로, 세상을 떠났는데, 내가 파리에 도착하기 1년 전 또는 2년 전이었다고 한다, 그럼에도 내가 그곳에 살 때도 마을 사람들은 그의 이야기를 하고는 했다. 절대로 그를 다니엘 댄서나 그런 부류들의 사람과 동일시할 수는 없지만, 흥미가 가는 사람이었다. 아침마다 중앙시장 레 아예에 찾아가 버려진 야채를 줍고, 고양이용 고기를 먹고, 속옷 대신 신문지를 입었다. 방의 벽을 덮고 있는 나무를 땔감으로 썼고, 부대자루를 바지로 만들어 입었다. 이 모든 것에 반백만 프랑이 투자됐다. 그와 알고 지낼 수 있었다면 매우 좋을 뻔했다.

다른 수전노들이 그렇듯, 루콜도 무모한 사업에 돈을 집어넣고 비참한 최후를 맞았다. 어느 날 구역에 유대인 한 명 나타났는데, 조심성이 많았다. 사업 수완이 좋은 이 젊은이는 영국으로 코카인을 밀반입하려는 일급계획이 있었다. 물론, 밀수는 충분히 쉬운 일이다. 파리에서는 코카인 구입도, 밀반입을 하는 것도 꽤나 단순하다. 다만 경찰이나 세관원에게 계획을 팔아 넘길 첩자가 언제나 있을 뿐이다. 밀수는 특정 코카인 판매업자들이 자주 했는데, 밀수사업은 경쟁을 원치 않는 거대 연합체의 손에 들어가 있었다. 하지만, 이 유대인은, 절대 위험할 일이 없다고 맹세했다. 그는, 다른 평범한 경로가 아닌, 비엔나로부터 코카인을 직통으로 얻어낼 수단을 알아서, 돈을 뜯길 일이 없다고 했다. 그는, 소르본 대학에 다니는, 젊은 폴란드 학생을 통해 루콜을 알게 되었다. 이 폴란드 친구도 루콜이 육천 프랑을 밀어 넣으면 사천 프랑을 계획에 밀어 넣으려 했다. 이렇게 모으면 10파운드의 코카인을 살 수 있다고 했다. 이는 영국에서 꽤나 큰돈이 될 수 있는 양이었다.

폴란드 친구와 유대인은 늙은 루콜의 갈퀴 사이로 돈을 끄집어내려 부단한 노력을 했다. 육천 프랑이 그리 많은 돈은 아니었다-루콜은 더 많은 돈을 침대 밑에 꿰어 두고 있었다- 하지만 동 전 한 닢도 남에게 주는 건 그에게는 고통이었다. 폴란드 친구와 유대인은 몇 주를 쉬지도 않고 루콜 옆에 붙어서는, 설명하고, 괴롭히고, 구슬리다, 다투고, 무릎도 꿇으며 돈을 보여달라 애원했다. 이 늙은 남자는 욕심과 두려움 사이에서 반쯤 정신이 나가 버렸다. 그의 창자들은 오천 프랑의 이익을 갈망했다, 그럼에도 돈을 위험에 처하게 할 수가 없었다. 그렇게 구석에 주저앉아 손으로 머리를 감싸고, 끙끙거리다가 가끔은 고통에 찬 비명을 지르며, 무릎을 꿇고 힘을 달라는 기도도(매우 독실한 신자였다) 자주 했다. 그럼에도 여전히 그는 할 수가 없었다. 하지만 결국 다른 무엇보다도 심신이 피폐해진 그는, 갑자기 항복을 하게 된다. 루콜은 돈이 봉인된 침대를 찢어 육천 프랑을 유대인에게 넘겼다.

유대인이 코카인을 바로 그 날 가져왔고, 지체 없이 사라졌다. 한편, 루콜은 기쁨의 야단법석을 떨었고, 놀랄 것도 없이 그 사건은 구역 전체로 퍼져 나갔다. 바로 그 다음 날 호텔은 경찰의 급습과 수색을 맞이했다.

루콜과 폴란드 학생은 공포에 떨었다. 경찰들이 아래층에 있었다, 차례로 각 층의 각 방을 수색하고 차근차근 올라왔다, 커다란 코카인 상자는 탁자 위에 있었고, 숨길 장소도 아래층으로 도망갈 구멍도 없었다. 폴란드 학생은 상자를 창문 밖으로 던져 버리려 했지만 루콜은 그의 말을 들으려 하지 않았다. 찰리는 자신이 현장에 있었다고 했다. 사람들이 루콜에게서 상자를 뺏으려 하면 그는, 74세임에도 불구하고, 상자를 가슴팍에 부둥켜안고는 미친 사람처럼 절대 뺏기려 하지 않았다고 한다. 루콜은 두려움에 짓눌려 있었음에도, 자신의 돈을 버리느니 차라리 감옥에 가려 했다.

마침내, 경찰들이 바로 아래층을 수색하고 있을 때, 누군가가 묘수를 생각해 냈다. 루콜과 같은 층에 사는 남자가, 화장품을 팔며 수수료를 받았다, 화장품 통 열두 개를 가지고 있었다. 코카인을 분통에 담아두면 코카인을 얼굴에 바르는 분으로 속일 수 있다는 묘수였다. 분통에 담긴 내용물은 창문 밖으로 순식간에 버려졌고 통은 코카인으로 채워졌다, 그 통들은 루콜의 탁자 위에 떡 하니 올려졌다, 아무것도 숨길 게 없다는 듯 말이다. 몇 분이 지나 경찰들이 루콜의 방으로 들이닥쳤다. 경찰들은 벽을 두드리고 굴뚝을 살펴보았다 그리고 옷 서랍을 뒤집어엎었고 바닥을 조사했다, 그렇게, 아무것도 찾지 못하고, 수색을 포기하려는 순간, 경위가 탁자 위에 올려진 깡통들에 주목했다.

'음' 그가 명령했다, '저 깡통들도 한 번 조사해봐, 미처 신경 쓰지 못했군. 뭐가 들어있나, 응?'

'얼굴에 바르는 분입니다, ' 폴란드 학생은 그가 할 수 있는 최선을 다해 침착하게 대답했다. 하지만 루콜은, 불안함을 참지 못 해, 큰 소리로 끙 앓는 소리를 냈고, 경찰들이 바로 눈치를 챘다. 경찰들은 깡통 하나를 열어 내용물을 쏟아 내고, 냄새를 맡았다. 경위는 이 내용물이 코카인이 확실하다고 했다. 루콜과 폴란드 학생은 성자의 이름을 걸고 얼굴에 바르는 분이라며 맹세를 시작했다. 하지만 소용없었다, 그 둘이 항의를 하면 할수록 경찰들은 더 의심했다. 둘은 체포되었고 경찰서로 끌려갔다, 구역 사람들 절반이 그 뒤를 쫓았다.

경찰서에 도착한 뒤, 코카인 통이 분석되는 동안 루콜과 폴란드 학생은 심문을 받았다. 찰리는 루콜이 보여준 꼴은 말로는 다 할 수 없다고 했다. 울고, 기도하고, 앞뒤가 맞지 않는 진술을 늘어놓고는 동시에 폴란드 학생에게 비난을 퍼붓고, 목소리가 얼마나 컸던지 거리의 반을 넘어서도 들렸다고 한다. 경찰들은 그런 루콜을 보며 거의 포복절도했다고 한다.

한 시간이 지나고 한 경찰이 코카인 통들과 분석가로부터 받은 결과서를 들고 돌아왔다. 그는 웃고 있었다.

'이건 코카인이 아닙니다. 반장님' 그가 말했다,

'뭐라고? 코카인이 아니라니? 반장이 돼 물었다, '이런 일이 있나- 그럼

그게 뭔가?'

'얼굴에 바르는 분입니다.'

루콜과 폴란드 학생은 바로 안도했다, 둘은 완벽한 무죄임과 동시에 완전
히 화가 뻗쳤다. 유대인이 이 둘을 속인 것이다. 훗날, 흥분이 가라앉았을
무렵에, 이 유대인이 같은 구역의 다른 두 사람에게도 동일한 사기를 친
게 밝혀졌다.

폴란드 학생은, 사천 프랑은 잃었어도, 상황에서 벗어 날 수 있었음에 기
뻐했지만, 이 불쌍한 늙은 루콜은 완전히 무너져 내렸다. 바로 침대에 들
어가 자리에 눕고는, 그 날 하루 종일 그리고 밤의 절반이 지날 때까지, 몸
부림치고, 중얼거리다가, 뜬금없이 목청껏 지르는 괴성을 주변 사람들 모
두 들을 수 있었다고 한다.

'육천 프랑! 이런! 육천 프랑이라니!'

삼일 뒤 그는 뇌졸중 비슷한 것을 앓았고, 이 주 정도 뒤에 화병을 앓다 세

상을 떠났다고 찰리가 그랬다.

26

나는 삼등칸을 타고 덩케르크와 틸버리를 거쳐 영국으로 들어왔다, 가장 저렴해도 영국 해협을 건너는 최악의 항로는 아니었다. 객실은 추가 비용을 내야만 했다. 그래서 나는 대부분의 삼등칸 승객들과 함께 휴게실에서 잠을 청했다. 그 날에 관한 부분을 나의 일기장에서 찾았다.

'27명의 남자, 16명의 여자와 함께, 휴게실에서 잠을 잤다. 여자들은, 한 명도 그날 아침 얼굴을 씻지 않았다. 남자들은 대게 욕실에 갔다. 하지만 여자들은 단순히 화장품 가방을 꺼내 씻지 않은 얼굴을 화장품으로 덮었다. 질문. 이차성징의 차이인가?'

여행 중에, 거의 애들이었다, 루마니아 부부와 함께 했는데, 영국으로 신혼여행을 가는 중이었다. 그들이 영국에 관해 무수한 질문을 했기에, 나는 깜짝 놀랄만한 거짓말들을 해주었다. 집에 가고 있음에 잔뜩 부풀어 있었고, 게다가 외국도시에서 쪼들리는 생활 다음 이였으므로, 나에게 영국은 천국처럼 보였다. 실제로도, 고국에 가는 걸 기쁘게 만드는 것들이 영국에는 잔뜩 있었다. 욕실, 안락의자, 민트양념, 제대로 요리된 신선한 감자들, 호밀 빵, 마멀레이드, 제대로 된 홉으로 빚은 맥주-정말 멋진 것들이다, 살 돈이 있다면 말이다. 가난하지 않을 때는 영국은 정말이지 괜찮은 나라다. 당연하게도, 말 잘 듣는 정박아들을 보살펴 줌으로써, 나는 가난해지지 않을 수 있었다. 가난해지지 않는다는 생각은 나를 진정한 애국자로 만들어 주었다. 루마니아 부부가 질문을 하면 할수록, 나는 영국을 더 찬양

했다. 날씨, 풍경, 예술, 문학, 법-영국은 모든 게 완벽했다.

영국의 건축물들은 괜찮은가요? 루마니아 부부가 물었다. '훌륭하지요!' 대답을 해주었다, '런던의 조각상을 보셔야 합니다!' 파리는 천박해요-반은 웅장하지만 반은 빈민촌입니다. 하지만 런던은-'

그때 배가 틸버리 부두에 정박하고 있었다. 우리가 처음 본 건물은 물가에 세워진 거대한 호텔 중 하나였다. 그래 봐야 첨탑과 회반죽으로 된 칠이 전부였다, 마치 천치가 정신병원 담을 넘어 응시라도 하듯 영국 해변가에서 우리를 쳐다보고 있었다. 나는 루마니아 부부를 쳐다보았다, 그 호텔에 눈을 고정시키고 있었다, 너무 공손해서 말을 잇지도 못했다. '프랑스인이 세웠습니다, ' 그들을 안심시켜 주었다. 그 뒤, 기차가 동쪽 빈민가를 거쳐 런던으로 기어들어 가고 있을 때 조차도, 나는 아름다운 영국 건축물들을 향한 찬가를 이어갔다. 영국에 관해 흠잡을 곳이 하나도 없었다, 나는 집에 가는 중이었고 더 이상 가난하지도 않았다.

B의 사무실로 갔다. 그의 첫마디로 모든 게 망가졌다. '미안하네, ' 설명하길, '자네 고용주가 외국으로 떠났어, 환자들 전부 함께. 그래도, 한 달 뒤에는 돌아올 거야, 그때까지 기다릴 수 있겠지?'

215

나는 돈을 빌려야 한다는 생각을 하기도 전에 이미 거리에 서 있었다. 한 달을 기다려야 했다. 그리고 내 손에는 정확히 19파운드 6펜스가 들려 있었다. 이 소식은 나의 숨을 멎게 만들었다. 오랫동안 뭘 해야 할지 마음을 먹을 수가 없었다. 낮부터 밤까지 거리를 배회하다, 런던에서는 저렴한 잠자리를 어떻게 얻는지 개념도 없었기에, 하룻밤에 7파운드 6펜스짜리의 '가정' 호텔에 들어갔다. 방세를 내자 내 손에는 10파운드 2펜스가 남았다.

아침이 되기 전에 나는 계획을 세워 놓았다. 조만간 B에게 돈을 빌리러 찾아가야 했지만, 아직은 적절한 시기가 아니라는 생각이 들었다. 그전까지는 시원찮은 수단으로 연명 해야만 했다. 과거의 경험이 나의 제일 좋은 정장을 저당 잡히길 반대했다. 두 번째로 좋은 정장을 제외하고는, 모든 물건을 기차역 휴대품 보관소에 넣기로 했다, 남은 정장으로는 값싼 옷 몇 벌에 1파운드 정도는 더 받을 수 있을 듯했다. 30실링으로 한 달을 살게 된다면 궁색한 차림을 해야만 했다-확실히, 더 못 한 것이 더 나을 때도 있다. 런던을 파리만큼 알지 못했기에, 30실링으로 한 달을 버틸 수 있을지 전혀 감이 없었다. 구걸이나 신발끈을 팔 수도 있었다, 그리고 선데이 신문에서 거지들은 자신들의 바지에 이천 파운드를 꿰매고 다닌다는 기사를 읽은 기억도 났다. 여하튼, 런던에서 굶주리는 건 사실상 불가능했기에, 불안할 게 전혀 없었다.

옷을 팔기 위해 람베스에 갔다, 사람들은 가난하고 헌 옷 가게가 넘치는 곳이다. 처음 찾은 가게의 주인은 친절했지만 도움이 안됐다. 두 번째는 무례했다. 세 번째는 귀가 완전히 먹었다. 아니 귀가 먹은 척했을 수도 있다. 네 번째 주인은 풍성한 금발 청년이었는데, 마치 한 조각의 햄처럼, 몸 전체가 분홍색이었다. 그는 내가 입은 옷을 보더니, 얕보아 보며 엄지와 검지로 만졌다. '싸구려네요,' 그가 말했다, '싸구려예요, 그거.' (꽤나 괜찮은 정장이었다) '그걸로 얼마나 원해요?'

입고 있는 옷을 헌 옷과 바꾸고 줄 수 있는 만큼의 돈을 원한다고 설명했다. 그는 잠시 생각하더니, 더러워 보이는 헌 옷 몇 가지를 골라 창구에 던져 올려놓았다. '돈은 안 주시나요?' 1파운드를 기대하며, 그에게 물었다. 가게 주인은 입을 오므리고는, 1실링을 꺼내 옷 옆에 두었다. 따져 묻지 않았다-따져 물으려 했다, 하지만 내가 입을 벌리자마자 그가 1실링을 다시 가져갈 듯 팔을 뻗었다. 나는 무력해진 나를 보았다. 주인은 가게 뒤편에서 옷을 갈아입게 해주었다.

옷가지들은, 짙은 갈색의 외투, 검은색의 거친 무명 바지, 목도리 하나와 납작 모자였다. 셔츠, 신발 그리고 양말은 넘기지 않았다, 주머니에는 면도기와 빗이 들어 있었다. 이런 옷을 입으니 굉장히 이상한 기분이 들었다.

그런대로 허름한 옷들을 입어 본 적은 있었으나, 전혀 이런 옷들 같지는 않았다. 단순히 더럽고 몰골 사나운 옷이 아니었다, 이 옷들은-어떻게 말해야 할까?- 볼품도 없고, 골동품 쓰레기같이 녹이 슬어 있었다, 그저 추레한 것과는 완전히 달랐다. 신발끈을 파는 사람이나, 부랑자들이 입는 그런 종류의 옷들이었다. 한 시간 뒤, 람베스에서, 내 쪽으로 다가오는, 처량한 얼굴을 보았다, 부랑자가 확실했다, 그를 다시 한번 보았다 그 부랑자가 바로 나였다, 상점 창문에 비친 내 모습이었다. 먼지가 내 얼굴에 덕지덕지 벌써 내려앉고 있었다. 먼지는 대단히 편파적이다. 옷을 잘 차려 입었을 때는 가만히 놔두지만, 옷깃이 사라지고 나면 온 사방에서 날아든다.

분주하게 계속 움직이며, 늦은 밤까지 거리에 머물렀다. 이런 차림으로 있다 보면, 경찰들이 나를 떠돌이로 알고 체포할지도 모른다는 절반의 걱정이 들었고, 누구에게도 감히 말을 걸 수도 없었는데, 내 옷과 억양 사이의 격차를 눈치챌 것 같은 예상 때문이었다. (후에 알았지만 절대 그럴 일은 없었다.) 내 새 옷들은 나를 새로운 세계로 즉각 인도해 주었다. 모든 사람들의 태도가 한 순간에 바뀐 듯했다. 수레를 엎은 곤란해하는 행상인을 도와주었다. 미소를 지으며 '고맙네, 자네,'라고 말했다. 내 인생에서 아무도 나를 자네라고 부른 적이 없었다-이 옷이 해낸 일이었다. 남자들의 옷에 따라 여자들의 태도가 어떻게 변하는지, 처음으로 인식하게 됐다. 허름한 옷을 입은 남자가 여자들의 옆을 지날 때면 확연히 보이는 혐오의 몸서리를 치며 피한다, 마치 고양이 시체라도 되는 듯 말이다. 옷은 강력한 힘을 지니고 있다. 부랑자의 옷을 입고 나면, 그게 첫째 날이라도, 진정으로 경멸 받고 있음을 안 느낄 수가 없다. 똑같은 수치를 느낄 수 있는 곳은, 맥락은 없지만 정말 사실이다, 감옥에서의 첫날밤이다.

열한 시쯤 나는 잠자리를 찾기 시작했다. 싸구려 여인숙에 관해 읽은 적이 있었기에(여담이지만, 절대 싸구려 여인숙이라 불리지는 않는다) 4펜스나 비슷한 가격에 잠자리를 얻을 수 있을 것 같았다. 워털루 거리의 인도 끝에 서 있는, 짐꾼이나 비슷한 일을 하는듯한 남자를 보고, 그에게 다가가 물어보았다. 완전히 거덜나서 얻을 수 있는 가장 저렴한 잠자리를 찾는 중이라고 했다.

'아' '길 건너 저 집에 가보시오, '독신자를 위한 편안한 잠자리'라는 간판이 걸려 있을 건데. 괜찮은 장소요, 괜찮고 말고. 나도 때때로 거기서 자고는 했지. 싸고 깨끗해.'

크고, 낡은 행색의 건물이었고, 희미한 빛이 모든 창문에서 흘러나왔다, 몇몇 창문은 갈색 종이로 덧대어 있었다. 돌로 된 통로로 들어서자, 졸린 눈에 허약한 작은 소년이 지하실로 이어지는 문을 열고 나왔다. 웅얼거리는 소리, 뜨거운 공기 그리고 치즈 냄새의 파도가 지하실로부터 올라왔다. 소년은 하품을 하며 손을 내밀었다.

'자려고요? 한 푼이에요.'

1실링을 내자, 소년은 빛도 없는 곧 무너질 듯한 계단을 지나 침실로 나를 이끌었다. 방에서는 더러운 세탁물과 아편의 단내 나는 악취가 풍겼다. 창문은 열릴 것 같지 않았고, 공기는 숨을 멎게 만들 지경이었다. 초 하나가 타고 있었고, 11평 정도, 2미터가 넘는 천장의 방에 여덟 개의 침대가 들어가 있었다. 이미 여섯 명의 숙박객이 있었는데, 자신들의 옷들과 뭉쳐서는 이상한 덩어리 모양을 하고 있었다. 신발들 조차도, 그들 위에 쌓여 있었다. 한쪽 구석에서는 누군가가 구역질 나는 기침을 하고 있었다.

침대 속에 들어가자 침대가 나무판자처럼 딱딱함을 알았다, 베개는, 통나무처럼 딱딱한 그냥 원통이었다. 식탁 위에서 자는 것보다 못했는데, 180센티미터가 안 됐고 정말 좁았다, 매트리스는 기울어져 있어 몸이 떨어지지 않게 붙잡아야 했다. 이불은 땀에 절은 악취 때문에 코 근처에는 가져갈 수도 없었다. 거기에, 이부자리는 침대보 한 장과 무명 이불 한 장이 전부였다, 그렇기에 방은 답답했음에도 전혀 따뜻하지 않았다. 밤이 새도록 잡음이 멈추지 않았다. 내 옆에 누운 남자는-선원인 듯했다- 매 한 시간마다 자리에서 일어나, 험한 욕지거리를 하며, 담배에 불을 붙였다. 다른 남자는, 방광질환의 희생자였는데, 밤 동안에만 여섯 번을 일어나 요란하게 요강을 사용했다. 구석에 있던 남자는 매 20분마다 기침을 했다. 얼마나 정확했는지, 기침 소리를 기다리게 됐다. 개가 달을 보고 짖으면 이어질 개들의 다음 소리를 기다리듯 말이다. 말 도 못 할 정도로 역겨운 소리였다. 내장이 남자 몸 속에서 뒤틀리기라도 한 듯, 더러운 거품을 물고 토악질을 해댔다. 남자가 성냥을 켰을 때 얼굴을 보았는데, 백발에, 시체처럼 쑥 패인 얼굴인 나이가 많은 남자였다. 그리고 바지로 수면 모자를 만들어 머리에 두르고 있었다. 왠지 모르겠지만 그 모습이 역겨웠다. 이 남자가 기침을 안 하면 다른 남자가 욕을 했고, 그러면 다른 침대에서 졸린 목소리로 짜증을 냈다.

'조용히 좀 해! 썩을! 닥치라고 좀!'

전부 합쳐봐야 잔 시간은 한 시간이었다. 아침에 거대한 갈색 무언가가 내 쪽으로 다가온다는 희미한 기분에 잠이 깼다. 눈을 뜨고 보자 선원의 한쪽 발이 침대에서 삐져나와 내 얼굴 옆에 있었다. 먼지로 뒤덮인 흑갈색이었는데, 인도인의 흑갈색과 똑같았다. 벽은 여기저기 심하게 얼룩 져 있었고, 침대보는, 세탁한 지 삼 주가 넘어 색깔이 싯누런 염료처럼 떠 있었다. 옷을 입고, 밑층으로 내려갔다. 지하실에는 한 줄의 세면기와 두 대의 돌림판에 달린 미끌미끌한 공용 수건이 있었다. 주머니에 내 비누가 있어, 나는 씻으려 했다. 그때 모든 세면기가 때로 덮여 있는 걸 발견했다―딱딱히 굳은, 끈적끈적한 때들은 구두약처럼 새까맸다. 나는 씻지 않고 나왔다.

221

모든 게, 싸구려 여인숙들의 광고처럼 저렴과 청결 근처에는 가지도 못 했다. 이 숙소는, 후에 알게 되겠지만, 여인숙들을 제대로 대표하는 전형이었다.

나는 강을 건너 동쪽으로 먼 길을 걸었고, 마침내 타워 힐에 있는 커피숍에 들어가게 됐다. 다른 많은 커피숍들처럼 평범한 커피숍이었지만, 파리에 다녀와서 그런지 어딘가 이상했고 이국적이었다. 좁고 답답한 공간에 유행을 타고 있던 등받이가 높은 긴 의자들이 있었고, 그 날의 음식은 비누 조각으로 거울에 적혀 있었다. 그리고 14살 소녀가 접시를 날랐다. 인부들은 신문포장지에서 음식을 꺼내 먹으며, 손잡이가 달리지 않은 중국식 찻잔 비스름한 거대한 잔에 차를 마셨다. 다른 구석에서는 유대인이 혼자 앉아, 접시에 코를 박고, 죄진 것 마냥 베이컨을 게걸스럽게 먹는 중이었다.

'홍차 한 잔 그리고 빵과 버터 좀 주시겠어요?' 소녀에게 말했다.

소녀가 쳐다보았다. '버터는 없고, 마가린만 있어요.', 놀라며 말했다. 소녀는 파리에서 영원히 사용되는 '와인 한 잔'을 런던식 주문으로 외쳤다.' 차 한잔과 빵 두 조각!'

내가 앉은 의자 옆 벽에 '설탕을 가져가지 마시오.'라는 경고문이 적혀있었다, 그리고 그 밑에 어느 시적인 손님이 이렇게 적어 놓았다.

설탕을 가져가는 자, 추잡한---으로 불려질지어다

하지만 누군가 엄청난 공을 들여 중간의 단어를 파내 버렸다. 여기는 영국이었다. 차 한잔과 빵 두 조각은 3펜스 반 페니가 들었고, 8파운드 2펜스를 남겨주었다.

25

8실링으로 3박 4일을 버틸 수 있었다. 워털루 거리의 유쾌하지 못 한 경험을 뒤로하고 동쪽으로 향해, 페니필드의 싸구려 여인숙에서 다음 밤을 보냈다. 런던의 다른 많은 숙박업소와 다를 바가 없는, 전형적인 싸구려 여인숙이었다. 50명에서 100명 사이의 사람들이 숙박 가능했고, '대리인' 이 운영했다-숙박업소주인의 대리인인데, 이런 싸구려 여인숙들은 수익성이 있는 사업이었기에 부자들이 소유했다. 15명에서 20명의 사람들이 공동 침실에서 잤다, 침대는 여전히 차고 딱딱했다, 하지만 발전된 점은 침대보가 세탁한 지 일주일밖에 되지 않은 거였다. 숙박료는 9펜스와 1실링 사이였고(1실링짜리 공동 침실에는 조금 더 긴 침대가 있었다) 저녁 7시 전에 들어오거나 나가게 되면 현금을 바로 내야 했다.

[이유는 알 수 없지만 런던의 남쪽이 북쪽보다 벌레가 흔한 것으로 유명하다, 어떤 까닭인지 아직 대다수의 벌레들이 강을 넘지 않은 듯하다.]

한 층 밑에는 모든 숙박객들이 사용하는 공동주방이 있었는데, 냄비, 홍차통, 토스트 집게가 구비되어 있었고 불도 공짜로 사용할 수 있었다. 주방에는 일 년 내내 밤낮으로 타는, 거대한 석탄찌꺼기로 태우는 난롯불이 있었다. 숙박객들은 순서대로 불을 꺼지지 않게 관리하고, 주방을 닦고 침대를 정리했다. 노르만사람처럼 잘 생긴, 머무른 지 오래된 숙박객 스티브는, 항만노동자로서 '우두머리'라고 불렸고, 숙박객 사이의 싸움을 조정하는 중재자이자 방세를 안 낸 숙박객을 쫓아내는 경비원이기도 했다.

나는 주방이 마음에 들었다. 깊은 지하에 있는 천장이 낮은 주방이었는데, 석탄연기는 내부를 아주 뜨겁게 달궈 사람을 노곤하게 만들었다. 그리고 내부를 비추는 불빛은, 한쪽 구석에 검정벨벳 색 그림자를 드리우는, 난롯가의 불이 전부였다. 천장에 매달린 줄에는 다 헤어진 너덜너덜한 빨래들이 널려 있었다. 많은 항만 노동자들은, 몇몇은 거의 벗은 채로, 냄비를 들고 난롯가를 왔다 갔다 했는데, 대부분이 빨래를 끝내고 마르기를 기다리던 중이었다. 밤이 되면 카드놀이나 장기판과 노래판이 벌어졌다-'나는 부모가 실수로 낳은 꼬마라네, '가 자주 불렸고, 다른 인기 있던 노래는 침몰한 배에 관한 노래였다. 때로는 항만 노동자들이 저렴하게 구입한 달팽이 비슷한 경단고동을 한 통 사 들고 와서, 사람들에게 나누어 주었다. 음식을 매일같이 나눠 먹었는데, 실직자들에게 음식을 나눠 주는 건 당연시 여겨졌다. '구멍 난 브라운, 입원도 했다가 배를 세 번이나 갈랐어'라고 누군가가 언급한. 약간은 창백한 얼굴에 주름이 쪼글쪼글 사람이었다, 누가 봐도 죽어가고 있었고, 사람들이 시간을 맞춰 식사 시중을 들어주었다.

숙박객 중 두 세 명은 나이가 많은 연금수급자였다. 그들을 만나기 전까지 영국에 노후연금 10실링으로 일주일을 살아가는 사람들이 있음을 몰랐다. 이 노인들은 노후연금 외에는 다른 수입원이 전혀 없었다. 그 중 수다스러운 한 명에게 어떻게 근근이 생활을 이어가는지 물어보았다.

'보세, 하루 방세로 9펜스를 쓰는데, 이게 일주일에 5실링 3펜스지. 그리고 토요일에 면도를 하는데 이게 3펜스요,- 그러면 5실링 6펜스 네, 그리고 한 달에 한 번은 머리를 잘라야겠지-그렇게 또 일주일에 3펜스 정도 쓰고. 그러면 일주일에 4실링 4펜스를 음식과 과일 값이 남는구면.'

이것 외에는 다른 비용은 상상 하지도 못 했다. 그가 먹는 음식은 빵, 마가린 그리고 홍차가 전부였다-일주일이 끝 날 즘이면 마른 빵과 우유 없이 차를 마셔야 했다-옷가지는 자선단체에서 얻는 듯했다. 음식보다는 잠자리와 난방을 더 소중히 여겼고, 만족하는 듯 보였다. 무엇보다도, 1주일에 10실링의 수입으로, 면도에 돈을 쓴다는 점이 경이로웠다.

와핑의 동쪽 끝에서 화이트채플 서쪽 끝을 오가며 하루 종일 돌아다녔다. 파리와는 모든 게 달랐다. 거리는 더 깨끗하고, 조용하며, 암울했다. 전차의 꿍음, 시끌벅적한, 넌덜머리 나는 뒷골목의 삶과 광장을 덜거덕 소리를 내며 오가는 무장병들이 그리워졌다. 사람들은 더 깔끔한 옷을 입고 치장을 잘 한 부드러운 얼굴들이었지만 모두 비슷비슷하기만 했다. 프랑스인들의 거칠고 매서운 개성이 없었다. 거리에는 더 적은 취객, 더 적은 쓰레기, 더 적은 말싸움과 더 많은 여유가 있었다. 사람들의 무리들은, 충분히 먹지 못 한 채로, 모든 귀퉁이마다 서 있었는데, 런던사람들이 매 두 시간마다 삼키는, 차 한 잔과 빵 두 조각으로 연명했다. 파리와는 다르게 열정이 덜한 공기로 숨 쉬는 것 같았다. 파리가 노동착취와 술집의 땅인 것처럼 이 곳은 홍차상점과 노동회관의 땅이었다.

사람들을 지켜보는 건 흥미로웠다. 런던 동쪽의 여자들은 예뻤다(아마도 혼혈 때문인 듯하다), 라임하우스 쪽은 동양인들이 퍼져 있었다-중국인들이다, 기타고니아에서 온 동인도 선원들, 실크 목도리를 파는 드라비다족, 무슨 영문인지, 심지어 시크교인들도 몇몇 보였다. 거리 여기저기서 집회가 열리고 있었다. 화이트채플 쪽에는 노래하는 전도사라 불리는 자가 단돈 6펜스에 지옥으로부터 구원을 약속했다. 동인도 부둣가에서는 구세군이 종교 행사 중이었다. 그들은 '취한 선원으로 무엇을 할 수 있으리' 노래가락으로 '누가 배신자 유다를 좋아하리'라는 노래를 불렀다. 타워 힐에서는 몰몬교인 두 명이 집회 연설을 해보려 애쓰고 있었다. 그들이 올라 선단상을 둘러싼 한 무리들은, 소리를 치며 방해했다. 누군가는 그들의 일부다처제를 비난했다. 수염을 기른, 어느 한 절름발이는, 무신론자가 확실했다, 신이라는 단어를 듣자 분노의 야유를 쏟아 부었다. 혼란의 고성들이었다.

'친애하는 여러분, 우리가 하고자 하는 말의 마무리 허락해주신다면-!-그래 맞다, 말을 끝내게 해주자, 계속 따지지 마!-아니지, 아니지, 대답해봐. 나에게 신을 보여줄 수 있는가? 그를 보여준다면 내 그를 믿도록 하지!-아, 조용히 좀 하고, 저 사람들 말을 그만 좀 끊어!- 너나 조용해!- 일부다처제라니!- 일부다처제는 말이 많던데. 뭐가 됐던, 실직한 여자들이나 데려가라고-친애하는 여러분, 제가 말-아니지, 아니지, 어딜 빠져나가려고. '그를 본 적이 있나?' 그를 만져봤어?' 그와 악수를 해 본 적이 있나?' 그만 따지라고, 이런 썩을 그만 따지라고 좀! 몰몬교리에 대해 배우고자 했던 열망으로, 20분을 서서 들어보려 했다, 하지만 집회는 고성 그 이상을 넘어가지 못했다. 거리집회의 보편적인 운명이었다.

미들섹스 거리에서는, 시장에 모인 손님들 사이로, 행색이 궁색한 한 여자가, 아들의 팔을 잡고 억지로 끌고 있었다. 그녀는 틴 트럼펫을 소년의 얼굴에 휘둘렀다. 소년은 악을 쓰고 울며 보챘다.

'내 말 듣지 못해!' 그녀가 윽박질렀다. '대체 내가 널 왜 여기까지 끌고 나와서 트럼펫을 사줬다고 생각하는 거야? 내 무릎 사이로 기어봐야겠냐? 이런 썩을 놈아, 내 말 좀 들어!'

트럼펫에서 몇 방울의 침이 떨어졌다. 엄마와 아이는, 서로 악을 지르며, 사라졌다. 파리 이후 최고로 이상한 광경이었다.

지난밤 페니필드의 싸구려 여인숙에 머물고 있을 때 두 명의 숙박객이 실랑이를 벌였다, 불쾌한 풍경이었다. 70세 정도 되는, 노령의 연금수급자 중 한 명이, 상채는 벗은 채로(빨래를 하던 중이었다) 난롯가를 등 뒤로 둔 작고, 단단한 항만노동자에게 격한 흥분으로 욕을 하고 있었다. 난롯가의 불빛에 비쳐 노인의 얼굴이 보였는데 분노와 비통에 빠져 거의 울상이었다. 딱 봐도 심각한 일이 있었다.

노인: '너-!'

항만 노동자: '닥치지 못해, 이 늙다리야-, 한대 치기 전에!'

노인: '한 번 해 보지 그러냐, 이 자식아-! 내 너보다 30살은 많지만, 네 녀석을 오줌통 안에 쳐 박는 건 일도 아니라고!'

항만 노동자: '아 그러셔, 그럼 내가 너를 박살 내지도 못 하겠구먼, 이 늙다리야-!

그렇게 오 분이 흘렀다. 숙박객들은 불쾌해하며, 둘러앉아, 둘의 싸움을 무시했다. 항만 노동자는 퉁명스러워졌지만, 이 노인의 화는 점점 더 커져만 갔다. 노인은 소심하게 위협을 해보기도 하고, 얼마 떨어지지 않은 거리에서 얼굴을 들이 밀고는, 침도 뱉어가며, 담장에 앉은 고양이처럼 소리를 질렀다. 한대 치고자 용기를 내보려 애썼지만, 그리 성공하진 못 했다. 결국 울음을 터뜨렸다.

'이게 너란 자식이야, 아--! 가져가서 네 더러운 입에 쳐 넣고 빨아 처먹으라고, 자식아! 내가 끝나기 전에 내가 너를 박살 내 버릴 테니! 이 빌어먹을 창녀의 자식아, 그거나 핥으라고! 그것밖에 안 되는 자식이야 너는, 이-, 이-, 이-, 이 검둥이 자식아!'

그러고는 갑작스레 자리에 털썩 주저앉아, 얼굴에 손을 파묻고는, 울기 시작했다. 항만 노동자는 다른 사람들의 눈초리가 따가움을 느끼고는, 밖으로 나갔다.

후에, 스티브의 설명으로 사건발단을 알게 되었다. 합쳐봐야 1실링어치가 전부인 음식 때문이었다. 어찌하다 노인은 아껴둔 빵과 마가린을 잃어버렸고, 그렇게, 다른 사람들이 관용으로 베푼 음식을 빼고는, 다음 삼 일간 먹을 음식이 없었다. 이 항만 부두자가, 일자리도 있고 먹기도 잘 먹었다, 그런 노인을 조롱했고, 그렇게 말싸움이 시작된 것이다.

내가 가진 돈이 1실링 4펜스로 줄었을 때 나는 보우에 있는, 하루에 8펜스 밖에 안 하는, 숙박업소에서 하룻밤을 보내기로 했다. 숨이 턱턱 막히는 비좁은 통로를 따라 한 평도 안 되는 지하 공간으로 들어갔다. 열 명의 남자들이, 대부분이 짐꾼들이었다, 이글거리는 불 앞에 앉아있었다. 자정이었음에도, 창백해 보이는 다섯 살 난, 대리인의 아들이 한 짐꾼의 무릎에 딱 붙어 앉아 놀고 있었다. 한 아일랜드 노인은 작은 새장 속의 눈먼 피리새 앞에서 휘파람을 불었다. 다른 새들도 있었는데, 아주 작고, 시들시들한 새들로 평생을 지하에서만 살아왔다. 숙박객들은 습관적으로 불에다가 소변을 처리했다, 바로 건너편 화장실까지 가기 귀찮아했기 때문이다. 탁자에 앉자마자 발 근처에서 무언가 꿈틀거리는 느낌이 났다, 밑을 살펴보니, 거무스레한 뭔가가 바닥을 천천히 가로지르는 물결이었다. 바퀴벌레들이었다.

공동 침실에는 6개의 침대가 있었고, 침대보에는 큰 글씨로, '몇 번 가에서 훔침-이라고 적혀있었다, 혐오스러운 악취가 풍겼다. 내 바로 옆 침대에는 한참 늙은 거리의 화가가 누워 있었다, 그의 등은 기형으로 휘어 있어서, 등이 침대 밖으로 삐져, 내 코 바로 앞까지, 나왔다. 남자의 맨 등에는, 먼지 얼룩으로 된 이상하게 생긴 소용돌이가 새겨져 있었다, 마치 대리석 탁자의 윗면 같았다. 오밤중에는 어떤 남자가 취한 채 들어와 바닥에 토악질을 했다, 내 침대랑 가까웠다. -벌레도 있었다, 파리만큼 나쁘진 않았지만, 사람을 계속 깨게 하기에는 충분했다. 더럽게 더러운 장소였다. 그럼에도, 대리인과 그의 아내가 정말 친절했다, 밤이나 낮이나 어떤 시간에라도 차 한잔은 끓여줄 준비를 하고있었다.

26

아침이 되어 평소와 같이 차 한잔과 빵 두 조각에 돈을 내고 반 온스의 담배를 샀다, 반 페니가 남았다. 그럼에도 B에게 돈을 부탁하고 싶지는 않았다, 부랑자 보호소에 가는 것 외에는 다른 방도가 없었다. 어디서부터 어떻게 시작해야 될지 아는 게 없었다, 다만 롬튼에 부랑자 보호소가 있는 것만 알았다. 그래서 그쪽으로 걸었고, 오후 세 시에서 네 시 사이에 도착했다. 주름이 잔뜩 진 늙은 아일랜드인이 롬튼 시장의 돼지우리에 기대어서 있었다, 한눈에 봐도 부랑자였다. 나는 그의 옆으로 가서 기대었다, 그리고 그에게 담배상자를 꺼내 담배를 권했다. 그는 상자를 열고는 놀란 눈으로 담배를 쳐다보았다.

'오, 이거 보게, '그가 말했다, '이렇게 멀쩡한 담배가 있다니! 대체 어디서 구했지? 분명 거리로 나온 지 얼마 안 됐구먼?'

'왜요, 거리에서는 담배를 못 구합니까?' 내가 답했다,

' 있긴 하지, 보게, '

남자는 심하게 녹슨 상자를 꺼내 보였다, 갈은 고기가 담겨 팔리던 상자였다. 상자 속에는, 바닥에서 주워 담은, 스무 개에서 서른 개의 담배꽁초가

들어 있었다. 아일랜드 사람이 말하길 제대로 된 담배는 거의 구하지 못한다고 했다. 그리고, 풀이 죽어서는, 런던의 거리에서는 담배를 하루에 모아봐야 2온스 정도 모을 수 있다는 말을 더했다.

'런던에 있는 수용소(부랑자 보호소)에 들어가려고 하나?' 그가 물었다.

나는 그렇다고 대답했다, 이렇게 말해야 그가 나를 부랑자동료로 받아 줄 것 같았다, 그리고 롬튼에 있는 수용소가 어떤 곳인지 물어보았다.

'여긴 코코아 수용소야, 홍차 수용소, 코코아 수용소 그리고 묽은 죽 수용소가 있지. 롬튼에서는 묽은 죽을 주지 않아, 아, 신이여, 최소한, 내가 지난번에 갔을 때는 주지 않았어. 여기 이후로 요크와 웨일스를 돌아다녔지.'

'묽은 죽이 뭔가요?' 내가 물었다,

'묽은 죽? 깡통에 뜨거운 물을 담고 그 바닥에 빌어먹을 귀리가루를 까는게 묽은 죽이지, 묽은 죽 수용소가 최악 중에 최악이야.'

우리는 한두 시간 대화를 나눴다. 이 아일랜드인은 선한 사람이었으나, 불쾌한 냄새가 났다, 하지만 그가 앓고 있는 병들을 알고 나면 그리 놀랄 일도 아니었다. 들어 보니(그는 증상들을 소상히 설명해 주었다) 그를 따라다니는 질병들은 머리부터 발끝까지 괴롭히고 있었다. 벗겨진 정수리에는 습진이 있었다; 근시였지만 안경이 없었다; 만성기관지염을 앓았다; 진단받지 못한 고통으로 등을 아파했다; 요도염이 있었다; 정맥은 부었고, 평발에 건막류도 있었다. 남자는 종합질병들을 지닌 채 15년 동안 거리를 떠돌아 다녀왔다.

다섯 시가 되자 아일랜드인 말했다, '차 한잔 할까? 수용소는 여섯 시나 돼야 열어.'

'그렇게 하는 게 좋겠군요.'

'좋아, 이 시간에 차와 납작 빵을 주는 곳이 있어, 홍차가 괜찮아. 먹고 난 뒤에 기도를 엄청나게 시키지만, 그냥 시간 때우기지 뭐, 같이 갑세.'

남자는 나를 어느 골목에 위치한 양철지붕의 창고로 데리고 갔다. 시골 농장의 허름한 농가에 가까워 보였다. 25명 정도 되는 부랑자들이 기다리던 중이었다. 몇몇은 더럽고 늙은 전형적인 떠돌이들이었고, 주된 사람들은 북쪽에서 온 말끔한 차림의 남자들이었는데, 실직한 광부나 면직공들 같았다. 머지않아 문이 열렸고, 금테 안경에 십자가를 건, 푸른색 비단옷을 입은 여자가 우리를 환영해 주었다. 내부에는, 삼십 개에서 사십 개 정도의 딱딱한 의자들과, 작은 오르간, 그리고 붉은 선혈 색의 석판십자가가 있었다.

우리들은 엉거주춤하며 모자를 벗고 자리에 앉았다. 그녀는 우리에게 차를 나누어 주었고, 우리가 마시고 먹는 동안, 이곳 저곳을 오가며, 인자한 태도로 말을 건넸다. 그녀는 종교적인 주제로 이야기했는데 – 예수님이 우리같이 불쌍하고 힘들어하는 사람들을 얼마나 아끼는지, 교회에 있으면 얼마나 시간이 빨리 가는지, 거리에 있는 사람이 주기적으로 기도를 하면 어떤 변화가 생기는지에 관한 주제들이었다. 우리는 듣기 싫어했다. 우리는 벽에 기대고 앉아 모자를 만지작거렸다(부랑자들은 모자를 벗으면 단정치 못 하다고 느낀다) 그리고 그녀가 말이라도 걸면 얼굴에 홍조를 띠고는 중얼거리며 뭐라 뭐라 대답해 보려 했다. 그녀가 다정히 대하려 했음은 확실했다. 납작 빵을 담은 접시를 든 그녀는 북쪽지방에서 온 남자들 중 한 명에게 다가가, 이렇게 말했다.

'아드님, 하늘에 계신 아버지께 무릎 꿇고 말씀 올린 지 얼마나 오래되었나요?'

불쌍한 남자는, 단 한 마디도 입 밖으로 꺼내지 못했다, 하지만 음식을 보자마자 배가 꼬르륵 소리를 내기 시작하며 남자 대신 수치스러워하며 대답했다. 그리고 나자 남자는 수치심에 사로잡혀 빵을 제대로 삼키지도 못했다. 단 한 명의 남자만이 그녀의 방식으로 대답을 했다. 붉은 코를 가진, 쾌활한 남자였는데, 술 문제로 계급장을 잃은 상등병 같아 보였다. 그 남자는 지금까지 내가 본 그 누구보다 '오 나의 주인 예수님'이라는 단어를 덜 부끄러워하며 또박또박 발음했다. 틀림없이 그 요령은 감옥에서 배웠을 거다.

차를 다 마신 뒤, 부랑자들이 서로를 힐끔힐끔 보는 게 보였다. 무언의 생각들이 사람들 사이에 맴돌고 있었다- 예배가 시작되기 전에 빠져나갈 수 있을까? 누군가가 의자를 덜거덕거렸다- 실제로 자리에서 일어나지는 않았지만, 문 쪽으로 시선을 던지고 있었다, 마치 떠나자는 암시 같았다. 여자는 단 한 번의 눈짓으로 남자를 진압했다. 전보다 더욱 상냥한 어조였다.

'아직은 가실 때가 아닌 듯 합니다. 보호소는 여섯 시에 열기에, 아직 우리는 우리 아버지 앞에 무릎 꿇고 몇 마디 말씀을 올릴 시간이 남았습니다.

그러고 나면 우리의 기분이 한 결 평온해질 것입니다, 그렇지 않겠습니까?'

붉은 코 남자는 꽤나 도움이 되었다, 오르간을 끌어 오고 기도서를 나누어 주었다. 그는 여자를 등지고, 기도서를 카드로 사용하는 건 그의 생각이었다, 책을 카드로 다루며 각 남자들에게 속삭였다, '받게, 이것 봐, 에이스 네 장에 킹 한 장이군!'

모자 없는 머리로, 우리는 더러워진 찻잔을 둘러싸고 앉아 우리가 했어야 하지만 하지 않은 일과 하지 말았어야 했지만 이미 저지른 일에 대해 중얼거리기 시작했다, 우리에게 경건함은 없었다. 여자는 매우 열렬히 기도 했다, 하지만 그녀의 눈은, 우리가 제대로 기도하고 있는지 확인하고자, 예배 내내 우리 머리 위를 떠돌았다. 그녀가 쳐다보지 않을 때는, 뭐라고 하던 신경 쓰지 않음을 보이기 위해, 서로에게 눈짓을 하고, 소리 없이 웃으며, 야한 농담을 속삭였다. 하지만 이런 행동들은 목구멍의 가시 같았다. 속삭이지 않고 대답 할 수 있을 정도로 편한 사람은 붉은 코 남자뿐이었다. 한 늙은 부랑자를 빼면, 찬송은 괜찮게 불렀다, 그가 아는 곡이라고는 '전진하라, 주님의 군사들이여, ' 밖에 없어서, 중간중간 그 노래 음을 다시 불렀다, 화음을 망쳤다.

예배는 반시 간을 이어간 뒤, 끝이 났다, 문 옆에서 악수를 하고는, 자리를 황급히 떴다. '후' 소리가 들리지 않을 정도가 되자 마자 누군가가 말했다, '드디어 끝났어, 난 정말-예배가 절대 끝나지 않을 줄 알았어.'

'자네 빵을 먹었잖아, ' 다른 누군가가 말했다, '빵 먹은 값은 해야지.'

'기도를 말하는 건가. 세상에 공짜는 없다더니. 무릎이라도 꿇지 않으면 동전 한 닢짜리 차 한잔도 주지 못 하는 모양이야- 차 한 잔 대신에 무릎이라니.'

몇몇이 동의하며 중얼거렸다. 부랑자들은 그들이 얻어 마신 차에 고마워하지 않는 듯했다. 그렇지만 홍차는 완벽했다, 커피숍에서 파는 커피와는 달랐다, 우리는 그 점만큼은 좋아했다. 나는 확실 하는데, 차를 나눠주고 굴욕감을 주려는 의도는 없었다, 자애심에 베풀었을 뿐이다. 공정하게 말 하면, 우리는 감사의 마음을 가져야 했었다-그럼에도, 우리는 그러지 않았다.

27

6시 15분쯤 아일랜드인은 나를 수용소로 데리고 갔다. 건물은 구빈소 구내 한 편에 있었는데, 음침해 보이는, 빛 바랜 정육면체 노란색 벽돌건물이었다. 창살로 막힌 창문들이 줄지었고, 높은 벽과 철문이 도로로부터 건물을 격리시켰다, 감옥과 매우 비슷했다. 철문이 열리길 기다리는 허름한 차림의 사람들이 대열을 이루어 이미 기다리는 중이었다. 모든 나이 때가 있었다, 앳된 소년은 16살이었고, 가장 늙은 사람은, 이빨 빠진 미라 같은 75세의 남자였다. 몇 명은 부랑자 생활을 오래 한 사람들이었다, 씻지 않아 새까매진 얼굴, 지팡이와 작은 주전자로 알아볼 수 있었다. 다른 몇몇은 공장 노동자이거나, 농업 노동자들이었고, 한 명은 옷깃이 있는 옷에 넥타이를 맨 사무원이었으며, 두 명은 분명 정박아들이었다. 전체로 보면, 그곳에 서서 노닥거리며 쉬고 있는 그들은, 하나의 혐오스러운 광경이었다. 위험하거나 악랄한 사람들은 아니었지만, 볼품없고 초라한, 거의 다 해진 옷에 못 먹은 티가 확연했다. 그들은 친절했다, 그렇지만, 어떤 질문도 받지 않았다. 많은 사람들이 담배를 권했다-그게, 꽁초들이긴 했지만.

우리는 담장에 기대어 담배를 태웠다, 부랑자들은 자신들이 최근에 갔던 수용소들에 대해 떠들기 시작했다. 듣자 하니 모든 수용소들은 다르고, 각 수용소는 괴상한 장점과 단점을 가진 듯했다. 이는 거리에 나 앉은 사람들에게는 매우 중요한 정보다. 이 바닥에서 잔뼈가 굵은 사람은 영국에 있는 모든 수용소의 특색을 읊어 줄 수도 있다, 이런 것들이다, A에서는 흡연이 허락되지만 방 안에 벌레가 있다, B는 침대가 편하지만 문지기가 고약하다, C는 아침 일찍 들여보내 주지만 사람이 마실 수 없는 차를 준다. D에서는 한 푼의 돈이라도 있다면 관리인들이 훔쳐간다- 등 등 끝이 없을 정도로 많다. 한쪽 수용소에서 다른 수용소로 하루 만에 이동할 수 있는 부랑자들이 터놓은 지름길들이 있다. 듣기로는 바넷 성 알반스 경로가 최고라고 했고, 빌러리키과 첼스포드 그리고 켄트의 아이드 힐은 피하라고 했다. 첼시는 가장 호화스러운 수용소로 정평 나있었다. 어떤 사람은, 첼시 수용소에 대한 찬사를 늘어놓으며, 그곳 담요는 수용소담요와는 달리 교도소담요에 더 가깝다고 했다. 부랑자들은 여름이 오면 마을에서 멀리 떨어진 곳으로 나가고, 겨울이 되면 가능한 한, 더 따뜻하고 자선행사가 많은, 큰 마을 주변을 맴돈다. 하지만 한 수용소에서, 런던에서는 한 개 또는 두 수용소, 한 달에 한 번 이상은 머물 수 없었기에, 일주일을 갇혀 지내기 위해선, 그들은 계속 이동해야만 한다.

여섯 시가 넘자 철문이 열렸고 우리는 줄을 지어 차례로 입장을 시작했다. 마당에는 사무실이 하나 있었는데, 우리의 이름과 직업, 나이 게다가 어디에서 와서 어디로 가는지 까지도 직원이 장부에 기입했다-부랑자들의 이동을 확인하려는 의도였다. 나는 내 직업을 '화가'라고 대었다. 일전에 수채화를 그려 본 적이 있다-안 그려 본 사람이 있을까? 직원은 돈을 가지고 있는지 물었고, 모두 없다고 대답했다. 8펜스 이상을 들고 수용소에 들어가는 것은 법을 위반하는 일이었다. 만약 그 이상이 있다면 정문에서 넘겨 줘야만 한다. 하지만 대체적으로 부랑자들은, 소리가 나지 않게 동전을 형겊오라기에 꽉 매어서는, 몰래 가지고 들어갔다. 일반적으로 모든 부랑자들은 가지고 다니는 홍차 가방이나 설탕 가방 속에 돈을 넣거나, 그들이

들고 다니는 '신문' 속에 감춘다. '신문'은 신성시되기에 절대 검색을 받지 않는다.

신고가 끝이 나고 우리는 부랑자 대장(그의 임무는 일용직 감시이고, 대개 구빈소의 극빈자였다)이라 불리는 사람과 푸른색 정복을 입은, 고함을 지르며 우리를 소떼처럼 다루는 악당 같은, 문지기의 지도에 따라 수용소로 이동했다. 수용소에는 화장실과 욕실이 있었다. 이를 제외한 전부는, 양쪽으로 줄지어 이어진 돌로 된 방들뿐이었는데, 총 백 개 정도였다. 돌로 된 우울한, 텅 빈 공간은, 대충 닦은 듯한 백색 도료로 칠해져 있었다, 그리고 냄새는, 왜 그랬는지는 모르지만, 겉모습을 보고 판단을 했었는데, 녹색 비누, 표백제 그리고 변소 냄새가 섞여 있는 듯했다- 사람을 비의욕적으로 만드는 이 냉랭한 냄새는, 감옥냄새 같았다.

문지기는 우리 모두를 통로로 몰아넣고는, 한 번에 여섯 명씩 욕실로 오라고 명령했다, 씻기 전 몸수색을 당했다. 몸수색은 담배와 돈을 찾기 위함이었다, 롬튼 수용소는 담배를 숨겨 들어가기만 하면 담배를 필 수 있는 곳 중 하나였지만, 발각되면 모두 압수 당했다. 이미 경험이 있던 사람이 일러주기를 문지기는 절대 무릎 밑으로는 수색을 하지 않는다고 했다, 우리는 욕실로 들어가기 전 신고 있던 부츠 발목에 담배를 감추었다. 그 뒤에, 옷을 벗을 때, 재빠르게 외투에 담배를 집어넣었다, 외투는 지닐 수 있게 허락되었는데, 베개로 사용됐기 때문이다.

욕실의 광경은 심히 구역질 났다. 50명의 더러운 남자들이, 두 개의 욕조와 돌아가는 두 개의 통 속에 끈적끈적한 공용 목욕수건뿐인 그 비좁은 공간에서, 완전한 나체로 다닥다닥 붙어있었다. 그 지독한 발 냄새를 나는 절대로 잊지 못한다. 실상 절반도 안 되는 부랑자만이 목욕을 했다(뜨거운 물이 그들의 '면역성'을 약화시킨다고 말하는 걸 들었다), 하지만, 그들이 발을 감싸는 지독히도 기름진 발가락형겊과 얼굴 그리고 발은 전부 씻었다. 깨끗한 물은 욕조 하나를 완전히 차지한 사람만이 사용할 수 있었고, 다른 많은 사람들은 이미 다른 사람들이 발 씻은 물로 목욕을 해야 했다. 문지기는 우리를 이곳 저곳으로 밀치고, 누군가 굼뜨기라도 하면 야단을 쳤다. 내 차례가 왔을 때, 사용하기 전, 때로 뒤덮인 욕조를 한 번 닦아 내도 되겠냐고 물었다. 그는 딱 잘라 대답해 주었다, '닥치고- 씻기나 해!' 그의 태도는 수용소의 분위기를 알게 해주었고, 나는 다시 묻지 않았다.

우리가 목욕을 끝내자, 문지기는 우리들의 옷을 한 꾸러미로 묶고는 구빈소 옷을 나누어 주었다-회색 면으로 된, 긴 잠옷을 짤막하게 만든 것 같았고, 세탁을 했는지도 불확실했다. 우리는 단번에 방으로 보내졌고, 곧이어 문지기와 부랑자 대장이 건너편 구빈소에서 간소한 저녁을 가지고 왔다. 각 사람의 배급양은 마가린이 발린 반 킬로그램짜리 빵 한 조각과 양철주전자에 담긴 맥주 한 잔 양의 설탕 없는 코코아였다. 우리는 자리에 앉아 오 분만에 게걸스레 먹어 치웠고, 일곱 시가 되자 방들의 문들이 밖에서 잠겼다, 다음 날 아침 여덟 시까지는 열리지 않았다.

각 방 하나에 두 명이 자게끔 되어 있었고, 사람들은 자신의 친구와 함께 머물기도 했다. 나는 친구가 없었기에, 혼자 온 다른 남자와 함께 방에 배정되었다, 깡마르고 볼품없는 얼굴에 약간 사시였다. 돌로 된, 이 방의 크기는 딱 두 명이 들어갈 정도 크기였고, 창살이 쳐진 조그마한 창문은 벽 높은 곳에, 작은 구멍은 문에 하나 있었다, 감옥과 다를 게 없었다. 방안에는 여섯 장의 담요, 요강 하나, 온수관, 이것들이 전부였다. 나는 무언가 부족한 듯해서 애매한 기분으로 방 안을 둘러보았다. 그리고는, 놀람과 동시에 충격을 받았다, 무엇이 없는지 인식하고는, 소리를 질렀다.

'근데, 제기랄, 침대는 어디 있지?'

'침대?' 놀란 듯, 함께 있던 남자가 돼 물었다. '침대 따위는 없어! 뭘 기대한 거야? 여긴 침대 없이 바닥에서 자는 수용소 중 하나라고. 아직도 적응이 안돼?'

수용소에 침대가 없는 게 놀랄 일이 아님을 알게 되었다. 우리는 외투를 말아 온수관 쪽에 두고, 할 수 있는 만큼 최대한 편안한 자세를 취했다. 더

246

럽게 답답했지만, 모든 담요를 바닥에 깔 정도로 따뜻하지는 않아서, 바닥을 푹신하게 만들기 위한 담요는 한 장 밖에 쓰지 못했다. 우리는, 서로의 얼굴에 숨을 내뱉을 수 있을 정도로, 붙어 누웠다, 맨 살의 팔과 다리는 끊임없이 부딪히고, 잠이 들라치면 다른 사람 쪽으로 몸을 굴렸다. 좌우로 몸을 뒤척여 보아도 그다지 도움이 되지 않았다. 한쪽으로 몸을 돌리면 처음에는 몸이 배겼고, 그러다 바닥의 딱딱함이 주는 날카로운 고통이 담요를 뚫고 올라왔다. 잠을 잘 수는 있었다, 하지만 10분을 넘기진 못했다.

자정 즘에는 같이 잠을 자는 남자가 내게 동성애 행동을 시도했다-칠흑같이 어두운, 문이 잠긴 방에서 겪은 고약한 경험이었다. 남자는 매우 허약했기에, 아주 쉽게 그를 제지할 수는 있었다. 하지만, 당연히, 둘 다 잠을 다시 청하기는 불가능했다. 남은 밤 동안 우리는 잠은 안자고, 담배를 피우며 대화를 나누었다. 남자는 그가 살아온 삶을 이야기해주었다-기술자였지만, 3년 전 실직을 했다. 아내는 그가 직장을 잃자마자 바로 그를 버렸고, 그 뒤로 여자가 어떤지도 잊어버릴 만큼 여자로부터 떨어져 지냈다고 했다. 긴 세월의 부랑자들 사이에서는 동성애가 흔하다고, 그가 말했다.

여덟 시가 되자 문지기는 복도를 따라 문을 열어주며 '모두 나와!'라고 외쳤다, 문이 열리자, 퀴퀴한 악취가 진동하며 빠져나갔다. 복도는 단번에, 각 손마다 요강을 든, 지저분한 회색 형체들로 가득 찼고, 욕실로 가기 위해 서로를 밀치며 빠르게 움직이고 있었다.

아침에는 이 수많은 사람들에게 욕조 하나에 담긴 물만이 허락되었다. 내가 도착했을 때는 이미 스무 명의 부랑자들이 세수를 한 뒤였고, 물 위에 뜬 검은 거품을 힐끔 본 나는, 씻지 않고 밖으로 나왔다. 이 뒤에 어제 저녁과 정확히 똑같은 식사가 나왔다. 우리들은 옷을 되돌려 받고, 마당으로 나가 일을 하라는 명령을 받았다. 일은 극빈자들의 저녁에 쓰일 감자껍질을 벗기는 것이었지만, 우리를 진찰할 의사가 올 때까지 붙잡아 두려는, 단순한 절차에 불과했다. 대부분의 부랑자들은 대충대충이었다. 열 시쯤 의사가 나타났고 우리는 방으로 돌아가 옷을 벗고 복도에서 검사를 기다리라는 명령을 받았다.

알몸으로, 몸을 떨며, 복도에 일렬로 섰다. 한 없이 위축되고, 피폐한 똥개마냥, 자비라고는 없는 아침 태양빛 아래 서있던 우리들의 모습을 사람들은 상상조차 할 수 없을 거다. 부랑자들의 옷들은 상태가 나쁘다, 그렇지만 더 심각한 것들은 감추어 준다, 이들의 상태를 진정으로 보기 위해서는, 실오라기 하나 걸치지 않은, 헐벗은 그들을 봐야 한다. 평발, 툭 튀어나온 배, 움푹 꺼진 가슴, 처진 근육-모든 종류의 망가지고 부패한 육체들이 그곳에 있었다. 거의 모든 사람들이 영양실조에 시달렸고, 몇몇은 한눈에 봐도 질병을 앓았으며, 두 명의 남자는 탈장대도 차고 있었다. 75세의 미라 같이 생긴 노인에 대해 말해 보자면, 대체 어떻게 하루하루를 걷는 게 가능했는지 경탄을 금치 못 했다. 우리의 얼굴을 보았다면, 면도도 하지 않고 밤잠을 설쳐 극도로 지쳐 보였는데, 일주일 동안 술에 절어 있다 깨는 것처럼 보였을 거다.

검사는 천연두만을 찾고자 했기에, 기본 상태는 무시했다. 젊은 의학도는, 담배를 입에 물고, 빠른 걸음으로 줄을 따라 걸으며 우리들의 위아래를 훑었다. 누가 어디가 아픈지 괜찮은지는 묻지도 않았다. 나와 같이 방을 쓴 남자가 옷을 벗을 때, 그의 가슴을 뒤덮은 붉은 발진이 보였다. 나는 그의 옆에 딱 붙어서 하룻밤을 보냈기에, 혹여 천연두는 아닌가 싶어 무서웠다. 그러나, 의사는, 발진을 검사하고 그저 영양실조 때문이라 했다.

검사를 마친 우리는 옷을 입고 마당으로 보내졌다. 그곳에서 문지기가 우리들의 이름을 호명했고, 사무실에 맡겨둔 소지품들을 돌려주었다. 그리고 식권을 나눠줬다. 식권은 장당 6펜스의 가치를 지니고 있었다. 어제 부랑자들이 말했던 지름길에 위치한 커피숍들이 적혀 있었다. 다수의 부랑자들이 문맹이라는 것과, 나와 다른 '배운 사람들'이 지원하여 그들의 식권을 해독해 준건 꽤나 재미가 있었다.

정문이 열렸고, 그 즉시 우리들은 흩어졌다. 수용자 신세와 똥보다 못 한 악취로 절은 수용소 후에 맡은 공기는-촌구석 뒷골목의 공기마저도 달콤했다- 어찌나 그리 달콤하던지! 이제는 동료도 있었다. 감자 껍질을 벗기는 동안 패디 자크라는 아일랜드인과 친구를 맺었는데, 창백하고 우울한 얼굴에 깔끔하고 예의가 있어 보였다. 그는 에드버리 수용소에 가려던 참이었고, 함께 가지 않겠냐며 제안했다. 우리는 출발했고, 오후 세 시까지 도착할 요량이었다. 12마일 거리였지만, 런던 북쪽 어느 황량한 빈민가에서 길을 잃어 14마일을 걸려 도착할 수 있었다. 우리가 가진 식권은 일포드에 있는 한 커피숍을 지명하고 있었다. 그곳에 들어가자, 이 건방진 직원 계집은, 식권을 보고 우리가 부랑자임을 파악하더니, 경멸하는 태도로 고개를 홱 돌리고 긴 시간 주문을 받지 않았다. 마침내 그녀는 '큰 차' 두 잔과 빵 네 조각 그리고 기름을 식탁 위에 던져 놓았다– 이 정도면, 8펜스어치 하는 음식이었다. 이런 가게들은 상습적으로 각 식권에서 2펜스씩 등쳐먹었다. 돈이 아닌 식권을 들고 있는 이상, 부랑자들은 반발도 못 했고 다른 곳에 갈 수도 없었다.

28

패디는 약 이 주 정도 나의 동료가 되었다, 그는 내가 처음으로 제대로 알게 된 부랑자였기에, 그에 대해 설명을 해주고 싶다. 패디는 전형적인 부랑자로 영국에는 그와 같은 부랑자가 무수히 많을 것이다.

키가 큰 편이었고, 35세 정도에, 반백이 되어가는 머리에 옅은 푸른 눈동자를 가지고 있었다. 얼굴은 괜찮았다, 하지만 볼은 평평했고 빵과 마가린만 먹는 식습관에서 얻은 더럽고, 회색 빛깔 더러운 옷에 곡물이 묻어났다. 입고 있던 옷은, 다른 부랑자들에 비하면 썩 괜찮았다. 두꺼운 모직으로 된 사냥용 상의와 양 옆에 장식선이 여전히 달려있는 낡은 정장바지였다. 보아하니 이 장식선은 그의 마음속에 남은 체면조각이었다, 헐거워지면 실로 기우고 또 기웠다. 그는 외모를 대체로 잘 관리했다, '개인서류'와 주머니칼은 오래 전에 팔아 넘겼지만 앞으로도 팔지 않을, 면도기와 구두 솔은 지니고 다녔다. 그럼에도 100미터 멀리서도 부랑자로 보였다. 무기력하게 걷는 특징에, 특이하게 어깨를 구부리고 다녀서, 극히 비굴해 보였다. 패디의 걸음을 보고 있자면, 그가 다른 사람을 한 대 치느니 차라리 그냥 맞겠구나 라는 게 본능적으로 느껴진다.

패디는 아일랜드에서 자랐다, 이 년간 전쟁에 참여했고, 그 뒤 금속광택제 공장의 인부였다, 이 년 전 그가 직장을 잃은 곳이다. 그는 부랑자로 지내는 걸 지독히도 부끄러워했다, 그렇지만 부랑자습관에 완전히 절어 있었다. 끊임없이 도로를 훑어보았는데, 담배꽁초는 절대 놓치지 않았다, 빈

담뱃갑 조차도 마찬가지였고, 담배를 말기 위한 화장지는 말할 것도 없었다. 에드버리로 가는 길가에 놓인 신문꾸러미를 발견한 그는, 꾸러미로 바로 뛰어갔다, 그 안에는 정말 너덜너덜한 양고기 샌드위치가 두 개 들어있었다. 이걸 나눠 먹자며 권했다. 그리고 절대 자판기의 동전반환 손잡이를 안 돌리고 지나친 적이 없다, 그의 말로는 반환손잡이를 돌리면 고장 난 자판기가 가끔 페니를 뱉어 낼 때가 있다고 한다. 패디는 범죄를 저지를 배짱이 없었다. 롬튼의 변두리를 지날 때였다, 패디는 문 옆 계단에 놓인 우유병을 보았다, 분명 실수로 두고 간 것이다. 그는 자리에 멈춰 굶주린 눈빛으로 우유병을 쳐다보았다.

'망할!' 그가 말했다, '좋은 음식이 낭비 되겠군. 누가 훔쳐가지 않을까, 응? 쉽게 훔쳐 갈 수 있겠어.'

나는 그가 직접 '훔쳐야겠다'라고 생각하는 게 보였다. 그는 거리를 둘러보았다. 한적한 주택가의 거리였고 아무도 시야에 없었다. 패디의 빈약하고, 낙담한 얼굴이 우유를 갈망했다. 그러다 등을 돌리며 침울하게 말했다.

'놔두는 게 상책이야, 도둑질을 해서 좋을 게 없어. 정말 다행이야, 난 지금까지 어떤 것도 훔치지 않았어.'

그가 고결할 수 있게 붙잡아 준 것은, 굶주림으로 얻은 걱정과 소심한 성격이었다. 그의 뱃속에 두세 번의 괜찮은 식사만 들어 있었어도, 우유를 훔칠 용기를 냈을 수도 있다.

패디가 가진 대화 주제는 두 가지였다. 부랑자가 됐다는 실망감과 수치심, 그리고 공짜식사를 얻는 최선의 방법이었다. 거리를 배회할 때면, 그는 자기연민에 빠져, 아일랜드인의 목소리로, 훌쩍거리며 특유의 독백을 멈추지 않았다.

'떠돌이 생활은 못 할 짓이야, 그렇지 않아? 망할 수용소에 가는 건 마음이 편치 않아. 그래도 다른 수가 없잖아, 응? 지난 두 달간 괜찮은 음식은 먹지도 못 했다고, 게다가 신발이 닳고 있어, 에드버리로 가는 길에 수녀원에 들려 차 한 잔이라도 얻어 마시면 어떨까? 대개는 차 한 잔 정도는 잘 주거든. 종교가 없는 사람은 어쩌란 말이야, 응? 수녀원, 성당, 성공회, 안 가본 데가 없어, 전부 차를 얻어 마셨지. 나는 가톨릭 신자라고, 다시 말하면, 대충 17년은 고해성사를 하지 않았어, 그렇지만 아직 신앙심은 가지고 있다고, 알겠지. 수녀원은 차 한 잔 정도는 잘 주는데 말이야...' 끊임이 없었다. 그는 이런 식으로 하루 종일 떠 들었다, 거의 멈추지도 않았다.

그의 무식함은 끝이 없었고 경이로웠다. 한 번은, 예를 들면, 나폴레옹이 예수님 이전에 살았는지 이후에 살았는지 물어보았다. 다시 한번은, 내가 서점의 창문을 들여다보았다, 그때 패디는 꽤나 심란해했는데 책 중 하나가 제목이 "예수님 흉내내기" 였기 때문이다. 이를 신성모독으로 생각했다. '대체 뭐 때문에 그분을 흉내 내고 싶어 하는 거야?' 굉장히 화가 나서는 따져 물었다. 그는 문맹이 아님에도 책을 혐오하는 경향이 있었다. 롬튼에서 에드버리로 가던 중에 나는 공공도서관에 들렸다, 패디에게 책을 읽고 싶지 않아도, 들어와 다리를 쉬는 게 어떻겠냐고 권유했다. 하지만 그는 도로에서 기다리는 쪽을 선택했다. '아니, ' 그가 말했다, '그 많은 글자들을 보기만 해도 토가 나올 것 같아.'

대부분의 부랑자가 그렇듯, 패디도 성냥을 극심하게 아꼈다. 우리가 만났을 때 그는 성냥 한 갑을 가지고 있었다, 하지만 한 번도 성냥 켜는 걸 본 적이 없다, 내가 성냥을 켤 때면 낭비에 관한 일장연설을 늘어놓았다. 패디의 성냥 아끼는 법은 행인에게 불을 구걸하거나, 성냥을 쓰느니 반 시간 동안 담배를 아예 피우지 않았다

자기연민은 그를 이해할 수 있는 실마리였다. 불운에 대한 생각은 그를 한순간도 가만두지 않는 듯했다. 별 것도 아닌 일로 긴 침묵을 깨며 소리를

쳤다. '옷이 엉망이 되기 시작하는 건 망할 노릇이야.' 아니면 '그 수용소 차는 차도 아니야 오줌이지.' 다른 생각할 거리는 없다는 듯 굴었다. 게다가 그보다 형편이 나은, 일하는 사람들을 저급하게, 벌레처럼 샘을 냈다, 부자들에게는 그러지 않았다, 부자들은 본인의 사회적 지평선 넘어 있었다. 패디는 일자리를 마치 예술가들이 유명해지려 애태우는 것처럼 열망했다. 일하는 노인이라도 보면 속을 쓰려하며 투덜거렸다. '저 늙은이를 봐, 사지 멀쩡한 사람들을 일자리에서 몰아내고 있잖아.' 소년일 경우에는, '저런 어린것들이 우리 입에서 빵을 뺏어 가는 거라고.' 그리고 모든 외국인들은 그에게 '빌어먹고 썩을 라틴 새끼'들이었다- 그의 이론에서는, 실업문제는 외국인들 책임이었다.

여자들은 증오와 간절함이 뒤섞인 눈으로 쳐다보았다. 젊고, 어린 여자들은 그의 상상 속 범위에 들어가기에는 자신보다 한 참 위였다, 하지만 창녀들에게는 군침을 흘렸다. 붉은 입술을 한 두세 명의 늙은 여자들이 지나갔다. 패디의 얼굴은 연분홍으로 상기되었고, 몸을 돌려 여자들의 뒤를 탐욕스레 응시했다. '창녀들!' 사탕가게 창문에 붙은 아이처럼, 중얼거렸다. 한 번은 지난 이 년간 여자와 관계를 맺을 필요가 없었다고 말했다-직장을 잃은 그 이후다- 그리고 창녀 보다 목표를 높게 둬도 됐던 때도 잊었다고 했다. 그는 부랑자들이 가지고 있는 특성을 그대로 가지고 있었다- 자칼의 본성처럼, 비굴했고, 시기하고 질투했다.

그럼에도 불구하고, 그는 괜찮은 친구였다, 천성이 착했고 마지막 남은 빵가루를 친구와 나눌 줄도 알았다. 정말로 한 번 이상은 그는 자신의 마지막 빵 껍질을 나에게 나누어 주었다. 몇 달간 잘 먹기만 했다면, 패디는 일도 했을 수 있다. 하지만 이 년간의 빵과 마가린은 그의 수준을 절망적인 기준까지 낮추어 놓았다. 패디는 그의 심신이 열등하게 악화될 때까지 더러운 불량식품에 연명하며 살아왔다. 그의 인간성을 파괴한 건 타고난 악독함 따위가 아니라 영양실조였다.

29

에드버리로 가는 길에 나에게 돈을 좀 얻어 낼 수 있는 친구가 있으니, 수용소에서 하룻밤을 보내지 말고 런던으로 바로 가는 게 어떻겠냐고 패디에게 제안했다. 하지만 패디는 근래에 에드버리 수용소에 가지 않았었고, 역시 부랑자인지라, 수용소의 무료숙박을 낭비하고 싶어하지 않았다. 나에겐 반 페니 밖에 없었지만, 패디에게는 2실링이 있었다, 우리에게 침대와 몇 잔의 차를 안겨 줄 수 있는 돈이었다.

에드버리 수용소는 롬튼과 크게 다르지 않았다. 하지만 안 좋은 점은 입구에서 담배를 몰 수 당하고, 흡연이 적발당하면 즉각 퇴소해야 된다는 경고를 받은 것이다. 부랑자 법률에 따라 수용소에서 흡연을 적발당한 부랑자는 고소당할 수 있다- 사실, 부랑자들은 거의 어떤 죄목으로도 고소당할 수 있다. 그렇지만 수용소는 보통 반항적인 부랑자들을 내쫓고 고소를 하는 골칫거리를 피한다. 할 일은 없었고, 방은 그럭저럭 편안했다. 한 방에 두 명이 잤는데 '한 명은 위, 한 명은 밑'이었다- 설명해 보자면, 한 명은 선반 위에서 자고 한 명은 짚으로 만든 돗자리에서 자야 했는데, 더러웠지만 해충은 없었다, 많은 양의 담요를 깔아야 했다. 코코아 대신 차를 받은 것 말고는, 음식은 롬튼과 똑같았다. 아침에는 추가로 차를 마실 수도 있었는데, 부랑자 대장이 반 페니에 차 한 잔을 팔았다. 말할 것도 없이 불법이었다. 부랑자들은 점심에 먹으라며 주는 빵 한 덩이와 치즈를 나눠 받았다.

런던에 도착했을 때는 싸구려 여인숙이 열 때까지 여덟 시간을 죽쳐야 했다. 어떻게 이런 것들을 인지 못 했는지 알 수가 없다. 나는 런던을 무수히 다녀 본 사람이다, 하지만 그 날까지 런던의 비상식적인 일들에 대해 한 번도 인지해본 일이 없었다-실상 런던에서는 앉으려고만 해도 돈이 든다. 파리에서는, 돈도 없고 거리에서 긴 의자를 찾을 수 없다면, 바닥에 앉으면 된다. 런던에서는 거리에 나앉으면 어딘가로 안내 받을 수 있음을 그 누가 어찌 알았겠는가-감옥이다, 감옥으로 안내가 될 수 있다. 네 시가 될 때까지 다섯 시간을 서 있었고, 우리들의 발은, 바닥의 딱딱함 덕분에, 시뻘겋게 달아올랐다. 배도 고팠다, 받아 든 배급은 수용소를 나오자마자 먹어 치웠고, 게다가 나는 담배도 없었다-바닥 꽁초를 줍는, 패디에게는 별 문제가 아니었다. 두 교회를 들렀지만 문이 잠겨 있었다. 공공도서관에 갔지만 자리가 없었다. 마지막 희망으로 로튼하우스에 가보는 게 어떻겠냐고 패디가 제안했다. 일곱 시까지는 아무도 들여보내지 않는 것이 규칙이었지만, 안 걸리고 슬쩍 들어갈 수도 있었다. 우리는 장대한 정문 앞으로 갔다(로튼하우스는 정말로 웅장하다) 그리고 정말 아무렇지 않은 듯, 일반 숙박객처럼 보이기 위해 노력하며, 천천히 걸어 들어갔다. 그러자마자 정문에서 느긋하게 있던 사람이, 날카로운 얼굴에, 관리자 정도 같았다, 우리의 길을 막아섰다.

'어제 여기서 주무셨습니까?'

'아니요.'

'그럼 꺼져.'

우리는 그의 말에 복종했고, 두 시간을 더 거리 위에 서 있었다. 전혀 즐겁지 않았다, 하지만 '길모퉁이의 부랑자'라는 표현은 쓰지 말아야 된다는 걸 나에게 가르쳐 주었다. 여기서도 뭔가를 배울 수 있었다.

여섯 시에 구세군 보호소에 갔다. 여덟 시까지는 잠자리를 예약할 수 없었고 빈자리가 있을지도 미지수였다, 하지만 우리를 '형제님'이라 부른 한 직원은, 차 두 잔을 사 마신다는 조건하에 우리를 들여보내 주었다. 흰색으로 도색 된 거대한 본관은 크기만 한 볼품없는 장소였고, 난로도 없는 그곳은, 숨이 막힐 정도로 깨끗하고 텅 비어 있었다. 꽤나 제대로 갖춰 입은 듯한, 200명가량의 사람들이 긴 의자에 다닥다닥 붙어 앉아 있었다. 제복을 입은 한두 명의 직원들은 어슬렁거리며 돌아다녔다. 벽에는 부스 장군의 그림들과, 조리, 음주, 침 뱉기, 욕설, 싸움, 그리고 도박을 금지한다는 경고문들이 걸려 있었다. 이게 경고문들 중 하나다, 글자 그대로 베껴 왔다.

261

누구라도 도박 또는 카드놀이를 하다 적발될 시 추방을 당하고 다시는 어떤 상황에서도 입장이 허락되지 않습니다.

이 조항을 어긴 사람들을 적발할 수 있게 정보를 제공하신 분께는 사례 해 드립니다.

이 쉼터를 도박에 빠진 가증스러운 악한들을 몰아낼 수 있도록 담당 직원에게 협조해 주시기를 모든 방문객들께 부탁 드립니다.

'도박 또는 카드놀이'는 마음에 드는 문구다. 내 눈에는, 이 구세군 보호소가, 깨끗하기는 했지만, 흔한 싸구려 여인숙 중 최악보다 더 음울해 보였다. 몇몇의 사람들에게는 끝도 없는 절망감이 녹아 있었다- 품위를 갖추고, 무일푼에 옷깃은 이미 저당 잡혔음에도 여전히 사무직을 얻으려고 노력하는 사람들이었다. 구세군 보호소에 오는 이유는, 적어도 깨끗하기라도 한 이 곳이, 체면을 움켜쥘 수 있는 마지막 장소기 때문이다. 내 옆 탁자에 앉은 사람들은 외국인들이었다, 넝마를 입었음에도 명백한 신사들이었다. 입으로 체스를 두었는데, 말들의 움직임을 옮겨 적지도 않았다. 한 명은 장님이었다, 말하는 걸 들어보니, 둘은 5실링 반 가격의 체스 판을 사기 위해 돈을 모으던 중이지만, 절대 쉽지 않다고 했다. 여기저기 헬쑥하고 침울한, 실직한 사무원들이 있었다. 여러 사람들이 뭉쳐 있는 한 무리 중, 깡 마른 체형에, 키가 크고, 시체처럼 창백한 얼굴의 젊은이가 신나게 떠들고 있었다. 주먹으로 탁자를 치며 이상하게 광적인 말투로 자랑을 늘어놓았다. 직원들이 이 남자의 목소리를 못 들을 정도로 멀어지자 놀랄만한 신성모독을 토해냈다.

'그거 아나, 이 사람들아, 내일이면 나는 일자리가 생긴다고. 난 너희들 같은 빌어먹을 실패자들이 아니야, 나 스스로를 건사할 수 있어. 저걸 봐- 저 문구를 보라고, '주께서 주실 것이다!' 주께서 빌어먹게 많이도 주셨지. 내가 주를 믿게 하려고 하지 마. 난 내가 알아서 할 수 있으니까. 알아서 직장을 얻을 거야'

극도로 흥분해서는, 불안해하며 떠드는 그의 모습을 바라보았다. 신경질을 부리고 있는 듯했다, 아니 약간의 취기였을 수도 있다. 한 시간 뒤, 나는 어떤 작은 방에 들어갔다, 독서만을 위한 장소였다, 이곳과 본관에서 책을 읽을 수 있다. 그래서 그런지 몇몇의 숙박객만이 그 방에 들어갔다. 문을 열자, 무릎을 꿇고 홀로 기도를 하는, 한 젊은 청년이 보였다. 문을 다시 닫기 전 그의 얼굴을 볼 수 있었는데, 고통에 차 있었다. 불현듯, 그의 표정이 무엇을 말하는지, 알 수 있었다, 그 남자는 배를 곯고 있었다.

숙박료는 8펜스였다, 나와 패디는 남은 5펜스를, '식당'에서 써버렸다, 음식이 싸기는 했지만 싸구려 여인숙만큼은 아니었다. 차는 홍차 가루로 끓여지는 듯했다, 내 예상에는 구세군이 기부 받았을 것이다, 한 잔에 3펜스 반을 받고 팔았지만 말이다. 악취가 나는 차였다. 열 시에는 직원이 본관을 돌아다니며 호각을 불었다. 모든 사람들이 즉시 일어났다.

'이건 뭐지?' 매우 놀라서는, 패디에게 물었다.

'잠자리로 가야 된다는 뜻이지, 그리고 칼 같이 지켜야 한다는 거고.'

순한 양처럼 순종하며, 직원들의 지휘 아래 200명이나 되는 사람들이 한 번에 침대를 향해 떼를 지어 움직였다.

공동 침실은, 60개에서 70개의 침대가 들어간 군인들의 막사 같은 거대한 다락방이었다. 침대는 깨끗했고 상당히 편했다, 하지만 너무 좁았고 침대와 침대의 사이가 너무 가까워서, 옆 사람 숨결이 얼굴에 닿을 정도였다. 두 명의 직원은 함께 잠을 자는데, 소등 후의 담배나 수다를 감시하기 위해서였다. 패디와 나는 거의 눈을 붙일 수 없었다, 우리 근처에 누운 사람이 신경장애를 앓고 있었기 때문인데, 전쟁 신경증 같았다, 남자는 '발사!'라고 뜬금없는 주기를 두고 외쳤다. 잠을 깨우는, 이 시끄러운 소리는 작은 자동차 경적의 빵 소리 같았다. 언제 소리가 터질지 절대 알 수가 없었다, 그리고 확실한 수면예방제였다. 알고 보니 발사는, 다른 사람들이 그를 그렇게 불렀다, 보호소에서 단골로 자는 사람이었고, 분명 매일 밤마다 10명에서 20명의 사람들을 뜬 눈으로 보내게 해왔을 거다. 이 남자는, 이런 숙박장소로 몰이를 당해 들어오면, 사람들이 충분한 숙면을 막는 전형적인 사람들 중 하나였다.

일곱 시가 되자 또 호각이 울렸고, 직원들은 단 번에 일어나지 않는 사람들을 흔들어 깨우며 돌아다녔다. 그 뒤로도 적지 않은 구세군 보호소들에서 자 보았는데, 각 보호소마다 약간은 달랐지만, 군대에 준하는 원칙은 모든 보호소들이 똑같이 지켰다. 틀림없이 가격은 저렴하다, 하지만 내 취향에는 지나치게 구빈소 같은 느낌이다. 몇몇 보호소에서는 종교행사가 일주일이나 이 주일에 한 번은 열렸는데, 숙박객들은 무조건 참여하거나 보호소를 나가야만 한다. 실로 구세군들은 자신들이 자선단체라는 생각에 매우 집착해서 자선의 악취를 내지 않고는 숙박소 하나도 운영하지 못한다.

열 시 즘 B의 사무실을 찾아 1파운드를 빌려달라고 부탁했다. 그는 2파운드를 주며 또 필요할 때면 다시 찾아오라 했다, 그렇게 패디와 나는 적어도 일주일은 돈 걱정을 하지 않아도 됐다. 그 날은, 결국 나타나지 않은 패디의 친구를 찾으며, 트라팔가 광장을 어정거리며 돌아다녔고, 밤이 되어

스트랜드 인근에 있는 뒷골목에 싸구려 여인숙을 찾았다. 숙박료는 11펜스였음에도, 어둡고, 지독한 냄새가 났다, 그리고 '낸시보이(여성스럽게 생긴 동성애자)'들의 단골 장소로 악명 높았다. 밑 층의, 어두컴컴한 주방에는, 고급스러운 푸른색 정장을 입은 정체불명의 세 청년들이, 다른 숙박객들의 무시를 받으며, 한쪽에 떨어져 있는 긴 의자에 앉아있었다. 그들이 '낸시보이'였던 것 같다. 구레나룻은 없었지만, 그들의 겉모습은 파리에서 볼 수 있는 깡패소년들과 똑같았다. 불 앞에서는 나체의 남자와 옷을 전부 입은 남자가 흥정을 하고 있었다. 이 둘은 신문 판매상들이었다. 옷을 입은 남자는 벌거숭이 남자에게 옷을 팔려 했다. 그가 말하길:

"보게, 네가 본 옷 중 최고 일 거야, 외투는 은화 한 닢[반 크라운], 바지는 12펜스, 구두는 1실링 6펜스 모자와 목도리는 12펜스. 총 7실링이네.'

'꿈도 야무지군! 1실링 6펜스에 외투, 바지에 12펜스, 24펜스에 나머지 전부. 4실링 6펜스 주지.'

'이봐, 5실링 6펜스에 전부 가져가게.'

'받아, 어서 벗고, 석간을 팔러 나가야 돼.'

옷을 입었던 사내는 옷을 벗었고, 삼 분 뒤 두 사람의 위치는 반대가 되었다, 나체의 남자는 옷을 입고 있었고, 다른 남자는 신문지 한 장으로 몸을 감쌌다.

공동 침실은 어둡고 좁았으며, 50개의 침대들이 빽빽하게 차 있었다. 불쾌하고 뜨끈한 오줌 냄새가 났는데, 너무 지독해서, 처음에는 숨을, 폐부가 찢어질 듯했다, 얕은 호흡으로, 끊어 쉬었다. 내가 침대에 눕자 어둠 속에서 한 남자가 서서히 나타나서는, 내 쪽으로 몸을 기울이며, 반쯤은 취한 교양 있는 어투로, 횡설수설을 시작했다.

'전통의 공립학교 졸업생이라고, 응? [내가 패디에게 한 말을 들은 모양이었다.] 여기서 동문을 만나기는 쉽지 않은데. 나도 이튼 졸업생이네. 자네도 아는, 12년 간의 이런저런 우여곡절 말이지.' 떨리는 목소리로 이튼의 뱃노래를 부르기 시작했다, 듣기 안 좋을 정도는 아니었다.

노 젓기 좋은 날

그리고 건초 한 묶음-

'그만 해- 시끄럽잖아!' 여러 숙박객이 고함을 질렀다.

'저급한 것들', 이른 졸업생이 말했다. '아주 저급한 것들이야. 나와 자네에게는 재미있는 장소 아닌가, 응? 내 친구들이 나에게 뭐라고 했는지 아는가? 이렇게 말하더군. 'M-, 넌 구제불능이야.' 맞는 말이기는 해, 나는 구제불능이야. 나는 바닥까지 추락했어, 이런 것들처럼은 아니지만, 더 이상 내려갈 것도 없는 것들이야, 여기까지 내려왔는데 함께 어울려야 하지 않겠나. 아직 우린 젊어 그렇지 않나. 내 술 한잔 권해도 되겠나?'

그는 체리브랜디 한 병을 꺼냈고, 동시에 균형을 못 잡고 내 다리 위로 넘어졌다. 옷을 벗고 있던, 패디가 남자를 끌어당겨 세웠다.

'네 침대로 돌아가, 이 실없는 늙다리야-!'

이튼 졸업생은 침대로 비틀거리며 걸어가 옷을 입은 채 침대보 밑으로 기어 들어갔다, 신발도 벗지 않았다. 'M, 넌 구제불능이야'라는 잠꼬대를 밤동안 몇 번이나 들었다, 마치 그 구절이 그에게 호소하는 듯했다. 그는 술병을 꼭 안고, 아침까지도 옷을 다 입은 채로 자고 있었다. 고상한 얼굴에 피곤함이 내려앉은 50정도 되는 남자였다, 옷도 궁금증이 생길 정도로 비싼 옷을 입고 있었다. 더러운 침대 밖으로 나온 질 좋은 가죽구두를 보고 있자니 뭔가 이상했다. 이런 생각이 떠올랐다, 체리브랜디 한 병 가격은 이 주 숙박료와 맞먹는다, 분명 돈에 쪼들리는 게 아니었을 거다. 이 남자는 '낸시보이'들을 찾으려 싸구려 여인숙들을 돌아다녔을 수도 있다.

침대 사이의 간격은 반 미터가 조금 넘게 떨어져 있었다. 자정에는, 내 옆에서 자던 남자가 내 베개 밑 돈을 훔치려는 기척에 잠을 깼다. 돈을 훔치려 하던 남자는 잠자는 척하며, 손을 쥐처럼 조심스레 베개 밑으로 밀어 넣던 중이었다. 아침이 되었을 때, 그가 유인원 같이 긴 팔을 가진 꼽추임을 알았다. 아침이 되어 절도미수를 패디에게 말했다. 그는 웃으며 말했다

'이런! 이제 그런 건 적응해야지, 이런 곳에는 도둑 천지야. 입고 잔 옷 빼고는 안전한 게 없는 여인숙도 있어. 나무 의족까지 훔쳐간 걸 본 적이 있다고. 한 번은 거구의 남자가-90킬로그램 정도였는데- 4파운드를 가지고 들어 오더군. 돈을 침대 밑에 쑤셔 넣고는. '자' 그가 말했지, '감히 내 몸에 깔린 이 돈들을 만지기만 해 봐'. 그럼 뭐하나 똑같이 당했지. 아침에

남자는 바닥에서 잠을 깼어. 네 명이 각 침대보 끝을 잡고는 깃털처럼 들어 올렸지. 남자는 그 4파운드를 다시는 못 보게 됐고.'

30

다음 날 아침 우리는 패디의 친구를 다시 한번 찾아보기로 했다. 보조라고 불리는 친구로, 거리에서 그림을 그렸다, 거리의 예술가였다. 패디의 세상에는 주소가 존재하지 않았다. 단순히 보조를 램베스에서 찾을 수 있다는 생각만이 있었다. 결국 그 친구와 마주치게 된 장소는, 그가 자리를 잡은 워털루 다리에서 멀지 않은 템스강 북쪽 강둑이었다. 그는 분필 한 통을 두고 무릎 꿇고 앉아, 싸구려 공책에 그려진 윈스턴 처칠을 베끼고 있었다. 그림은 꽤나 비슷했다. 보조는 까무잡잡한 피부에 덩치가 작았고, 매부리코에 머리 밑까지 기른 곱슬머리였다. 오른쪽 다리는 몹시 흉하게 일그러져있었다, 발뒤꿈치가 앞으로 뒤틀려있어 보기에도 심해 보였다. 겉모습으로는 그를 유대인으로 볼 수도 있었다, 하지만 그는 이를 언제나 강력히 부인했다. 그는 매부리코를 '로마인'이라는 증거라며, 어떤 로마 황제와 닮았다는 자신의 모습을 자랑스러워했다, 베스파시아노 황제를 말하는 것 같았다.

보조는 말투가 독특했다, 런던토박이 노동자들의 말투임에도 굉장히 명료하고 표현력이 좋았다. 양서는 많이 읽었지만 문법은 신경 쓰지 않은 것 같았다. 패디와 나는 한 동안 강둑에 남아, 대화를 나누었고, 보조는 보도화가의 삶을 알려주었다. 거의 그가 사용한 단어들만으로 반복해 보도록 하겠다.

'내가 바로 사람들이 말하는 제대로 된 보도화가야. 나는 여기 다른 사람들처럼 칠판 분필로 그리지 않아, 화가들이 사용하는 올바른 색깔로 그림을 그리지. 이거 우라질 비싸다고, 특히나 빨간색들이 더 그렇지. 오랫동안 7실링짜리를 썼어, 절대 2실링 밑은 안 쓰지*. 풍자화가 내 분야야-정치나 크리켓 같은 것들 있지 않나- 이거 한 번 보게- 내게 공책을 보여 주었다-여기 이 정치가 녀석들 똑같은 것 좀 봐, 신문지에서 모두 베껴 그린 거야. 나는 매일 다른 그림을 그리지. 예산에 관한 문제가 터졌을 때는 윈스턴이 '빚'이 새겨진 코끼리를 밑에서 밀려는 모습을 그리고 그 밑에 이렇게 썼어, '그가 움직일 수 있을까?' 알겠지 않나? 어떤 정당이라도 풍자는 해도, 절대 사회주의 편을 들어서는 안 돼, 경찰들이 봐 주 질 않으니 말이야. 일전에 자본이라 불리는 거대한 보아 뱀이 노동자라 쓰인 토끼를 삼키는 그림을 그린 적이 있지. 경찰이 지나가다 그림을 보고는, 명령을 하더군, '지워버려, 그리고 앞으로 조심해,' 그렇게 말하더라니까. 그림을 지워야만 했지. 경찰들은 한 곳에서만 배회한다는 이유로 다른 데로 가고 명령할 힘이 있거든, 경찰들에게 말대꾸는 좋지 않아.'

[*거리의 화가들은 분말가루 형태로 된 색들을 사서, 연유에 넣고 섞은 뒤 딱딱하게 굳힌다.]

나는 보조에게 거리에서 얼마나 버는지 물어보았다.

'연중 이 맘 때는, 비가 안 오면, 토요일과 일요일 사이에 3파운드 정도 가져 가지-알겠지만, 사람들이 금요일에 급료를 받지 않나. 비 오는 날은 일을 못 해, 빗 물이 그림을 바로 씻어 버리니. 일 년으로 보면, 일주일에 1파운드 버는 꼴인데, 겨울에는 일할 수 있는 날이 많지 않거든. 조정 시합이 있는 날이나, 축구 결승전이 있는 날이면 4파운드 가까이 가져가기도 하고. 하지만 그런 날들은 빼야 돼, 알겠지만, 그냥 앉아서 구경만 하면 1실링도 못 벌어. 반 페니 정도는 거저 주기도 하는데 그것도 말이라도 조금 걸어야 얻을 수 있어. 내 말에 대꾸를 하고는 동전 한 닢도 안 주면 창피하니까. 그림을 계속해서 바꿔 그리는 게 최고로 좋은 방법이야, 그러면 사람들이 멈춰 서서 지켜보게 되니까. 근데 문제는, 이 거지들이 모자를 들고 돌기만 하면 바로 흩어져. 이 머리싸움에서는 바람잡이[조수]가 필요할 수밖에 없어. 나는 계속 그림을 그려서 구경꾼들의 눈을 잡아 두고, 바람잡이가 시치미를 떼고 구경꾼들 등 뒤로 돌아오는 거지. 사람들은 그가 바람잡이라는 걸 몰라. 그러다 갑자기 모자를 벗어 들지, 앞뒤로 협공하는 것 비슷해. 상류층한테는 절대 한 푼도 뜯어 낼 수 없어. 뜯어낼 수 있는 사람들은 보통 추레한 부류의 놈들이거나 외국인들이지. 일본놈한테는 6펜스를 받아 봤고, 흑인들도 그랬었고, 다른 외국인도 비슷하지. 외국인들은 영국인들 같이 빌어먹게 인색하지는 않아. 그리고 또 기억해야 될 건 모자 속에 1페니 정도만 빼고, 돈은 계속해서 감춰 둬야 해. 이미 1실링이나 2실링을 있는 걸 보면 사람들이 한 푼도 안 줘.'

보조는 템스 강둑의 보도화가들에 대한 깊은 멸시 감을 갖고 있었다. 보조는 그들을 '연어 판때기들'이라고 불렀다, 당시에는 거의 20미터마다 보도화가들이 앉아 있었다-20미터는 보도화가들 간의 최소 거리로 인정 받았다. 보조는 50미터 정도 떨어진 흰 수염이 난 늙은 보도화가를 경멸하며 가리켰다.

'저 늙은 멍청이 보이나? '충실한 친구'라는 똑같은 그림을 매일 10년째 그리고 있어. 개 한 마리가 소년을 물속에서 꺼내 주는 그림이야. 저 늙은 놈은 10살짜리 꼬마 빼고는 그릴 줄 아는 게 없어. 어디서 저 그림 하나만 눈대중으로 배워 가지고는, 조각 맞추듯이 그리는 거지. 여기엔 저런 놈들이 깔렸어. 내 그림을 훔쳐보려고 오기도 하는데, 신경도 안 쓰지, 이 멍청한 놈들은 스스로 생각도 못 해, 그러니 내가 항상 앞서는 거야. 풍자화는 언제나 최신의 일을 다루는 게 핵심이지. 첼시 다리 철책에 한 꼬마의 머리가 끼인 적이 있었지. 어찌 됐겠나, 꼬마 머리가 철책에서 빠지기도 전에 내 바닥엔 그 내용이 그려져 있었어. 그 정도로 빠른 거야, 내가.'

보조는 흥미로운 사람 같았다, 나는 그를 더 만나 보고 싶어 애가 달았다. 저녁에는 다시 그를 만나려 강둑으로 향했다, 그가 패디와 나를 강변 남쪽 싸구려 여인숙으로 데려가기로 했었기 때문이다. 보조는 바닥의 그림을 지우고 그 날 번 소득을 세었다-소득은 16실링 정도였고, 그는 12실링에서 13실링 정도는 이득을 보았다고 했다. 우리는 람베스 쪽으로 걸었다, 보조는 발을 절뚝거리며 천천히 걸었다, 꽃게 같은 이상한 걸음으로, 반은 옆으로 걸었는데, 짓이겨진 발이 뒤에서 질질 끌렸다. 그는 양 손에 막대기를 하나씩 들고, 염료가방은 어깨에 걸쳤다. 다리를 건너 던 중 보조는 잠시 쉬자며 다리 위에 있던 아치형 쉼터 중 하나에 멈췄다. 그는 일 분에서 이 분 정도 침묵했다, 놀랍게도 별들을 올려보는 그였다. 그는 내 팔을 치고는 그의 막대기를 들어 하늘을 가리켰다.

'이 봐, 저 알데바란이 보이나! 저 광채를 봐! 마치-검붉은 오렌지색 같구먼!' 말투로만 보면 그는 어느 화랑의 미술평론가였던 것 같았다. 나는 크게 놀랐다. 나는 어느 별이 알데바란인지 모르겠다고 고백했다-사실, 별들이 다른 광채를 띠는 것도 몰랐다. 보조는, 주요 성좌들을 가리키며, 천문학에 관한 기초적인 상식들을 알려주기 시작했다. 나의 무지를 염려하는 듯했다. 감화된 채 그에게 말했다.

'별에 관해 아는 게 많은 것 같군.'

'많이 아는 건 아니지. 조금은 알지만 말이야. 유성에 관한 편지를 써주어 감사하다는 편지를 왕실천문학회에서 두 통이나 받았었지. 때때로 밖에 나가 유성들을 관찰하고는 해. 별들은 공짜 공연이야, 눈을 쓰는데 돈이 들어가지는 않으니까.'

'그거 정말 그렇군! 한 번도 그렇게 생각해 본 적이 없어.'

'그렇지, 흥미를 가질 무언가가 있어야 돼. 도로 위의 사람들이 무조건 차 한 잔에 빵 두 조각 밖에 생각 못 하는 건 아니거든.

'이런 삶을 살면서 뭔가에 흥미를 두는 건 -별 같은 것에 말이야- 너무 어렵지 않나?'

'바닥에 그림 그리는 삶 말인가? 꼭 그런 건 아니지. 자신을 멍청한 토끼가 되게 할 필요는 없어-그게, 그렇게 되려 작정만 안 하면 돼.'

'이미 많은 사람들은 그렇게 된 것 같기는 해.'

'그렇긴 하지, 패디를 봐- 홍차에 환장한 오래된 거지야, 담배꽁초나 찾아다니는 게 딱 이야. 저게 대부분의 부랑자들이 가는 길이야. 나는 그런 사람들을 경멸해. 하지만 공부만 한다면 저렇게 될 필요까지는 없어, 그러면

네 남은 인생을 도로에서 보낸다고 해도 큰 문제가 아니야.'

'그렇지만, 난 정반대로 보는데, ' 내가 말했다, '사람에게서 돈을 앗아가는 그 순간, 사람들은 어디에도 필요 없게 되는 것 같아'

'아니지, 꼭 그런 건 아니지. 그렇게 마음을 먹으면, 부자든 거지든, 똑같은 인생을 살 수 있어. 계속해서 책을 읽고 사상을 가지고 나아갈 수 있어. 너 자신에게 이렇게만 말해주면 돼, '이 안의 나는 자유인이다' -그는 이마를 톡톡 쳤다-그러면 되는 거야.'

보조는 같은 논조로 더 나아갔고, 나는 주의를 기울여 그의 말을 경청했다. 그는 흔치 않은 보도화가였다, 게다가, 그는, 빈곤이 중요한 게 아니라는 주장을 듣게 해 준 첫 번째 사람이었다. 그 날 이후 며칠 동안 그를 자주 보았다, 몇 번을 계속해서 비가 내렸고, 그는 일을 할 수가 없었다. 보조는 자신의 역사를 말해주었다, 그의 이야기는 호기심을 자극했다.

파산한 책장수의 아들은, 18세에 도장공이 되어 일을 시작했다. 그러다 전쟁 통에 인도와 프랑스에서 군인으로 3년을 복무한다. 전쟁이 끝난 뒤 파리에서 도장공이 되었고, 몇 년을 그곳에서 머물렀다. 영국보다는 프랑스가 그에게 더 맞았다(그는 영국인을 경멸했다). 파리에서는, 저금을 하며, 그럭저럭 살았고, 프랑스 처자와 약혼도 했다. 어느 날 처자가 버스 바퀴에 깔려 죽게 되었다. 보조는 일주일 동안 술을 들이부었고, 온전하지 못 한 정신으로, 일자리로 돌아갔다. 같은 날 아침 일 하던 중 그는 딛고 있던 발판에서 떨어졌다, 발판에서 바닥까지는 12미터였다. 오른발이 으깨 뭉그러지도록 박살이 났다. 무슨 까닭인지 단지 60파운드만이 보상금으로 주어졌다. 영국으로 돌아온 그는, 직업을 찾기 위해 돈을 쓰기도 했고, 미들섹스 거리 시장에서 행상을 하며 책을 팔려 노력도 했으며, 장난감을 상자에 담아 팔아 보려고도 했다, 그러다 결국 보도화가로 정착했다. 그 후로 근근이 먹고 살아오며, 겨울의 반은 굶었고, 주로 수용소나 강둑거리에서 자주 잠을 자왔다.

내가 보조를 알았을 때 그가 소유한 것들은 입고 있던 옷과, 몇 권의 책들 그리고 그림 재료들이 다였다. 옷은 여느 거지들과 다름없는 넝마였지만, 옷깃에 넥타이를 매고 있었다, 그가 진심으로 자랑스러워하는 부분이었다. 1년 또는 더 오래된 듯한, 옷깃은, 그의 목을 '뱅뱅' 끊임없이 돌았기에, 보조는 셔츠 끝 단을 잘라 옷깃을 고정시켜야 했다 그래서 셔츠의 끝 단이 거의 남아나지 않았다. 상처 입은 다리의 상태는 점점 악화되었고 절단을 할 수도 있었다, 그리고 그의 무릎은, 돌 바닥에 무릎 꿇고 앉아야 하는 대가로, 구두 밑창만큼 두꺼운 굳은살이 박혀 있었다. 여지없이, 거지신세나 극빈소의 죽음 말고는 그를 위한 미래는 없었다.

이런 모든 악조건과 함께여도, 그에게는 두려움도, 후회도, 부끄러움도, 그리고 자기연민도 없었다. 그는 자신의 위치를 직시했고, 본인을 위한 철학을 만들어냈다. 거지로 지내는 것은, 그가 말하길, 본인의 잘 못이 아니며, 이에 대한 죄책감을 거부하고 자신을 괴롭히게 두지도 않았다. 보조는 사회의 적이었다. 적절한 기회를 보면 범죄를 실행할 준비도 더없이 되어 있었다. 보조는 원칙에 따라 검소함을 거부했다. 여름 동안에는 한 푼도 저축하지 않고, 모든 돈은 술에 쏟아 부었다, 여자에게는 관심도 주지 않았기 때문이다. 겨울이 되고 그에게 남은 동전이 한 닢도 없다면, 사회가 그를 돌봐 줘야만 했다. 그는 감사하단 말 한마디 기대하지 않고 제공되는, 자선단체의 구호금 동전 하나라도 뜯어 낼 준비가 되어 있었다. 종교단체의 자선은 피했다, 빵을 위한 찬송가가 목에 걸려 나오지 않기 때문이었다. 그는 다양한 곳에서 명예를 중시했다. 예를 들면, 그가 가진 인생의 자랑거리였는데, 살면서 심지어 배가 고플 때도, 거리에서 단 한 개의 담배 꽁초도 절대 줍지 않았다. 보조는, 본인 자신을, 그의 표현으로는, 배은망덕이 뭔지도 모르고 예절도 없는, 비굴한 무리들인, 거지 떼들 보다는 상위 계층이라고 여겼다.

보조는 프랑스어에도 그럭저럭 능숙했고, 걸리버 여행기, 다수의 수필, 졸라의 소설, 그리고 셰익스피어의 극들을 전부 읽기도 했다. 그는 자신의 모험담을 뇌리에 남는 표현으로 묘사할 수 있었다. 예로, 그가 말 해준, 장례식에 관한 일화다.

'시체 태우는 걸 본 적 있나?' 난 있지, 인도에서 말이야. 사람들이 늙은 시체를 불 위에 올렸는데, 그러자마자 나는 혼이 빠질 정도로 깜짝 놀랐어, 시체가 발을 차기 시작하더라니까. 열기에 근육들이 수축한 거였지-그래도, 충격은 여전했어. 뜨거운 목탄 위의 훈제청어처럼 잠시 동안 꿈틀거리더군, 그리고 배가 부풀기 시작하더니 저 멀리 떨어진 곳에도 들릴 정도로 빵 하는 소리와 함께 터졌어. 화장을 달갑지 않게 만드는 제대로 된 경험이었지.'

아니면, 또, 그가 겪은 사고도 있다.

'의사가 이렇게 말하더군, '한 발로 떨어졌어요, 이 친구야. 두 발로 안 떨어진 게 지랄 맞게 운이 좋은 거예요.' 이렇게 말했어. '만약 두 발로 떨어졌다면 짜부라진 아코디언처럼 접혔을 거예요, 그리고 허벅지 뼈는 귀 쪽으로 튀어나왔겠지!'

당연히 의사가 아닌 보조가 쓰는 단어들이었다. 보조는 문장에 재능이 있었다. 그는 두뇌를 언제나 온전하고 기민한 상태로 유지시켜냈고, 어떤 것도 그를 빈곤에 굴복시키지 못했다. 보조는 넝마를 걸치고, 춥고, 심지어 굶주리고 있을지라도, 글을 읽고, 생각하고, 유성을 관찰할 수만 있다면, 그가 말했듯, 그의 생각만큼은 자유로웠다.

그는 적의를 품은 무신론자였다(개인적으로 신을 미워하면서 신을 아예 안 믿진 않는 무신론자다.), 그리고 인간만사가 절대 개선되지 않을 거라는 생각에서 즐거움을 얻었다. 가끔은, 강둑에서 잘 때, 목성이나 화성을 올려 보며 저곳에도 강둑에서 자는 사람들이 있지 않을까 하는 생각은 그를 위로해주었다. 이 부분에 있어서는 별난 이론을 가지고 있었다. 이렇게 말했다, 지구 위의 삶이, 가혹한 이유는 생존 필수품이 부족하기 때문이다. 화성은, 추운 날씨와 부족한 물 때문에, 분명 더없이 가난하고, 따라서 삶은 더 가혹할 것이다. 지구에서는 6펜스를 훔치면 감옥에 가겠지만, 화성에서는 산채로 삶아질 수도 있다. 나야 왜인지는 알 수 없었지만, 이 생각은 보조를 힘이 나게 해주었다. 그는 정말 평범하지 않은 사람이었다.

31

보조가 머무르는 싸구려 여인숙은 하룻밤에 9펜스였다. 크고, 사람들이 우글거렸다. 500명을 수용할 수 있는 이 곳은, 거지, 부랑자, 잡범들이 자주 모이는 유명한 단골장소였다. 모든 인종들이, 흑인과 백인 조차도, 평등한 관계로 뒤섞여 있었다. 인도인들도 있었다, 내가 그 중 한 명에게 짧은 우르두어로 말을 걸었을 때, 만약 인도였다면, 몸 서리 칠만한 말로 나를 칭했다. 우리는 피부색이 가진 편견의 범위 너머에 있었다. 기묘한 삶들을 짧게나마 경험했다. 늙은'할아버지'라 불리는 70세 부랑자는, 담배 꽁초에서 모은 담뱃잎을 1온스에 3파운드에 팔아 생계를 꾸렸다, 아니 그 일이 거진 삶의 전부였다. '의사'는-진짜 의사였는데 위법행위로 의사면허를 잃었다, 신문을 팔면서 푼 돈에 진찰을 해주었다. 조그만 치타고니아 사람이자 동인도인 선원은, 맨 발에 굶주렸고, 배에서 도망친 뒤 며칠 동안 런던을 헤매고 있었다. 너무 멍청하고 속수무책이어서 자기가 어느 도시에 있는지도 몰랐다- 내가 말해주기 전까지 여기를 리버풀로 알고 있었다. 구걸편지작가는, 보조의 친구였는데, 자선단체에 아내 장례식의 비용을 위한 애처로운 호소문을 썼다, 편지가 효력을 발휘하면, 혼자 빵과 마가린을 배가 터지도록 먹었다. 그는 형편없는, 하이에나 같은 사람이었다. 말을 걸어보니, 다른 사기꾼들이 그렇듯, 그도 자신이 하는 거짓말의 대부분을 믿었다. 이 여인숙에는 이런 종류의 사람들을 위한 알사시아였다.

보조와 있는 동안 그는 내게 런던의 구걸 기술을 가르쳐 주었다. 구걸 기술은 우리가 상상할 수 있는 것보다 많다. 거지들은 대단히 다양하다, 단순히 구걸하는 거지와 돈을 받고 어떤 가치를 제공하는 거지 사이에는 명백한 사회적 경계가 존재한다. 거지들이 벌어 들이는 돈의 양도 가진 '기술'에 따라 다양하다. 선데이 신문에 실린 2000파운드를 바지춤에 꿰매 두고 죽은 거지들 이야기는, 당연히, 거짓말이다. 하지만, 몇 주치 생활비를 한 번에 벌기도 한다, 더 나은 계층의 거지들은 운이 따라준다. 가장 잘 사는 거지들은 거리곡예사와 사진작가들이다. 곡예사들은, 가장 좋을 때에는, -극장 관객들이 줄 선 곳에서, - 일주일에 5파운드 정도는 자주 번다. 거리의 사진작가들도 비슷하다, 하지만 이들은 좋은 날씨에 좌우된다. 이 사람들은 사업을 활성화시키는 교묘한 술수가 있다. 제물이 될 법한 사람이 다가오면, 카메라 뒤로 달려가 사진을 찍는 척한다. 그리고 희생자가 다가오면, 이렇게 외친다.

'여기 있습니다, 손님, 사진이 아주 멋지게 찍혔습니다, 1실링입니다.'

'사진 찍어달라고 한 적이 없는데요, ' 희생자는 저항한다,

'아니, 찍히기를 원치 않으셨다고요? 손으로 신호를 주신 줄 알았는데. 어쩔 수 없지요, 건판 하나 날아갔구먼! 한 판에 6펜스나 하는 건데.'

이 순간 제물들은 보통 연민을 느끼고 어찌됐든 사진을 사기로 한다. 사진

작가들은 건판을 확인하고 빛이 들어가 못 쓰게 돼서, 새 사진을 무료로 찍어 준다고 한다, 제물이 거절하면, 손해를 볼게 아무것도 없다.

거리의 악사는, 곡예사들이 그렇듯, 거지가 아닌 예술가로 여겨진다. 쇼티라는 거리의 악사이자 보조의 친구는, 자기 직업에 대해 소상히 알려 주었다. 그와 그의 동료는 화이트 채플이나 커머셜 거리의 선술집이나 커피숍 앞에서 '일' 했다. 거리의 악사들이 거리에서 돈을 번다 생각하면 오산이다. 그들이 버는 돈은 열에 아홉 커피숍이나 술집에서 나온다-오직 저렴한 술집들에서만 가능한데, 괜찮은 술집에는 입장이 허락되지 않기 때문이다. 쇼티의 방법은, 한 선술집 밖에 멈추고, 한 곡을 연주한다, 그러고 나면, 나무 의족을 한 그의 동료가 동정심을 불러일으키며, 모자를 들고 술집 안을 한 바퀴 도는 것이다. '동전'을 받고 나면 다른 한 곡을 꼭 더 연주하는 걸로 쇼티는 체면을 지켰다-말하자면, 앙코르 같은 거다. 진정한 거리악사이지 돈을 받았다고 그냥 떠나지 않는다는 철학이었다. 그와 동료는 일주일에 2-3파운드 사이 정도 벌었지만, 오르간의 일주일 대여료로 15실링을 내야 했기에, 각자가 가져가는 돈은 평균 일주일에 1파운드 정도 됐다. 이 둘은 아침 여덟 시부터 저녁 열 시까지 거리에 있었고, 토요일에는 더 늦게까지 있었다.

보도화가들은 예술가라 불릴 때도 있고 그렇지 않을 때도 있다. 보조는 내게 '진짜' 화가를 소개해 주었다-그는 파리에서 실제로 예술을 공부한 사

285

람으로 파리에 있는 동안 예술가들의 미술관에 그림을 제출하기도 했다. 그의 주된 그림들은 옛 거장들의 복제품들이었다, 돌 바닥에 그렸음에도, 경탄할 만큼 정도로 잘 그렸다. 자신이 어쩌다 보도화가가 되었는지 말해주었다.

'아내와 아이가 배를 곯고 있었다네. 판매상들에게 보여주려고 가지고 나갔던 그림 무더기들을 들고, 밤늦게 집으로 돌아오는 길이었어, 어떻게 하면 망할 1실링이나 2실링을 벌지 골몰하면서. 그러다, 스트랜드 거리에서, 무릎 꿇고 그림 그리는 친구를 보았어, 사람들이 페니를 던져주더군. 내가 지나가는 순간 그 남자가 일어나 술집으로 들어갔어. '망할, '생각하기를, 저 사람도 하는데, 나라고 못 할 게 있나.' 그렇게 충동적으로 자리에 앉아서 그가 두고 간 분필로 그림을 그렸지, 내가 이런 일을 하게 될 줄 누가 알았겠나. 그때 분명 배고픔으로 정신이 몽롱했던 게야. 이상하게도 한 번도 색분필을 사용해 본 적이 없었어, 그래서 그림을 그리며 기술을 익혀야 했지. 그래도, 사람들이 멈추기 시작하더군 내 그림이 그리 나쁘지 않다는 거야, 9펜스 정도는 아무 생각 없이 주더군. 그때 이 사내가 술집에 나왔어. -지금 내 자리에서 뭐 하는 짓이야?' 그렇게 말하는 그한테, 배가 고파서 뭐라도 해서 벌어야 한다고 설명했어. 그러니까, '오', '나랑 술이나 한잔 하지.' 그렇게 맥주 한 잔을 마시고, 그 뒤 보도화가가 되어 살아왔네.' 내가 일주일에 1파운드 정도 버는데, 일주일에 1파운드로는 여섯 자식들은 못 키워, 그래도 운 좋게 내 아내가 바느질로 약간이라도 벌고 있어.'

'이 생활의 최악은 추위이고, 그 다음이 참아내야 할 참견들이지. 처음에는, 내가 이 분야를 잘 모를 때였는데, 나체 그림을 바닥에 베껴 그리고는 했었어. 처음 그렸던 곳이 평야의 성 마틴 성당 앞이었지. 검은색 옷을 입은 남자가-수도 복인지 뭔지 입고 있었던 것 같은데-길길이 화를 내며 나와서는, '신성한 신의 집 앞에 그런 외설적인 그림을 그려도 되오?'라고 소리쳤어. 그래서 지워버렸지. 그림은 보티첼리의 비너스였어. 한 번은 똑같은 그림을 템스 강둑에 그렸는데. 한 경찰이 지나가면서 보더니, 아무 말 없이, 올라서서 구두바닥으로 문질러 버리더군.'

보조도 경찰들의 방해에 대한 똑같은 말을 했다. 당시 내가 그와 있을 때 하이드 공원에서 '비도덕적 활동' 사건이 있었다, 경찰들이 상당히 악독하게 행동했던 사건이다. 보조는 경찰들이 하이드 공원 나무 뒤에 숨어 있는 풍자화를 꺼내 들었다, 쓰여있기를, '문제, 경찰을 찾아라,' 나는 '문제, 비도덕적 행위를 찾아라,'라고 쓰는 게 더 많은 걸 말하지 않겠냐고 지적했다, 하지만 보조는 듣지 않았다. 보조는 어느 경찰이라도 그렇게 쓰인 풍자화를 보면 자신을 다른 자리로 옮길 것이고, 평생 자리를 잃을 것이라 했다.

보도화가 밑으로는 찬송가를 부르는 사람들, 또는 성냥팔이, 또는 구두끈

팔이, 아니면 라벤더 꽃잎이 약간 담긴 봉투를-이 봉투는, 완곡하게, 향수라고 불린다- 파는 사람들이 있다. 이 사람들은 사실상 전부 거지들이다, 빈곤의 겉모습을 착취함에도, 이 중 누구도 하루에 평균 반 크라운 이상은 벌어가지 못한다. 이들이 왜 대놓고 구걸을 하지 않고 성냥이라도 파는 척을 하는 이유는 구걸에 관한 영국의 터무니없는 법이 요구하기 때문이다. 현재 법에 따르면, 낯선 사람에게 다가가 2펜스를 달라하면, 낯선 사람은 경찰을 부를 수 있고 경찰은 구걸의 대가로 7일간 잡아넣을 수 있다. 하지만 끔찍하게 앵앵 되는 목소리로 '나의 주는, 당신, 가까이에'라고 노래를 부르며 거리의 분위기를 우스꽝스럽게 만들고, 분필로 도로 위에 낙서를 하고, 성냥이 담긴 상자를 들고 근처에 서서- 한 마디로, 누군가를 성가시게 해도, 구걸이 아닌 합법적인 장사가 된다. 성냥팔이와 거리공연은 전적으로 합법화된 범죄다. 이득이 남는 범죄들은 아니다, 왜냐면 런던에서는 거리의 가수들과 성냥팔이들 중 단 한 명도 1년에 50파운드를 벌지 못 한다- 가난한 누군가는 차도와 인도를 나누는 경계석으로 돌아가, 등 뒤로는 차들이 아슬아슬하게 스쳐 지나간다, 일주일에 84시간을 서 있어야 한다.

　　　•

그들과 교제를 해 보고, 그들이 평범한 사람들임을 깨닫고, 사회가 그들을 향해 가지는 이해할 수 없는 태도에 충격을 받았던 한 명으로서, 거지들의 사회적 위치에 관해 한 마디 하는 건 가치가 있어 보인다. 사람들은 거지들과 평범하게 '일하는' 사람들 사이에 근본부터 다른 점이 있다고 느끼는 듯하다. 거지들은 종족 자체가 다른 사람들이다-창녀나 범죄자들 같이 버림받는다. 일하는 사람은 '일'을 한다, 거지들은 일을 안 한다, 그들은 기생충이고, 완전히 무가치한 존재들이다. 벽돌공이나 문학비평가들이 생활비를 '벌 때', 거지들은 생활비를 '벌지' 않는다. 그저 사회에 불필요한 존재들이며, 참아주는 이유는 우리가 인도적 시대에 살기 때문이고, 이들은 근본이 천박하다.

하지만 그들을 가까이서 본다면 거지들의 삶과 수없이 많은 존경 받는 사람들 삶 사이에는 본질부터 차이가 없음을 알 수 있다. 거지들은 일을 하지 않는다, 그렇게 말들을 한다, 하지만 일이란 게 뭘까? 건설인부는 삽과 곡괭이를 휘두르게 일이다. 회계원들은 숫자를 계산하는 일을 한다. 거지들은 어떤 날씨에도 문 밖에 서 있음으로 정맥류성 정맥과 만성 기관지염 그리고 다른 질병들을 얻는다. 다른 것들과 같이 하나의 직업이다. 당연히, 확실히 쓸모가 없긴 하다. 하지만, 평판 좋은 다른 많은 일들도 쓸모가 없다. 사회계급형태로 거지들도 다른 많은 유형들과 비교가 될 수 있다. 대부분의 특허 의약품 판매상들에 비해 정직하며, 선데이 신문사의 주인에 비해 고결한 마음을 가지고 있고, 암표상에 비해 정감이 간다—요컨대, 이 기생충은, 전혀 무해한 기생충이다. 거지는 지역사회에서 먹고 살 만큼 이상은 거의 뜯어 가지도 않는다, 게다가, 그들은 이것들을 고통으로 거듭 반복하며 갚고 있다, 우리들의 도덕률에 따라 무엇이 이를 정당화시킬 수 있단 말인가. 나는 거지의 그 어떤 것도 그 외의 사람들과 다른 계층으로 분류시킨다거나, 현대인들이 그들을 천대할 권리를 준다고 생각하지 않는다.

그렇다면 질문이 하나 생긴다, 거지들은 왜 천대받을까?-세계적으로, 무엇이 그들을 천대받게 하는 것일까. 그들이 인간다운 삶을 얻지 못하고 실패했다는 단순한 이유 때문이라고 나는 믿는다. 현실에서는 필요한지 필요하지 않은지, 생산성이 있는지 기생충 같은지 그 누구도 상관하지 않는다, 요구되는 딱 한 가지는 이윤이 남아야 된다는 거다. 현대사회가 떠드는 자원, 효율성, 공공사업 그리고 그 외 모든 것들에서, '돈을 얻고, 적법하게 벌고, 더 많이 번다' 를 제외하면 무슨 의미가 남는가? 돈은 준엄한 도덕검증이 되었다. 이 검증에 의하면 거지는 실패했다, 그래서 멸시 받는다. 누군가가 구걸로 일주일에 10파운드를 벌 수 있다면, 거지도 바로 존경 받는 직업이 될 것이다. 거지는, 현실적으로 바라보면, 돈을 번다는 점에서, 그저 한 명의 사업가다, 생활비를 버는 다른 사업가들처럼. 거지는, 다른 대부분의 현대인들 보다는, 명예를 팔지 않는다. 단지 부자가 절대 될 수 없는 직업을 선택한 실수를 했을 뿐이다.

32

런던의 비속어와 욕들에 관해, 최대한 짧게, 몇 자 남기고 싶다. 이 단어들은(모두가 알 법 한 단어들은 누락시켰다) 지금도 런던에서 사용되는 단어들이다.

A gagger – 거지나 거리의 예술가와 같은 모든 사람들. A moocher – 순전히 구걸만 하는 사람, 장사를 하는 척도 않는다. A nobbier – 거지들을 위해 돈을 받아내는 사람. A chanter – 거리의 가수. A coldhopper – 거리의 무용수. A mugfaker – 거리의 사진작가. A glimmer – 빈차를 봐주는 사람. A gee(jee 로도 불린다–jee로 발음한다) 싸구려 물건을 파는 행상인의 조수, 물건을 사는 척하며 분위기를 잡는다. A split – 형사. A flattie – 경찰. A dideki – 집시. A toby – 부랑자.

A drop – 거지에게 주어진 돈. Fuhkum – 봉투에 담아 팔리는 라벤더나 다른 향료. A boozer–선술집. A slang – 행상 허가증. A kip – 잠을 자는 곳이나 숙박소. A judy – 여자. Smoke – 런던. The spike –부랑자 임시 수용소. The lump – 부랑자 임시 수용소. A tosheroon – 반 크라운. A deaner – 실링. A hog – 실링. A sprowise – 6펜스. Clods –동전. A drum – 반합. Shakle – 수프. A chat – 비열한 사람. Hard-up – 담배꽁초에서 얻어낸 담뱃잎 A stick or cane – 도둑들이 사용하는 쇠 막대기. A peter – 금고. A bly – 도둑들이 사용하는 산소 아세틸렌 용접 기구. To bawl – 빨거나 삼키다. To know off – 훔치다. To skipper – 노숙하다.

반 정도 되는 단어들은 큰 사전들에는 들어가 있다. 이 단어들의 어원을 유추해 보면 흥미가 생긴다, 하지만 'funkum'과 'toshernoon'같은 한 두 가지 단어들은 추측도 불가능하다. "Deaner"는 섬유를 재는 단위 'denier'에서 온 듯하다. Glimmer는, 빛을 뜻하는, 구어 'glim'아니면 구어 힐끗 보다 glimpse의 구어 'glim'과 관계가 있어 보인다. 하지만 이 단어는 새로이 만들어진 형태들 중 한 가지인데, 뜻하는 의미를 보면 자동차라는 단어보다 오래되었다고 볼 수가 없기 때문이다. 'Gee'는 재미있는 단어인데, 달리는 말을 뜻하는 단어 'gee'로 유추가 된다, 말 그대로 사냥에 쓰이는 가짜 말이라는 뜻이다. 'screever'(보도화가)는 어디서 왔는지 알 수 없다. 본질은 라틴어 scribo에서 왔을 것이다. 지난 150년간 이와 비슷한 영어단어가 쓰인 적이 없고, 프랑스어에서 직접적으로 영향을 받지도 않았다, 프랑스에는 바닥에 그림을 그리는 보도화가라는 직업이 알려져 있지 않다. 'Judy'와 'Bawl'은 런던의 이스트 엔드 쪽 단어들이다. 타워 브리지 서쪽에서는 발견되지 않는다. 'Smoke'는 부랑자들 사이에서만 쓰인다. 'Kip'은 숙박을 뜻하는 덴마크어다. 최근까지 'doss'가 같은 의미로 사용이 되었었는데, 이제는 옛말이 되었다.

런던의 비속어와 방언은 급속하게 바뀌고 있는 듯하다. 디킨즈나 서티스가 묘사했던 w를 v로 v가 w로 하던 발음은 순전히 사라지고 없다. 우리가 알고 있는 런던 토박이 말투는 19세기에 형성이 된 듯하다(미국의 책, 허먼 머빌이 쓴 화이트 재킷에서 처음으로 언급된다) 런던 토박이 말투도 이미 바뀌고 있다. 소수의 사람만이 'face'를 'fice'로 'nice'를 'nawce'로 20년 전 발음을 유지하고 있다. 비속어도 발음이 바뀌면서 함께 변화하고 있다. 25년 전 또는 30년 전에는, 런던토박이들이 사용하던 '압운속어'는 런던에서 유행이었다. '압운속어'는 모든 단어가 운율에 따라 정해진다. 'hit or miss'는 'kiss'를, 'plates of meat'는 발을 뜻한다. 너무 당연시되던 것들이라 소설 속에서도 재현되고는 했다. 지금은 거의 멸종했다. 아마도 내가 지금까지 위에 기술한 단어들도 20년 후면 대부분이 사라질 수도 있다. [*특정한 약어로 살아남는다. 'use your twopenny' 또는 'use your head' 'Twopenny'는 이렇게 변화된 것이다 head - loaf of bread - twopenny loaf - twopenny]

욕들도 또한 변한다- 적어도, 유행에 따라 달리한다. 20년 전 만해도, 'bloody'는 런던의 노동자 계층이 자주 사용하던 단어였다. 소설가들은 여전히 사용하고 있지만, 노동자들은 더 이상 사용하지 않는다. 런던에서 태어나지 않은(스코틀랜드사람이나 아일랜드사람의 경우는 다르다) 사람들이나, 제대로 된 교육을 받지 못한 경우, 사용하고 있다. 이 단어는 사회계층 속에서 지휘가 향상이 되었고, 노동자 계급에서는 이 단어는 욕이 갖는 목적을 상실했다. 현재 런던의 형용사는, 모든 명사에 덧붙여지고 있는, 'bloody'같은 단어들은, 조만간 응접실로 스며들어가 다른 단어들을 교체할 것이다.

모든 욕의 사용법은, 특히 영국의 경우, 이해하기가 힘들다. 욕의 본질은 마법처럼 매우 비논리적이다-정말, 마법의 한 종류 같다. 하지만 역설적인 면도 있는데, 말해 보자면, 욕을 하는 의도는, 비밀로 감춰 두어야 할 것을 언급하여, 충격을 주거나 상처를 주기 위함이다-통상 성적인 기능들과 관련이 있다. 하지만 이상한 점은 어떤 단어가 욕으로서 확실히 자리를 잡게 되면, 그 단어의 본뜻을 잃는다는 것이다. 욕설이 된 이유는 그 단어가 뜻하던 어떤 게 있었기 때문이다, 근데 욕설이 된 단어는 그 어떤 것을 의미하지 않게 된다. 런던 사람들은 이 변화된 단어를, 단어가 가진 본래의 의미로 사용하지 않는다, 아니 아주 가끔은 사용 한다, 이 단어는 아침부터 저녁까지 그들의 입에 붙어있지만, 단순한 욕일 뿐 어떤 의미도 없다. 이 것도 비슷한 입장인데, 급속도로 본 의미를 잃어 가고 있다. 프랑스어의 비슷한 사례를 생각해 볼 수 있다-이제는 아무 의미 없는 욕에 불과하다. 이 단어는,-여전히, 프랑스에서도 가끔 사용된다, 하지만 이 단어를 사용하는 사람들은, 일전에는 무슨 뜻이었는지 전혀 아는 바가 없다. 단어가 욕으로 받아들여지는 규칙에는 마법 같은 성질이 있어서, 평범한 단어들을 무용지물이나 다른 용도로 만들어 버린다.

모욕을 위해 사용되는 단어들도 똑같은 역설에 지배를 받는 듯하다. 한 단어가 모욕적인 단어가 되면, 사람들은, 그 단어가 본뜻이 애초에 나쁘기 때문이라 생각한다. 하지만 실상은 실제 뜻과 모욕적인 단어 사이에는 상관관계가 별로 존재하지 않는다. 예를 들면, 런던 사람들에게 할 수 있는 심한 욕은 'bastard'다- 이 단어가 실제 뜻하는 바를 생각하면, 모욕적인 단어가 전혀 아니다. 파리와 런던에서 여성에게 할 수 있는 최악의 모욕적인 욕은 'cow'다. 이 단어는 심지어 칭찬이 될 수도 있다, 암소들은 대개 호감 가는 동물들 중 하나기 때문이다. 한 단어가 모욕이 되는 건, 사전적 의미가 뜻하는 바와는 상관없이, 단지 그 단어가 욕으로 사용되기 때문인 듯하다. 단어들의 의미는, 특히 욕들은, 대중들이 그렇게 만들기로 선택한 것이다. 이와 관련하여 욕이 국경을 넘으면 그 성질이 어떻게 바뀌는지 보는 것도 매우 흥미로운 일이다. 영국에서는 '나는 미쳤다'를 누구의 항의도 받지 않고 인쇄할 수 있다. 프랑스에서는 '나는 미--'다로 인쇄해야 한다. 다른 예는, 'barnshoot'은 여성의 성기를 뜻하는 힌디어 BANICHUT가 변질된 것이다. 인도에서는 용납도 되지 않고 용서받지 못할 욕설이지만, 영국에서는 친근한 농담에 불과하다. 심지어는 어떤 학교 교과서에서도 본 적이 있는데, 아리스토파네스의 희극이었다. 주석을 단 사람은, 이를 페르시아 외교관의 횡설수설이라 주석을 달아 두었다. 주석자는 BANICHUT의 의미를 알았을 것이다. 하지만 외국어였기에, 이 단어는 마법 같이 욕의 특징을 잃고 인쇄가 될 수 있었다.

런던의 욕에 관해 주목할 다른 부분이 있는데, 남자들은 여자 앞에서 보통 욕을 하지 않는다는 것이다. 파리에서는 극히 다르다. 파리의 노동자들은 여자 앞에서 욕 안 하기를 선호할 수 있다, 하지만 그렇다고 거리낌이 있지는 않다, 그리고 여자들도 자유롭게 욕을 한다. 이 문제에 있어서는 런던 사람들이, 아니면 더 쉽게 속상해하거나, 더 예의가 바르다.

이런 욕들과 비속어들이 내가 무작위로 그리고 대략적으로 적어둔 것들이다. 이 주제를 다룰 수 있는 누군가가 런던의 욕과 비속어 연감을 정리하지 않고, 변화를 정밀히 기록하지 않음에 유감스러울 따름이다. 단어의 변화, 형성과정, 그리고 옛말의 실마리를 제공해 줄 수 있을지 모르는데 말이다.

33

B가 준 2파운드는 약 열흘 정도 이어졌다. 이렇게 긴 시간 동안 지속될 수 있었던 건 거리의 지독한 인색함을 익히고 하루에 제대로 된 한 끼도 터무니없는 사치로 여기는 패디 덕이었다. 그에게 있어, 음식은 순전히 빵과 마가린만 밖에 없었다-끊임없는 홍차와 빵 두 조각, 이것으로 한두 시간은 배고픔을 속일 수 있다. 패디는 반 크라운 정도로 하루 동안 어떻게 살고, 먹고, 피고, 자는지, 모든 방법을 가르쳐 주었다. 그리고 패디는 가끔 '빈 차 봐주기'로 몇 실링은 벌었는데, 불법이었기에, 조심스러운 일이었다, 그럼에도 얼마 정도는 별 수 있었고 우리 돈을 조금이라도 아낄 수 있었다.

어느 날 아침에는 샌드위치 만드는 일을 얻어 보려 했었다. 사무실들이 몰려있는 뒷골목으로 다섯 시에 갔으나, 이미 30에서 40명의 사람들이 줄을 서서 기다리고 있었다, 두 시간이 지나고 나서야 남은 일자리가 없다는 말을 들을 수 있었다. 그렇게 아쉽지는 않았는데, 샌드위치 만드는 사람들의 일이 부럽지 않았기 때문이다. 그들은 하루 열 시간을 일하고 3실링을 받는다-쉽지 않은 작업이다, 특히 바람이 부는 날씨에는 더욱 그렇다, 그리고 숨어서 쉴 수도 없는 게, 감독관이 수시로 찾아와 사람들이 정확한 박자에 맞춰 일 하는지 감시 한다. 추가적인 문제는, 그들이 일용직이라는 점이다, 가끔 삼 일을 고용하기도 하지만, 절대 일주일 단위로는 고용하지 않는다. 그렇기에 그 사람들은 일자리를 얻으려 매일 아침 줄을 서야만 한다. 일 할 준비가 된 넘쳐나는 실직자들은 이들이 더 나은 처우를 위해 싸울 수 없도록 무기력하게 만들었다. 샌드위치를 만드는 사람들이 탐내는 일은, 같은 급여를 받으며, 전단지를 나눠주는 일이다. 전단지를 나눠주는 사람을 봤을 때 한 장 받아주는 것으로 도움을 줄 수 있다. 전단지를 모두 나눠줘야 할당된 일이 끝나기 때문이다.

그 사이 우리는 싸구려 여인숙의 삶을 이어가고 있었다—지저분하고, 참담하게 지루하며 정말 별 볼 일없는 삶 말이다. 며칠은 아무것도 할 게 없었다, 그저 지하실 주방에 앉아, 어제 신문이나, 누군가 구해 온, 유니온 잭 과월호를 읽었다. 그 당시 비가 상당히 많이 와서, 안으로 들어오는 사람들의 몸에서는 열기가 뿜어져 나왔고, 주방은 추악한 악취로 진동을 했다. 유일한 즐거움은 주기적으로 먹는 차 한잔과 빵 두 조각이 전부였다. 얼마나 많은 사람들이 런던에서 이렇게 살고 있는지는 모르겠다—최소 몇 천은 되지 않을까 한다. 패디는, 실제로 지난 2년간 알고 있던 그 어떤 삶보다 최고의 삶을 살던 중이었다. 페디의 부랑자생활 휴식기는, 어찌 됐든 몇 실링이라도 손에 넣을 수 있는 시기다, 항상 이런 식으로 흘러 왔다. 떠돌이 생활 자체가 조금씩 나빠지고 있었다. 그의 훌쩍이는 목소리를 듣고 있다 보니—패디는 먹을 때 아니면 언제나 훌쩍이고 있었다—실직이 그에게는 얼마나 큰 고문인지 알게 되었다. 실직자들이 그들 급여에 대해서만 걱정한다고 생각하는 건 사람들의 오산이다. 반대로, 문맹자들은, 일하는 습관이 뼈 깊숙이 박혀있기에, 돈 보다 한참은 더 일자리를 원한다. 교육을 받은 사람들은 강제로 부여된 빈둥거림을 참고 견뎌 낼 수 있다, 빈둥거림은 빈곤이 가진 최고 악이다. 하지만 패디 같은 사람에게는, 할 일이 아무것도 없기에, 비참한 실직상태란 사슬에 묶인 개와 같은 거다. 이래서 '몰락한 사람들'이 다른 누구보다 동정 받아야 한다고 주장하는 건 허튼소리에 불과하다. 진정으로 동정 받아야 할 사람들은 시작부터 바닥이었고, 아무 대책도 없이 백지상태로 빈곤을 직면하는 사람들이다.

따분함의 서리가, 내 마음속에 약간 내려앉았지만, 보조와 대화할 때만은 예외였다. 한 번은 빈민가 순회자들에게 여인숙이 침공 받은 적이 있었다. 패디와 나는 밖에 있다가, 오후에 돌아왔는데, 밑층에서 음악소리가 들려왔다. 우리는 밑으로 내려갔다, 반질반질한 옷에, 부유해 보이는 세 사람이 종교행사를 열고 있는 게 보였다. 심각한 표정의 신부 선생은 행사용 외투를 입었고, 여자는 자그마한 이동용 오르간 앞에 앉아 있었다, 그리고 나약해 보이는 청년은 십자가상을 만지작거렸다. 그들은 초대장도 없이 밀고 들어와 종교행사를 열었다.

숙박객들이 이 침공에 어떻게 대처하는지 보는 건 꽤나 통쾌했다. 그들은 이 빈민굴 구경꾼들에게 그 어떠한 무례도 저지르지 않았다. 전적으로 무시만 했다. 주방에 있던 모든 사람들은 합의하에-백여 명 정도가 있었다-이 빈민굴 구경꾼들이 존재하지 않는 듯 행동했다. 이 들은 참을성 있게 서서 노래를 부르며 함께 부르기를 권했다, 그럼에도 집게벌레보다 못 한 취급을 받으며, 어떤 주목도 얻지 못했다. 종교행사용 외투를 입은 남자는 설법을 전파하려 했지만, 단 한 마디도 들리지 않았다. 남자의 목소리는 시끄러운 노랫소리, 욕설, 그리고 냄비들이 달카닥거리는 소리에 묻혔다. 사람들은 오르간 바로 옆에 앉아 밥을 먹고 카드놀이를 즐기며, 평온히 그들을 무시했다. 이윽고 빈민굴 구경꾼들은 포기했고 자리를 비웠다, 어찌 됐든 이들은 곤욕을 치르진 않았다, 그저 묵살만 당했을 뿐이다. 분명 그들은 자신들이 얼마나 용감하게 행동했는지, '의지로 두려움 없이 가장 낮은 곳에 갔었노라.'라고 주저리주저리 떠들며 스스로를 위안했을 것이다.

보조 말로는 이런 사람들이 한 달에 몇 차례고 여인숙에 찾아온다고 한다. 이 사람들은 경찰에 영향력이 있어서, '대리인'도 거부할 수 없다. 궁금할 수밖에 없다, 어떡해야 사람들은 누군가의 소득이 일정 수준 밑으로 떨어지면 바로 그 순간 그들에게 설교와 기도를 해 줄 수 있는 권리가 생긴다고 당연시 여기게 되는 것일까.

B로부터 돈을 받고 구 일이 지난 뒤 돈은 1실링 9펜스로 줄어 있었다. 패디와 나는 숙박료 8펜스는 따로 빼두었고, 3펜스는 차 한잔에 빵 두 조각에 썼다, 하나를 시켜 둘이 나누었다-식사라기보다는 간식에 가까웠다. 오후가 되자 지독히도 배가 고팠다, 패디는 킹스 크로스 역 근처에 있는 교회를 기억해냈다, 일주일에 한 번은 부랑자에게 무료로 차를 나눠준다 했다. 그 날이 이 날이었고, 우리는 그곳에 가기로 결정했다. 보조는, 비도 오고 한 푼도 없었음에도, 교회는 자신이랑 맞지 않는다며 오지 않았다.

교회 밖에는 백여 명의 사람들이 기다리고 있었다, 더러운 행색을 한 사람들은 공짜 차 소식을 듣고 저 멀리서부터 모여든 것이다, 죽은 버펄로를 감싸고 맴도는 솔개들 같았다. 얼마 안 있어 문이 열렸고 성직자 한 명과 소녀들이 나와 우리를 교회 위층의 회랑으로 안내했다. 복음주의 교회였는데, 벽 여기저기에는 피와 불에 관한 글들이 새겨져, 삭막하고 일부러 꾸미지 않은 티가 났다, 찬송책은 1250개의 찬송가를 담고 있었는데, 몇 개의 찬송가를 읽어보고, 단순히 양만 많은 고약한 운문으로 채워진 문집이라 결론 내렸다. 차를 마신 뒤 예배가 있었고, 평신도들은 밑층 예배당에 앉았다. 그날은 평일이었기에, 20-30명의 사람들이 전부였다. 지저분한 늙은 여자들이 다수였는데 털 빠진 새들을 연상시켰다. 우리들은 회랑 의자에 앉아 차를 받아 마셨다. 차는 1파운드 잼 단지에 담겨 나왔고 여섯 조각의 빵과 마가린도 함께 나누어 받았다. 차를 마시자마자 문가 쪽에 앉았던 열 몇 명의 부랑자들은 예배를 피해 재빨리 뛰쳐나갔다. 나머지는 남았는데, 도망갈 엄두를 못 낸 사람보다 감사함에 남은 사람이 더 적었다.

오르간 소리를 확인하자 예배가 시작되었다. 그리고 갑자기, 신호라도 맞춘 듯, 부랑자들이 난폭하고 무례한 행동을 하기 시작했다. 교회에서 실제로 벌어진 광경이라고는 믿기 힘들 정도였다. 도처에서 부랑자들이 예배당 의자에 누웠고, 웃고, 떠들고, 몸을 숙이고는 빵 알갱이를 신도들에게 던졌다. 나는 담배 불을 붙이려는, 거의 힘을 써가며, 내 옆의 남자를 제지해야만 했다. 부랑자들은 예배를 순전히 재미난 구경거리로 취급했다. 그게, 사실은, 충분히 터무니없던 예배이기는 했다-'할렐루야' 외침이 뜬금없이 터져 나왔고 여기저기서 끝나지 않는 통성기도가 이어졌다-그럼에

303

도 부랑자들의 태도는 도가 지나쳤다. 신도들 중 늙은 남자가 한 명 있었다-부틀 형제님이라는 것 같았다-우리를 기도시키게끔 요청 받은 사람인데, 그가 일어설 때마다 부랑자들은 극장에서 하듯 발을 쿵쾅거렸다. 부랑자들이 말하기를 이 남자가 이전 예배에서 목사가 말리기 전까지 25분간 통성기도를 멈추지 않았다고 했다. 부틀 형제님이 다시 일어나자 한 부랑자가 '십중팔구 넌 칠 분도 못 견딜걸!' 소리가 너무 커 교회 전체에 들렸다. 목사보다 목소리를 크게 내기 시작한 지 얼마 지나지 않았을 때였다. 가끔은 누군가가 분에 찬 '쉿' 소리를 올려 보냈다 그래도 별 효과는 없었다. 우리들은 예배를 놀려 먹으려 마음먹었고, 무엇도 우리를 막을 수 없었다.

정말 이상하고, 넌더리 치는 광경이었다. 밑에서는 몇 안 되는 순박하고, 평범한 사람들이 예배를 드리려 애쓰고 있었고, 위에서는 음식을 얻어먹은 백여 명의 사람들이, 의도적으로 예배를 불가능하게 하고 있었다. 더럽고, 털이 덥수룩한 남자들이 회랑에서 비웃으며, 거리낌 없이 야유와 조롱을 보냈다. 몇몇의 늙은 여자들과 남자들이 백여 명의 난폭한 부랑자들을 상대로 무엇을 할 수 있었을까? 그들은 우리를 두려워했고, 우리는 그들을 노골적으로 괴롭혔다. 음식을 먹여주며 우리들에게 굴욕을 안겨준 그들에 대한 복수였다.

목사는 용감한 사람이었다. 위층에서 들리는 키득거림과 떠드는 소리에도 아랑곳하지 않고 우렁찬 목소리로 여호수와에 대한 긴 설교를 했다. 하지만 결국엔, 인내의 한계를 넘었는지, 큰 목소리로 선언했다.

'마지막 남은 오 분은 '구원받지 못한' 죄인들에게 설교를 하도록 하겠습니다!'

그렇게 말하고, 회랑 쪽으로 고개를 들어 진짜로 오 분을 이어갔다. 누가 구원을 받고 누가 구원을 못 받았는지 확실히 했다. 얼마나 신경이 쓰이던지! 목사가 지옥불로 우리를 위협할 때는, 담배를 말았고, 마지막 아멘이 나올 때는 고함을 치며 내려갔다. 다음 주에도 또 공짜 차를 마시러 오자는 말에 많은 사람들이 동의했다.

이 광경은 내 흥미를 자극했다. 평소 부랑자들의 태도와는 너무 달랐다-비참한 벌레같이 감사해하며 자선을 평범하게 받아들이는 것과는 말이다. 설명을 해 보자면, 당연히, 우리의 숫자가 신도들의 수보다 많았기에 그들을 겁내지 않았다. 자선을 받은 사람은 그들의 후원자를 거의 언제나 싫어한다-이는 인간 본성에 고정된 성질인데, 이 사람 뒤에 오십 명에서 백 명의 사람들이 있을 때는, 이런 성질을 보여 줄 것이다.

저녁이 되어, 공짜 차를 마신 뒤, 우연찮게 패디는 '빈 차 봐주기'일로 8펜스를 벌 수 있었다. 정확히 하룻밤은 더 잘 수 있는 돈이었다, 우리는 돈을 챙겨두고 다음 날 저녁 아홉 시까지 굶었다. 우리에게 음식을 줄 수 있었을지도 모를, 보조는, 하루 종일 밖에 나가 있었다. 도로가 질퍽했기에, 보조는, 이미 알아 둔 장소가 있는, 엘레판트 엔 캐슬 거리로 갔다. 운이 좋게도 나에겐 담배가 남아있었고, 그렇게 더 나쁠 수 있던 날이 지나갔다.

여덟 시 반이 되어 패디는 나를 템스 강둑으로 데리고 갔다, 성직자가 일주일에 한 번 무료식권을 나눠준다고 알려진 장소였다. 채링 크로스 다리 밑에 오십 명의 사람들이 기다리고 있었는데, 다들 푸들같이 떨고 있었다. 그 중 몇몇은 지독히도 형편없는 상태였다, 강둑에서 자는 사람들이었고, 템스 강둑은 수용소보다 더 최악으로 기억에 남는다 그 중 한 명은, 단추가 없는 외투를 입고, 외투를 밧줄로 동여 멨다, 넝마 바지에, 발가락들이 신발 밖으로 튀어나왔다, 넝마 그 자체였다. 그의 수염은 이슬람의 고대 수행자처럼 자라 있었고, 기차 기름과 비슷한 흑색의 더러운 오물을 가슴과 어깨에 뒤집어쓰고 있었다. 먼지를 뒤집어쓴 그의 머리 밑으로 보이던 것은 악성질병 환자의 표백된 종이처럼 창백한 얼굴이었다. 그가 말하는 걸 들어보니, 꽤 괜찮은 억양을 가지고 있었다. 점원 아니면 매장 감독관 같았다.

성직자가 모습을 나타냈고, 사람들은 그들이 도착한 장소에 모여든 순서

대로 줄을 서기 시작했다. 성직자는, 친절하고, 통통한, 젊은 남자였다. 정말 기묘하게도, 파리에 있는, 내 친구 찰리와 닮아있었다. 그는 수줍음을 타며 부끄러워했다, 짧은 저녁 인사 외에는 다른 말도 하지 않았다. 그저 서둘러 줄을 따라가며 각 사람들에게 식권만을 찔러 넣어주었고, 감사하다는 말은 기다리지도 않았다. 이런 행동의 결과로, 처음으로, 진심 어린 감사함이 있었다. 모든 사람들이 이 성직자를-괜찮은 친구라고 칭찬했다. 누군가가(성직자도 분명 들었을 것이다) 이렇게 외쳤다. '이런, 저 사람 주교는 절대 못 되겠군!' 이 말의 의도는, 당연하지만, 따뜻한 칭찬이었다.

식권의 가격은 6펜스 정도였고 멀지 않은 값싼 식당이 쓰여 있었다. 우리가 도착한 곳의 주인장은, 부랑자들이 다른 곳은 못 간가는 걸 알고, 각 식권마다 4페니 정도의 음식만을 내주며 등을 쳐 먹었다. 패디와 나는 같이 식권을 냈고, 다른 커피숍에서 6펜스나 8펜스어치에 해당하는 음식을 받아 들었다. 성직자는 1파운드가 넘는 식권을 나누어 주었는데, 주인장은 여기서 일주일에 7실링 또는 그 이상을 부랑자들에게 등쳐 먹었다. 이런 부당함은 부랑자들의 삶에 당연한 부분이고, 돈이 아닌 식권을 부랑자들에게 주는 한 언제고 이어질 수밖에 없을 것이다.

패디와 나는 여인숙으로 돌아왔다, 여전히 배가 고팠고, 주방에서 어정거리며, 음식을 불의 따스함으로 대체했다. 열 시 반이 지나자 보조가 돌아왔고, 초췌한 모습으로 피곤에 절어있었다, 짓이겨진 발이 걸음조차도 극도의 고통으로 만들었기 때문이다. 그는 바닥에 그림을 그리고 한 푼도 벌지 못 했다. 보호소 밑 자리들은 이미 누군가가 이미 선점했고, 그는 경찰들의 눈치를 봐가며, 구걸을 할 수밖에 없었다. 8펜스를 모아서 왔지만-숙박료 1펜스가 부족했다. 방세를 낼 시간은 이미 한 참 지났고, 대리인이 보지 않을 때 몰래 자는 수밖에 없었다. 걸리기라도 하면 쫓겨나고, 강둑에서 잠을 자야 했다. 보조는 주머니에서 자신의 물건들을 꺼내 살펴보며, 무엇을 팔지 고민했다. 면도기를 팔기로 결심했고, 그것을 들고 주방을 한 바퀴 돌았다. 몇 분 후 면도기를 3펜스에 팔았다-차 한 잔을 마시고, 숙박료를 낸 후 반 페니를 남기기에 충분했다. 보조는 차를 들고 불 옆에 앉아 옷을 말렸다. 그가 차를 마시며 혼자 웃는 게 보였다, 재미있는 농담에 웃는 것 같았다. 놀란 나는, 뭐가 그리 웃기냐고 물었다.

'우라질 웃기지!' 그가 말하길, '한 대 맞은 것처럼 웃겨. 내가 방금 뭘 한 것 같아?'

'무엇 말인가?'

'면도도 하지 않고 면도기를 팔다니, 하필이면 이렇게 멍청한 짓을 했어!'

그는 아침부터 아무것도 먹지 못 했고, 몇 마일을 꺾인 다리로 걸었다. 옷은 전부 젖어 있었고 그와 굶주림 사이에 남은 건 반 페니가 전부였다. 이 모든 악조건을 가지고도, 면도기를 잃은 것에 웃고 있었다. 이 사람을 존경하지 않을 수가 없었다.

34

다음 날 아침 우리의 돈은 끝이 나고 있었다. 패디와 나는 수용소를 향해 나섰다. 우리는 올드 켄트 가를 거쳐 남쪽으로 내려가, 크롬리 쪽으로 향했다. 런던수용소로는 갈 수가 없었다. 패디가 최근 런던수용소 중 한 곳에 갔었기에 위험을 감수하고 싶지 않았다. 16마일의 아스팔트로 된 땀 빼는 언덕이었고, 배는 몹시 고팠다. 패디는 거리를 살피며, 수용소에서 보낼 동안 필 담배꽁초를 비축했다. 마침내 그의 인내심이 보상을 받았다. 패디가 1페니를 주었다. 퀴퀴하게 냄새 나는 큰 방 한 덩이를 샀고, 걸어가며 게걸스레 먹어 치웠다.

크롬리에 도착했을 때는, 수용소에 가기는 너무 일렀다. 그렇게 몇 마일을 더 걸어, 앉을 수 있는, 목초지 근처의 농장에 갔다. 부랑자들의 자주 모이는 쉼터였다-그들이 남기고 간 눌린 풀, 젖은 신문지들, 녹슨 깡통들을 보고 단 번에 알 수 있었다. 다른 부랑자들도 한 두 명씩 모여들었다. 날씨는 화창한 가을 날씨였다. 근처에, 쑥국화가 자라고 있었는데, 부랑자들의 냄새를 잔뜩 뒤집어쓴 쑥국화들의 톡 쏘는 악취가 지금도 나는 듯하다. 목초지의 입구에는 황적갈색의 갈기와 꼬리를 가진 건장한 말 두 마리가 풀을 뜯고 있었다. 우리들은, 목초지에 여기저기 흩어져, 지치고 땀에 젖은 채, 뻗어 누웠다. 누군가가 마른 나뭇가지들을 모아 불을 지피는 데 성공했고, 깡통에 든 우유 없는 차를 돌려가며 마셨다.

몇 명의 부랑자들이 이야기를 하기 시작했다. 그 중, 빌은, 웃긴 사람이었는데, 오랜 시간을 뼛속까지 거지신세로 지낸 늙은이였고, 헤라클레스만큼 힘이 세고 성실성의 적이었다. 그는 그가 가진 힘으로 건설현장에서 언제고 일을 구할 수 있다고 자랑했다, 하지만 첫 주급을 받아 쥐는 순간 술을 진탕 마시고 잘리기가 일수였다. 그 사이사이에는 '구걸'을 했다, 대상들은 주로 가게 주인들이었다.

'켄트까지는 안가-켄트, 켄트는 힘든 동네야. 켄트는, 거지가 너무 많아. 빵가게 주인들은 거지들에게 빵을 주기보다 그냥 버려. 옥스퍼드, 옥스퍼드야 말로 구걸 하기 좋은 동네지. 옥스퍼드에선 빵도 구걸 하고, 베이컨도 구걸 하고, 고기도 구걸 하지, 그리고 숙박비 6펜스는 매일 밤 학생들한테 구걸 하고 말이야. 마지막 밤에는 방세 3펜스가 부족하더군, 그래서 주임 목사한테 가서 3펜스를 구걸 했지. 3펜스를 주고는, 돌아서자마자 경찰에게 일러바치더군. '구걸 하고 있었나?' 경찰이 물었어, '아니요, 그렇지 않습니다.' 내가 답했어, '저 신사분에게 시간을 물어본 것뿐입니다.' 경찰이 내 외투 주머니를 뒤지더니, 고기 1파운드, 빵 두 덩이를 꺼내더군, '그럼 이건 뭐야?', '경찰서로 따라와.' 판사가 칠 일을 때렸어. 그 뒤로 목사들한테는 절대 구걸 안 하지. 이런 젠장! 뭐 때문에 칠 일이나 썩어야 하는 거냐고?' 이런 일화들이 주를 이루었다.

그의 인생 자체가 구걸, 술, 구금인 듯했다. 이런 것들을 대단한 농담쯤으로 받아들였다, 말을 하면서도 껄껄 웃었다. 그의 모습은 제대로 빌어먹지도 못 한 행색이었다. 코르덴 정장, 목도리, 그리고 모자만 쓰고 있었을 뿐-양말은 신지도 않았었다. 그럼에도, 뚱뚱하고 쾌활했다, 게다가 맥주 냄새도 났다, 요즘 세상에 부랑자들에게서는 제일 맡기 힘든 냄새다.

두 명의 부랑자는 최근 크롬리 수용소에 다녀왔다 했고, 수용소와 관련된 유령 이야기를 해주었다. 일년 전, 그들 말로는, 그곳에서 자살사건이 있었다고 한다. 부랑자 한 명이 면도기 하나를 몰래 숨겨 들어갔고, 자신의 목을 그은 것이다. 아침에, 부랑자 대장이 방문을 열어주고 다녔는데, 시체가 문에 기대고 있었기에, 문을 열 때 시체의 팔을 분질러야 했다. 부러진 팔에 대한 복수로, 유령은 방을 떠나지 않았고, 누구든 그 방에서 잔 사람이라면 일년 안에 죽게 되었다. 당연히, 방대한 사례들이 존재했다. 문을 열 때 한 번 걸린다면, 그 방은 전염병같이 멀리해야 한다, 유령이 썬 방이기 때문이다.

선원이었던 다른 부랑자들도 소름 끼치는 이야기를 해 주었다. 한 남자가 (그들이 알던 남자라고 맹세했다) 칠레로 가는 배에 밀항을 계획했다. 숨기로 한 장소는 공산품들이 잔뜩 담긴 거대한 나무 상자였고, 한 일꾼의 도움으로 이 상자 중 하나에 몸을 숨겼다. 하지만 이 일꾼의 실수로 상자가 선적되는 순서가 바뀌었다. 기중기는 이 남자가 든 상자를 집어 들고, 높이 들어 흔들고는, 가장 바닥에 깔았다, 수 백 개의 상자가 그 위로 쌓였다. 항해가 끝날 때까지 아무도 무슨 일이 벌어졌는지 몰랐고, 그들이 찾아낸 건 질식사한 남자의 썩은 시체였다.

또 다른 부랑자는 스코틀랜드사람, 길데로이에 관한 이야기를 했다. 길데로이는 사용을 언도 받고, 탈출해서, 자신에게 사형을 언도한 판사를(멋진 친구 같으니!) 잡아 목을 매었다. 부랑자들은 이 이야기를 좋아했다, 하지만 재미있는 점은 부랑자들이 전부 잘 못 알 고 있다는 것이다. 그들의 길데로이는 아메리카 대륙으로 도망을 쳤지만, 현실세계의 길데로이는 다시 체포되어 죽임을 당했다. 이야기는 수정된 것이고, 누군가 일부러 살을 붙인 것이다. 어린아이들이 상상력을 발휘해 삼손과 로빈 후드의 이야기가 행복하게 마무리되길 원하며 고치 듯 말이다.

이 상황은 부랑자들이 역사에 관한 이야기도 하도록 만들었다. 아주 늙은 부랑자는 ''동물소유주법'이 예전 귀족들이 사슴 대신 사람을 사냥하던 시절의 잔재라고 주장했다. 몇몇은 그를 비웃었지만, 이 사람의 머릿속에는 이 생각이 확고하게 자리 잡고 있었다, 거기에 곡물 조례법과 영주의 초야권(진짜로 존재했었다고 믿었다) 대해서도 들은 적이 있다고 했다. 대 반란에 대해서도 들었다고 했는데, 이를 부자들에 대항한 빈자들의 반란으로 알고 있었다, 아마도 농민봉기와 헷갈린 듯하다. 나는 그가 읽을 수 있는 사람인지도 의심이 들었다, 분명 신문의 어떤 기사들을 읽고 하는 소리가 아니었다. 이 남자만의 역사조각들은 부랑자들이 세대를 거듭하며 전달된 이야기들이었다, 몇 세기를 걸쳐 구전되었을지도 모른다. 중세시대의 희미한 메아리가, 지금까지도 구전으로 이어지고 있는 것이다.

패디와 나는 저녁 여섯 시에 수용소로 들어갔고, 다음 날 아침 여덟 시에 문 밖을 나섰다. 수용소는 롬튼과 에드버리와 다를 바가 없었고, 유령에 관한 어떤 것도 볼 수 없었다. 부랑자들 중에 윌리엄과 프레드라는 남자 둘이 있었는데, 노포크의 어부였다. 이 둘은 활기가 넘치는 한 쌍이었고, 노래하기를 좋아했다. 이 두 남자는 '불행한 벨라'라는 노래를 불렀는데 이 곳에 적을만한 가치가 있는 노래다. 그 들이 이 노래를 이틀 동안 여섯 번 정도 들을 수 있었고, 나는 노래를 암기해 두었다. 한 두 마디는 잘 기억이 나지 않지만, 노래는 이렇게 흘러간다.

푸른 눈과 금발의 벨라는 젊고 어여뻤다네,

오 불행한 벨라!

발걸음은 가볍고 심장은 명랑하구나

하지만 철없던 그녀, 어느 화창한 날

사악하고, 잔인한, 못 된 사기꾼의 아이를 임신했다네

불쌍한 벨라 너무 어려, 세상이 힘들고 남자들은 속인다는 걸 안 믿었네

오 불행한 벨라!

벨라 말하길, '내 남자는 그리 할 거예요 그게 공정하니까요, 당장 나와 결혼할 거예요,

왜냐면 그렇게 해야 하니까요.'

그녀의 심장은 사악하고, 잔인한, 못 된 사기꾼을 진심으로 사랑으로 믿었네

이 더러운 스컹크 같은 놈의 집으로 갔지

이미 짐을 싸서 달아났네

오 불행한 벨라

집주인 말하길, '당장 꺼져, 이 창녀야,

다시는 얼쩡거리지도 마.'

불쌍한 벨라 사악하고, 잔인한, 못 된 사기꾼 때문에 상처 입었네

밤 지새우며 잔혹한 눈 속 방황했네

어떤 고통을 겪었는지는 아무도 모르지,

오 불쌍한 벨라!

새벽녘 붉게 물들 때,

아아, 아아, 불쌍한 벨라 죽었네

사악하고, 잔인한, 못 된 사기꾼이 한 참 어린 그녀를 외로운 침대로 보내
버렸네

자 이제, 알겠는가, 해야 할 걸 하게,

죄의 열매들은 여전히 고통 받고 있지,

오 불쌍한 벨라!

사람들이 그녀를 낮은 곳에 눕힐 때,

남자들은 이리 말하네, '아아, 하지만 인생은 원래 그런걸.'

하지만 여자들은 낮고 달콤한 목소리로 구호를 외치지

'모두 남자들 때문이야, 이 더러운 자식들아!'

미상의 여성이 쓴 가사 같다, 아마도.

노래를 한 가수인 프레드와 윌리엄은, 부랑자들이 악평을 듣게 하는, 순전히 말썽쟁이들이었다. 이 둘은 크롬리 수용소의 부랑자 대장에게 헌 옷들이 있고, 그 옷들을 필요한 부랑자들에게 나눠 주는 걸 알게 되었다. 그들은 수용소에 들어가기 전 신발을 벗어 이음매와 구두 밑창을 갈기갈기 찢었다, 거의 신지 못 할 정도로 망가뜨렸다. 그 신발들을 부랑자 대장에게 보이고 신발 두 짝을 요청했다, 부랑자 대장은, 이 둘의 신발이 말이 아닌 걸 보고, 거의 새것에 가까운 신발 두 켤레를 내주었다. 둘은 새로 받은 신발을 1실링 9펜스에 팔기 전까지 수용소를 떠나지 않았다. 두 사람에게는 1실링 9펜스가 자신들의 신발을 못 신게 만들 정도로 가치가 컸던 모양이다.

수용소를 나옴과 동시에, 우리들은 남쪽으로 가기 시작했다, 구부정한 행렬은, 로우 빈필드와 아이드 힐로 향했다. 가는 길에 두 부랑자의 싸움이 있었다. 두 부랑자는 밤새 실랑이를 벌였는데(말도 안 되는 전쟁 개시 이유가 있었다, 한 명이 '새빨간 구라'라고 한 말을 다른 한쪽이 '빨갱이'라는 말로 알아들은 것이다-지독한 모욕이다) 평야에서 싸움이 붙었고, 우리들은 둘러싸고 구경했다. 뇌리에 남는 장면은 하나였다- 맞은 남자가 쓰러지며 모자가 벗겨졌고 완전한 백발이 보였다. 그러자 몇몇이 끼어들어 이 둘의 싸움을 말렸다. 그 와중에 패디는 이유를 알아내고 있었다. 실랑이의 진짜 이유는, 통상 그렇듯, 몇 페니도 안 되는 음식이었다.

로워 빈필드에 일찍 도착했고, 패디는 뒷문들을 돌며 일자리를 찾는 것으로 시간을 채웠다. 한 집에서 땔감으로 쓰게끔 잘게 부스라며 나무상자들을 던져 주었다. 패디가 밖에 친구가 한 명 더 있다고 말해 주었고, 나를 데려가 함께 일했다. 일이 끝날 때 집주인이 우리에게 차를 가져다 주라고 가정부에게 말했다. 여자가 겁에 질려 차를 가져오던 모습이 기억난다, 오는 길에 용기를 잃어 차를 길에 두고, 허겁지겁 뛰어 집으로 도망가서는, 주방에 몸을 숨겼다. '부랑자'라는 이름이 이렇게 무서운 것이다. 각자에게 6펜스를 지급했다, 우리는 3펜스어치의 빵과 반 온스의 담배를 사고, 5펜스를 남겼다.

패디는 5펜스를 묻는 게 현명하다고 생각했는데, 로워 빈필드의 부랑자 대장은 폭군으로 명성이 자자했고 돈을 보기라도 하면 우리를 들여주지 않을 수도 있었기 때문이다. 부랑자들이 돈을 땅에 묻는 건 일반적인 일이다. 많은 돈을 숨겨 들어가려고 할 때는 옷가지에 꿰매 두는데, 걸리면, 당연히, 감옥에 갈 수도 있다. 패디와 보조는 이와 관련된 흥미로운 이야기를 하고는 했다. 한 아일랜드 사람이(보조는 아일랜드 사람, 패디는 영국 사람이라고 했다), 부랑자는 아니었다, 30파운드를 가지고 있었는데, 작은 마을에 발이 묶여 잠자리를 구할 수 없었다. 이 남자는 부랑자에게 방법을 물었고, 이 부랑자는 구빈원에 가보라고 충고해주었다. 매우 흔한 일이다, 잠자리를 구할 수 없을 때는, 구빈원에 가서 어느 정도의 숙박료를 내고 잠을 잘 수 있다. 하지만, 이 아일랜드 사람은, 머리를 굴려 공짜로 잠자리를 얻을 생각을 했고, 평범한 부랑자인척 행세를 했다. 돈은 옷 속에 꿰매 두었다. 그러던 중 구빈원에 가보라고 충고해준 부랑자가 기회를 포착했고, 그날 밤 부랑자 대장에게, 직장을 알아봐야 한다며, 아침 일찍 가도 된다는 허락을 받아냈다. 아침 여섯 시에 부랑자는 풀려나-이 아일랜드 사람의 옷을 입고- 수용소를 떠났다. 아일랜드인은 절도에 대해 항의했고, 부랑자 행세를 하며 구빈원에 갔다는 사기죄로 30일을 구금 당했다.

35

로워 빈필드에 도착한 우리들은, 정문에 선 농부들의 시선을 받으며, 풀밭에 오랫동안 누워 있었다. 한 성직자와 그의 딸은 우리 쪽으로 와서는, 우리가 수족관의 물고기라도 되는 냥, 한 동안 조용히 쳐다 보고는, 다시 돌아갔다. 많은 사람들이 기다리고 있었다. 프레드와 윌리엄도 있었는데, 아직도 노래를 부르고 있었다, 오는 길에 싸웠던 남자, 거지 빌도 있었다. 빌은 빵가게 주인에게 구걸 하던 중이었고, 맛이 간 빵을 꽤 얻어내 자신의 맨몸과 외투 사이에 집어넣었다. 빌은 빵을 나눴고, 우리는 감사해했다. 무리에는 여자도 한 명 있었는데, 처음 보는 여자 부랑자였다. 바닥까지 끌리는 긴치마를 입은 이 여자는, 뚱뚱한 체구에, 허름하고, 아주 더러운 행색을 한 60세 정도의 여자였다. 대단히 품위가 넘치는 여자로, 누군가 옆에 안기라도 하면 코를 킁킁 거리며 멀리 떨어진 곳으로 자리를 옮겼다.

'어디로 가십니까, 여사님?' 부랑자 중 한 명이 크게 외쳐 물었다.

여자는 콧방귀를 뀌며 먼 곳을 바라보았다.

'이러지 마쇼, 여사님, ' 남자가 말을 이었다, '기운 내시고. 다정하게 굽시다. 여기 우리 모두 같은 처지 아니오'

'고맙군요, ' 여자가 뾰로통하게 대답했다, '당신네 부랑자 무리에 섞이고 싶어 지면, 내 알려 드리리다, '

나는 부랑자라고 말하는 그녀의 어투가 마음에 들었다. 마치 순식간에 온전히 다른 영혼을 보여주는 것 같았다. 이 작고, 보수적인, 여성스러운 영혼은, 거리의 생활 몇 년 동안 아무것도 바뀌지 않은 것이다. 그녀는, 분명, 존경 받던 미망인이었을 것이고, 터무니없는 사건으로 부랑자가 됐을 것이다.

수용소는 여섯 시에 문을 열었다. 그 날은 토요일이었기에, 주말을 그곳에서 갇혀 있어야 했다, 통례가 그랬다. 왜인지는, 나도 모른다. 일요일은 뭔가 불편해야 한다는 막연한 기분 때문이 아닐까 한다. 등록을 할 때 직업을 '기자'라 적었다. '화가'보다는 더 솔직한 대답이었다, 예전에 신문사에 글을 써주고 돈을 벌었던 적이 있었기 때문인데, 멍청한 짓이었다, 여러 가지 질문에 대답을 해야만 했다. 수용소에 들어가자마자 검사를 받기 위해 줄을 섰는데, 부랑자 대장이 내 이름을 불렀다. 남자는 40세 전후의 뻣뻣한 군인 같았다, 퇴역 군인의 무뚝뚝함은 있었지만, 소문처럼 고약해 보이지는 않았다. 날카롭게 질문했다.

'아무개가 누구지?' (어떤 이름을 썼는지 기억이 나질 않는다)

'접니다.'

'그래 기자라고?'

'그렇습니다.' 떨리는 목소리로 대답했다. 질문과 사실이 달라 내가 거짓 말한 게 되면 감옥에 갈 수도 있었다. 하지만 부랑자 대장은 나를 위아래로 단지 훑어 보기만 했다.

'그럼, 자네는 신사로군.'

'그런 것 같습니다.'

다시 한번 나를 길게 쳐다보았다. '그거 참, 운이 없군 그래,' 그리고는 다시 말했다, '정말 지지리도 운이 없어.' 그 후로 나를 부당한 편애로 대해 주었다, 심지어는 존중 같은 것도 곁들였다. 나를 검사하지도 않았고, 욕실에서는 깨끗한 수건도 주었다-전례가 없는 호사였다. '신사'는 퇴역 군인의 귀에는 영향력 있는 단어였다.

일곱 시까지 방안에서 빵과 차를 먹어 치웠다. 우리는 같은 방에서 잤다, 침대와 밀짚 요가 있었기에, 잠을 편히 잘 수 있을 듯했다. 하지만 완벽한 수용소는 없다, 로워 빈필드의 이상한 결핍은 난방이었다. 온수관은 작동을 하지 않았고, 주어진 두 장의 담요는 얇은 면이어서 쓸모가 없었다. 몸을 이리저리 굴리며 그 긴 열두 시간을 보냈는데, 잠깐 잠이 들었다가도 추위에 떨며 다시 깼다. 담배도 필 수 없었다, 담배를 숨겨 들어오기는 성공했으나, 우리의 옷은 아침에나 찾을 수 있었다. 복도 전체에 고통으로 신음하는 소리와, 가끔은 욕설의 외침이 울렸다. 내 생각엔, 단 한 명도, 한 시간에서 두 시간 이상은 못 잤을 것이다.

아침에는, 아침식사와 의사 진료 후에, 부랑자 대장은 우리를 식당에 몰아넣고 밖에서 문을 잠갔다. 회색 칠 된 벽에, 돌 바닥 식당은, 송판 탁자와 긴 의자밖에 없었다, 말도 안 될 정도로 따분한 곳이었다, 그리고 교도소 냄새도 났다. 철창은 너무 높아 밖을 볼 수 없었고, 시계도 장식품이나 수용소 규칙을 적어둔 종이도 없었다. 팔을 다닥다닥 붙이고 앉았는데, 아침 여덟 시밖에 안 됐음에도, 이미 지루함에 질려있었다. 할 것도, 말할 것도, 심지어 움직일 공간도 없었다. 유일한 위안은 담배를 피우는 거였다, 피다 걸리지만 않으면 어느 정도는 묵인해 주었다. 글래스고 지방의 사투리 억양을 가진 털 많은 부랑자, 스코티는, 담배가 없었다, 검사를 받는 동안 신발에서 담배꽁초 통이 떨어졌고 압수를 당했기 때문이다. 담배를 함께 말기를 권했다. 몰래 같이 피웠고, 부랑자 대장이 오는 소리가 들리면, 마치 학생같이, 담배를 주머니에 재빨리 찔러 넣었다. 부랑자들은 이 삭막하고, 볼 것조차 없는 방에서 열 시간을 꾸준히 있어야만 했다. 대체 어떻게 견딜 수 있었는지. 부랑자 대장은 몇몇의 사람에게 잡일을 시켰고, 나를 뽑아 구빈원 식당에 보냈다. 모든 잡일 중에 가장 선망되는 일이었다. 이것 또한, 깨끗한 수건처럼, '신사'라는 단어의 부적이 가져 다 준 것이다.

주방에서 할 일은 없었다. 나는 감자를 보관하는 조그마한 창고로 몰래 들어갔다. 구빈원의 극빈자들이 일요일 아침 일을 피해 빈둥거리고 있었다. 편하게 앉을 수 있는 포장용 상자와, 날짜가 지난 신문지들도 있었고, 심지어는 구빈원 도서관에서 가져온 잡지도 있었다. 그들이 말하길, 다른 그 어떤 것보다 구빈원에서 가장 싫은 건, 자선의 치욕 같은 것으로, 구빈원 복장이라고 했다. 만약 자신들이 평소에 입는 옷이나, 아니면 모자 그리고 목도리라도 걸칠 수 있다면, 극빈자여도 신경 쓰지 않는다 했다. 저녁은 구빈소 식당에서 먹었는데, 보아 뱀이 먹을 법한 성찬이었다-호텔 X의 첫날 이후로 가장 양이 많은 식사였다. 구빈원 극빈자들은 일요일만큼은 으레 목구멍까지 차게 먹을 수 있었지만 다른 평일들은 충분히 먹지 못 했다. 저녁을 먹고 나서 주방장은 나에게 접시를 닦고 남은 음식을 버리라 했다. 낭비는 믿기 힘들 정도였다. 상황을 감안하면, 충격이었다. 반만 먹은 고깃덩어리, 소쿠리에 가득 담긴 먹다 남은 야채와 빵, 다른 쓰레기들과 같이 함께 던져져 홍차잎들과 함께 버무려졌다. 나는 다섯 개의 쓰레기통을 멀쩡한 음식들로 흘러 넘치도록 채웠다. 내가 이러는 동안, 일요일의 성찬으로 나온 빵과 치즈, 그리고 식어빠진 감자 두 알을 먹은 오십 명의 부랑자들이 반 즘 배를 곯고 있었다. 극빈자들에 의하면, 부랑자들에게 음식을 주지 않고, 음식을 버리는 건 의도적인 정책이라 했다.

세 시가 되어 수용소로 돌아갔다. 팔도 못 움직이는 공간 속에, 부랑자들은 아침 여덟 시부터 앉아 있었다. 그리고 지루함에 이미 반은 미쳐있었다. 담배도 다 떨어져 있었다, 바닥에서 주운 꽁초를 모아 만든 것이기 때문이었다, 게다가 거리에서 몇 시간이나 떨어져 있던 것보다 더 배고파했다. 대부분의 사람들은 너무 지루한 나머지 말도 안 했다, 쳐다볼 것도 없이, 그저 의자에 뭉쳐 앉아 있었다. 그들의 덥수룩한 얼굴은 거대한 하품으로 두 조각으로 분리되었다. 따분함의 악취가 났다.

패디는, 딱딱한 의자 덕분에 등을 아파했고, 음울해 있었다, 시간을 보내고자 나는 상급 부랑자와 말을 섞었다, 그의 말로는, 도구가 부족해서, 거리에 나앉게 된 옷깃에 넥타이를 맨 젊은 목공이었다. 그는 다른 부랑자들에게 냉담한 태도를 유지했고, 본인은 부랑자가 아닌 자유인이라 했다. 문학적 취미도 있어서, '퀜틴 듀라드'를 주머니 속에 넣고 다녔다. 그리고 자신은 배가 너무 고프지 않은 이상 수용소에는 절대 오지 않고 건초 더미나 수풀에서 자기를 선호한다 했다. 남자는 남쪽 해안을 따라 낮에는 구걸을 하고 밤에는 오두막에서 자기를 몇 주간 해왔다.

그와 나는 거리의 삶에 대한 대화를 나누었다. 그는 부랑자를 열네 시간 동안 수용소에 머물게 하고 다른 열 시간은 경찰들을 피해 거리를 배회하는 체제를 비판했다. 연장을 사기 위한 몇 파운드를 얻어 보고자 육 개월 동안 생활보호대상자로 지낸 본인 사례도 이야기해 주었다. 그의 말로는, 멍청한 짓이었다고 한다.

그리고 그에게 버려지는 구빈소의 주방음식물과 내가 어떻게 생각하는지 말해 주었다. 그러자 남자의 어조가 즉각 바뀌었다. 내가 모든 영국노동자 안에 잠들어있는 교회신도를 깨운 게 보였다. 그도 지금까지 다른 부랑자들처럼 굶주려 왔음에도 부랑자들에게 주어지기보다는 음식이 버려져야 하는 이유를 단번에 들이밀었다. 매섭게 나를 꾸짖었다.

'그렇게 해야만 합니다, ' 그가 말했다, '이런 장소를 너무 편하게 만들면, 나라의 모든 인간쓰레기들이 떼 지어 몰려오게 합니다. 썩은 음식만이 이런 인간쓰레기들을 쫓아낼 수 있어요. 여기 이 부랑자들은 너무 게을러요, 이 자식들이 잘 못 된 거예요. 이런 자식들을 부추겨 주면 안 돼요. 인간쓰레기들입니다.'

나는 그가 틀렸다고 반박하려 했지만, 그는 들으려 하지 않았다. 자기 할 말만 반복했다.

'여기 이 부랑자들에게 연민 따위 품지 마세요-인간쓰레기들, 그게 이 자식들이에요. 당신과 나 같은 사람을 위한 잣대로 저 사람들을 평가하면 안 됩니다. 인간쓰레기들입니다, 그저 인간쓰레기예요.'

교묘하게 자신을 '이런 부랑자들'과 분리하려는 걸 보고 있자니 재미 있었다. 이 남자는 거리에 나앉은 지 육 개월이 지났음에도, 신의 눈으로 보자면, 그렇게 암시하려는 듯했다, 그는 부랑자가 아니었다. 내 생각에는 자신이 부랑자가 아님에 신께 감사하는 부랑자가 꽤 많을 것이다. 이들은 마치 여행객 같다, 다른 여행객들을 욕하는 여행객들 말이다.

세 시간이 느릿느릿 지나갔다. 여섯 시에 저녁식사가 도착했는데, 도저히 먹을 수 없는 음식이었다, 빵이 아침에는 먹을 수 있을 정도로 단단했지만 (토요일 밤에는 조각으로 나뉘어 나온다), 저녁 것은 건빵처럼 단단했다. 다행히도, 양념이 발라져 있었고, 우리는 그 부분을 긁어내어 그 부분만 먹었다, 안 먹는 것보다는 몇 배 나았다. 여섯 시 십오 분이 지나, 새로운 부랑자들이 들어오기 시작했다, 다른 날 들어온 부랑자들과 섞이지 않기 위해(전염병 때문이다) 신입들은 우리가 썼던 방으로 보내졌고 우리는 기숙사로 보내졌다. 헛간 같은 기숙사에는 30개의 침대가 근접해 붙어있었고, 욕조는 소변기로 쓰였다. 지독한 악취가 났고, 한 늙은 남자는 밤새 기침하고 일어나기를 반복했다. 그럼에도 많은 사람으로 가득 찬 덕분에 방이 따뜻했고 그나마 얼마간은 잠을 잘 수 있었다.

새로운 의료진료 후 점심용 빵 한 덩어리와 치즈를 받아 들고 우리들은 아침 열 시에 해산했다. 윌리암과 프레드는, 몇 실링을 쥐고 있다는 자신감에, 수용소 철책에 빵을 꽂아 넣었다-그들은, 이를 저항이라고 했다. 켄트 수용소 다음으로 그들을 들들 볶은 수용소이며, 말도 안 되는 헛일로 생각했다. 둘은, 부랑자임에도, 쾌활한 영혼들이었다. 한 천치는(모든 부랑자 무리 중에는 한 명의 천치가 있다), 부랑자 대장이 떼어내어 걷어차기 시작할 때까지, 너무 피곤해서 걷지 못한다며 수용소 철창에 매달려 있었다. 패디와 나는 북쪽으로 몸을 돌렸다, 런던 쪽이었다. 대부분의 다른 사람들은 아이드 힐로 향했다, 영국에서 최악의 수용소로 소문난 곳이다.

[*후에 한 번 가보았으나, 그리 나쁘지만은 않았다]

다시 화창한 가을 날씨였다, 거리는 한 산 했고, 몇 대의 차만이 지나다녔다. 수용소의 배수구, 땀, 그리고 비누 냄새가 섞인 악취 뒤에 맞는 공기는 달콤한 들장미 향기 같았다. 거리를 걷는 부랑자는 우리 둘이 전부 인 듯했다. 그러다가, 뒤에서 누가 황급히 달려오며 부르는 소리가 들렸다. 글래스고의 부랑자, 스코티였다, 숨을 헐떡이며 우리를 쫓아왔다. 주머니에서 녹이 슨 깡통을 꺼내 들었다. 은혜를 갚는 사람처럼 친근한 미소였다.

'여깄네, 친구' 그가 다정하게 말했다. '담배꽁초를 빚졌어, 어제 나한테 담배를 권했으니까 말이야. 아침에 나올 때 부랑자 대장이 담배꽁초 통을 돌려줬어. 도움을 받았으면 갚아야지-여기 받아, '

그러고는 내 손에 흠뻑 젖어, 일그러지고, 형체를 알아볼 수 없는 담배꽁초 네 개를 올려놓았다.

36

부랑자들에 대한 보편적인 의견을 적어두고 싶다. 이들에 대해 생각해 보면, 부랑자들은 기묘한 결과물이고 자세하게 들여다볼 필요가 있는 사람들이다. 수 천 명이 존재하는, 이 한 무리의 부족이, 방랑하는 유대인들처럼 영국 전역을 방랑하는 건 어딘가 괴상하다. 이런 사태는 분명 심사숙고가 필요함에도, 특정 편견을 깨기 않으면 어떤 생각조차 시작할 수가 없다. 우리들의 머릿속에 박힌 편견으로, 그들이 사는 삶 때문에, 부랑자들을 불한당으로 인식된다. 어린 시절부터 우리는 부랑자를 불한당으로 배워왔다, 교육의 결과로 일종의 부랑자의 이상형과 전형이 우리들의 머릿속에 이렇게 박혀있다-역겹고, 심히 위험한 생명체, 일을 하거나 씻기보다는 차라리 죽음을 택할 사람들, 원하는 것이라곤 구걸뿐이고, 하는 일은 취해서 닭장을 터는 사람들. 부랑자 괴물은 잡지 소설 속의 사악한 중국인보다 더 사실이 아니다, 편견을 깨기가 어려운 거다. 부랑자라는 단어는 그들의 모습을 떠올리게 한다. 이런 믿음들은 노숙자법에 던져야 할 진짜 질문을 모호하게 한다.

노숙에 관한 근본질문을 던져보자. 애초에 왜 노숙자가 존재할까? 궁금한 질문이다, 하지만 소수만이 무엇이 부랑자들을 거리로 내모는지 안다. 그리고, 부랑자괴물을 향한 믿음들 때문에, 기상천외한 의견들이 제시된다. 예를 들면, 부랑자들은 일을 기피하고, 구걸이 더 쉬워, 범죄의 기회를 찾으며, 부랑을 한다고 여겨진다. 심지어-그나마 개연성 있는 이유다-그들이 그저 떠돌기를 좋아해서 그렇다는 것이다. 심지어 어느 범죄학 책에서는, 부랑자들은 유전적 문제로 인류가 유목생활을 하던 시절로 돌아간 사람들이라고 한다. 하지만 부랑자가 생기는 명확한 원인은 아주 이해하기 쉽다. 당연히 부랑자들은 역유전으로 유목민이 된 게 아니다- 방문판매직 원들도 똑같이 원시유전을 가진 사람들이라고 말할 텐가. 부랑자들은 떠돌아다닌다, 좋아서 떠도는 게 아니다, 자동차들이 좌측통행을 하는 것과 똑같은 이유다, 법이 그렇게 강제하고 있다. 궁핍해진 사람들은, 행정 교구의 도움을 받지 못하면, 보호소에서 한 숨 돌릴 수밖에 없다, 그리고 각 보호소는 이 사람들에게 하룻밤만을 허용해 준다, 그렇게 자동적으로 계속 이동하게 된다. 그들이 노숙자법을 어기는 이유는, 현재의 법에 따라, 그리하지 않으면 굶기 때문이다. 하지만 사람들은 부랑자괴물을 믿게끔 양육되어 왔다, 그렇기에 사람들은 뭐가 됐던 그들이 악랄한 동기로 부랑자생활을 한다고 생각하는 쪽을 택한다.

실제로, 소수의 부랑자 괴물들만이 이 의문에 부합한다. 부랑자는 위험한 사람들이라는 통념에 대해 생각해 보자. 실제 경험을 떠나, 연역적 추리만으로도 아주 적은 수의 부랑자만이 위험함을 알 수 있다, 왜냐하면, 그들이 정말 위험한 사람들이었다면 그에 적합한 처우를 받고 있어야 하기 때문이다. 보호소들은 하룻밤에 백 명의 사람들을 맞이한다, 그리고 이 백명의 사람들은 최대 한 명의 직원과 최대 세 명의 수위가 통솔을 한다. 백명의 깡패들은 무장도 하지 않은 세 명의 수위로 통제되지 않는다. 실로, 스스로를 구빈원 직원들에게 괴롭힘을 받게끔 놔두는 부랑자들을 보고 있자면, 분명히 그들은 가장 유순하고, 더없이 상처받은 생명체들임이 명백해진다. 모든 부랑자들은 술고래라는 통념에 대해서도 생각해보자-표면적으로 보아도 터무니없는 통념이다. 말할 필요 없이 많은 부랑자들은 기회만 생기면 술을 마실 것이다, 하지만 애초에 그런 기회를 얻지도 못한다. 요즘 영국에서는 물처럼 묽은 액체가 맥주라 불리며 한 잔에 7펜스에 팔린다. 취하고자 한다면 최소 반 크라운이라는 돈이 든다, 매일같이 반 크라운을 어떻게든 쓸 수 있는 사람이라면 부랑자가 아니다. 부랑자들이 무례한 사회기생충('뼛속까지 거지')이라는 관념도 전적으로 근거가 없다, 매우 낮은 비율의 사례만이 사실일 뿐이다. 잭 런던의 책에서나 읽을 수 있는, 의도와 냉소가 낀 미국 부랑자들의 기생생활은, 영국인들의 성향이 아니다. 영국인들은 양심에 지배 받는 인종으로, 빈곤은 죄악이라는 강한 생각이 있다. 평균의 영국인 중 의도적으로 기생충이 되려는 사람이 있다는 건 상상하기 힘들다, 누군가가 직장에서 쫓겨났다고 할 지라도 이 국민성이 바로 바뀌는 게 아니다. 진정으로, 부랑자들이 일자리에서 쫓겨난, 법 때문에 떠돌이 생활을 하는, 영국인임을 기억한다면, 부랑자괴물은 사라지게 될 것이다. 당연히, 대부분의 부랑자들이 훌륭한 성품이라고 말하는 건 아니다. 그저 그들도 평범한 사람들이고, 다른 사람들보다 형편이 못할지라도 이는 결과가 그렇게 된 것뿐이지 그들이 살아온 삶의 방식이 문제가 아니다.

결과적으로 부랑자들에게 향하고 있는 '그들에게 엿 같은 대우를 해주자'라는 보편적인 태도는 노약자나 장애인들에게 같은 태도를 취하자는 것만큼 공정하지 못하다. 그들의 위치에 섞여 들기 시작하고, 그들의 삶이 어떤지 이해하게 된 사람으로서, 깨달은 게 있다. 정말 말 도 안될 정도로 공허하고 참으로 유쾌하지 못 한 삶이다. 보호소에 관한 묘사를 했지만-한 부랑자의 하루 생활이다- 이것보다 더 강조되어야 할 악독한 세 가지가 있다. 첫 번째는 굶주림이다, 거의 모든 부랑자들의 기본 운명이다. 보호소에서 음식을 주지만 배를 충분히 채우라고 주는 의도가 아닌 듯하다, 이 것 외에는 구걸로 얻어 낼 수밖에 없다- 이는 법을 어기는 행동이다. 결과로 태반의 부랑자들이 영양실조로 썩어가고 있다. 이에 대한 증명이 필요하다면 보호소 밖에 줄 선 사람들을 단 한 번이라도 보면 된다. 부랑자 생활의 두 번째 악독한 점은-첫눈에는 별 것 아닌 것으로 여겨질 수 있다. 하지만 첫 번째 문제만큼 심각하다-이들이 여자로부터 완전히 단절되어 있다는 거다. 이 부분은 자세한 기술이 필요하다.

부랑자들은 여자로부터 단절되어 있는데, 우선, 같은 사회계층에 극소수의 여자들만이 있기 때문이다. 극빈자층도 다른 계층과 마찬가지로 남녀 비율이 동등한 비율을 이룰 거라 생각할 수 있다. 하지만 그렇지 않다, 거의 장담할 수 있는 건, 실제, 사회의 특정한 계층 밑은 전부 남자들이라는 점이다. 다음 수치는, 1931년 2월 13일에 실행된 밤거리 인구조사로서, 런던 시의회에서 발표하였고, 남성 극빈자와 여성 극빈자의 비례를 보여주고 있다.

거리에서 밤을 보내는 인구, 남성 60명, 여성 18명

간이 숙박소로 등록되지 않은 보호소나 집에서 밤을 보내는 인구, 남성 1057명, 여성 137명

평야의 성 마틴 교회 지하실 이용자, 남자 88명, 여자 12명

 런던 시의회 보호소 및 숙소 이용자, 남자 674명, 여자 15명

[*수치는 분명 과소평가겠지만, 여전히 비율은 믿을 만하다]

이 비율은 자선행사에서 남자가 여자를 열명 중에 한 명 꼴로 웃도는 걸 보면 알 수 있다. 원인은 실업률이 남자보다는 여자에게 덜 영향을 끼치는 것으로 추정된다. 또한 겉모습이 흉하지 않은 여성은, 최후의 수단으로, 남자들에게 몸을 의탁할 수 있다. 결과론으로 보면, 부랑자의 경우, 남자 들은 독신이 될 운명이다. 당연히 말할 필요도 없이 부랑자가 자신의 계층 에서 여자를 찾을 수 없다면, 그 위의 여자들은-아주 바로 위에 있는 여자 라고 할 지라도- 손이 닿지 않는 달만큼 저 멀리 떨어진 곳에 있다. 이유 는 논란의 여지가 없다. 여자들은 절대, 아니면 거의 좀처럼, 그들보다 한

참은 더 가난한 남자들까지 자신을 낮추지 않는다. 부랑자는, 그러므로, 거리에 나앉는 순간부터, 독신이 된다. 몇 실링을 모아 사창가를 찾지 않는 이상-정말 드문 일이겠지만-철저하게 아내나, 애인 또는 어떤 여자도 얻겠다는 희망을 품지 못한다.

결과가 무엇일지는 다음과 같이 명백하다-동성애와, 예를 들어, 종종 발생하는 강간 사건들이다. 하지만 이런 것들보다 더 깊숙한 곳에는 자신이 결혼상대자로 고려조차 되지 않음을 아는 남자들의 마음속에 자기비하가 꿈틀거린다는 것이다. 성욕은, 그 이상도 이하도 아니다, 기본적인 욕구로서, 이에 대한 굶주림은 육체적 굶주림만큼이나 자존감을 잃게 한다. 빈곤의 악독함은 사람을 정신적으로도 육체적으로도 황폐하게 만들고 사람을 고통스럽게 만든다. 욕구불만이 이 황폐화 과정에 기여하고 있음은 의심할 필요도 없다. 굴욕만큼 인간의 자존감에 상처를 줄 수 있는 건 없다.

부랑자들의 삶에 있어 다른 거대한 악덕은 강요된 나태다. 노숙자법에 따르면, 부랑자는 거리를 걷지 않으면 수용소에 앉아 있어야 하고, 그 사이에는, 부랑자 보호소가 문을 열 때까지 풀밭에 누워 기다려야 한다. 확연히 사람을 우울하게 만들고, 삶의 의지를 꺾어 버린다, 특히 교육받지 못한 사람들의 경우는 더 심각하다.

여기에 더해 사소한 사실들도 열거할 수 있다-하나만 말해보자면, 불편함으로, 거리의 생활과 떼어 놓을 수가 없다. 기억할만한 것은 평균의 부랑자들은 제대로 된 옷이 없고, 그들이 신은 신발은, 발에 안 맞는다, 그리고 몇 달을 이어 의자에 앉지도 못 한다. 가장 중요한 점은 부랑자들이 겪는 고통이 아무 짝에도 쓸모가 없다는 거다. 그들은 환장할 정도로 유쾌하지 못 한 삶을 살며, 아무 목적 없이 그 삶을 영위한다. 수용소 방 아니면 거리에서 하루의 열여덟 시간을 보내거나, 감옥과 감옥 사이의 헛된 지름길을 개발하는 것 외에 할 게 없다. 영국에만도 최소 수 천명의 부랑자가 있을 것이다. 그들은 매일같이 풋파운드의 힘을 쏟아 내는데-몇 천 에이커를 일구고, 몇 마일의 도로를 닦고, 몇 개의 집을 지을 수 있는 충분한 힘이다- 아무 의미 없이 돌아다니는 걸음에 사용된다. 매일같이 수용소 벽을 바라보며 낭비하는 그들 전부의 시간을 더하면 아마도 십 년은 족히 될 것이다. 그들은 각 한 명의 부랑자에게 일주일 동안 적어도 1파운드를 국가가 쓰게 만든다, 그리고는 아무것도 갚지 않는다. 이들은 끝나지 않는 지루한 손수건 돌리기 놀이 속에서, 주변만을 끊임없이 맴돌고 있다, 무용지물이다. 누군가는 무용지물이라는 의미조차 가지지 못한다. 법은 이 과정을 반복시키고 있고, 우리 전체가 이것에 적응해 있음이 새롭지도 않다. 하지만 굉장히 바보 같다.

부랑자들의 삶을 무익하다고 인정했을 때, 질문은 그들의 삶을 개선시킬 수나 있느냐 이다. 당연하게도 가능하다, 예를 들어, 부랑자 보호소를 사람이 머물 수 있는 장소로 바꿔야 한다, 이는 실제로 진행 중인 곳도 있다.

작년 한 해 동안에도 몇몇의 부랑자 보호소들이 개선되었고, -그곳에 머물러 본 사람들의 말이 맞는다면. 원형을 찾아볼 수 없을 정도라고 한다- 모든 수용소가 똑같이 해야 된다는 여론도 있다. 하지만 이 것으로는 문제의 본질을 해결하지 못한다. 문제는 부랑자들을 반쯤 죽은 상태로, 지긋지긋한 삶에 절은 노숙자에서 자신을 존중하는 사람으로 어떻게 되돌려 놓느냐 하는 것이다. 단순한 편의시설증강은 이를 해결할 수 없다. 부랑자 보호소가 아주 사치스러워져도(절대 그럴 일은 없다) 부랑자들의 삶은 여전히 허투루 쓰인다. 여전히 극빈자로서, 가정생활과 여자로부터 단절이 될 것이고, 사회에 불필요한 사람들로 남을 것이다. 이 사람들이 극빈을 벗어날 수 있게 해주어야 한다, 이는 오직 그들에게 일자리를 찾아 주는 것으로 해결 할 수 있다-노동을 위한 노동이어서는 안 된다, 성과가 있어야 한다. 현재도, 대다수의 부랑자 보호소에서는, 부랑자들은 일을 안 한다. 한 번은 그들이 식사를 먹기 위해 돌을 부수는 일을 대신해야 했는데, 앞으로 몇 년을 쓸 수 있는 돌을 부수고 나자 일은 정지가 되었고, 사람들은 일자리를 잃었다. 지금도 그들은 빈둥거리도록 내팽개쳐져 있다, 그들이 할 수 있는 일이 없다고 보기 때문이다. 하지만 분명 그들을 유용하게 만들 방법들이 있다. 각 구빈원은 작은 농장이나 텃밭을 운영할 수 있다, 그리고 신체 건강한 부랑자들에게 하루치 일을 주면 된다. 텃밭이나 농장의 생산물은 부랑자를 먹이는 데 사용될 수 있다, 최악의 경우라도 음식 같지도 않은, 차와 빵 그리고 마가린보다는 나을 것이다. 당연하지만, 부랑자 보호소는 자립을 도와주지 않았다, 하지만 자립할 수 있도록 도움은 줄 수 있을 것이다. 그리고 길게 보아 결국에는 성과를 낼 수도 있다. 기억되어야 할 부분은 지금 제도로는 부랑자들이 국가에 무익할 수밖에 없다,

단지 일을 안 해서가 아니라, 부랑자들이 먹는 음식이 그들의 건강을 약화시키고 있기 때문이다. 지금 제도는, 그렇게, 사람과 돈을 함께 잃고 있다. 적절한 음식을 제공하고, 적어도 그들이 먹을 음식은 스스로 생산하게 할 계획은, 분명 시도해 볼 가치가 있을 것이다.

[*공정하게 말하면, 근래에 들어, 소수 보호소의 잠자리 상황이 개선된 건 사실이다. 하지만 여전히 많은 보호소의 상황은 변함이 없고, 음식 부분에서는 실질적인 개선이 없다.]

농장이나 텃밭이 임시노동자들에 의해 운영이 될 수 없다는 반대의견도 가능하다. 하지만 부랑자들이 각 보호소에서 하루만 머물러야 할 하등의 이유가 없다. 만약 그들이 보호소에서 할 일이 있다면, 한 달이고 일 년이고 머무를 수 있어야 한다. 부랑자들을 끊임없이 순환시키는 건 매우 억지다. 현재 부랑자는 지방세를 축내는 비용이다 그래서 다음 보호소로 밀어내는 것이다. 이런 이유와 규범은 부랑자를 단 하룻밤만을 보호소에 머물게 한다. 만약 부랑자가 한 번 머물렀던 곳으로 한 달 안에 다시 돌아가면 일주일간 잡혀있는 처벌을 받게 된다, 감옥과 다를 바가 전혀 없다, 고로 자연스레 이동을 한다. 그렇지만 부랑자가 구빈소에 노동력을 제공하고, 구빈소는 적절한 음식을 제공한다면, 이는 다른 이야기가 될 수도 있다. 구빈소는 부분적으로 자립기관을 설립 할 수도 있고, 부랑자들은, 자신이 필요한 곳에서 자리를 잡아, 부랑자 생활을 청산할 수도 있다. 부랑자들은 상대적으로 유익한 일을 하고, 적절한 음식을 얻고, 안정된 삶을 얻을 수 있다. 서서히, 제도가 자리를 잡게 된다면, 부랑자들은 극빈자 생활을 멈추고, 결혼을 통해 사회의 안정된 곳에서 자리를 잡을 수도 있다.

이는 개략적인 의견일 뿐이고 빤한 반대의견도 있을 것이다. 그럼에도 불구하고, 이 의견은 세금에 새로운 부담 없이 부랑자들의 현황을 개선시킬 수 있는 방법을 제시하고 있다. 여하튼 해결방안은, 이 방법과 비슷해야 한다. 제대로 먹지도 못 한 나태한 사람들이 무엇을 할 수 있나, 라는 질문에 대한 해답은-그들의 음식을 스스로 해결할 수 있게 하자이다.-자동으로 해결될 문제다.

37

런던 내 노숙자들에게 열려 있는 숙박업소들에 관한 정보를 나누어 보자면. 현시점에서는 자선숙박업소가 아니라면 7펜스 밑으로는 잠자리를 구할 수가 없다. 만약 7펜스를 쓸 여유가 되지 않는다면, 다음 방법들을 견뎌내는 수밖에 없다.

1. 템스 강둑. 여기 템스 강둑 노숙에 관한 패디의 설명이 있다.

'템스 강둑에서 자는 건 일찍 가야 하는 게 핵심이야. 여덟 시까지는 의자를 맡아 둬야 돼, 왜냐면 의자가 많지도 않고 다른 사람들이 먼저 채가기 일수거든. 그리고 한 번에 잠들려고 노력해야 돼. '자정이 지나면 너무 춥고 아침 네 시가 되면 경찰이 깨워.' 머리 위로 지나다니는 부랑자들과 강을 가로질러 깜박거리는 공중 광고 때문에 일찍 잠들기가 쉽지 않아. 추위는 말도 못 하지. 보통은 신문지를 덮고 자는데, 별 도움이 안 돼. 세 시간만 잘 수 있어도 겁나게 운이 좋은 거야.'

템스 강둑에서 잔 적이 있는데 패디의 묘사와 정확히 일치했다. 그렇지만, 잠을 안 자는 것보다는 훨씬 낫다. 템스 강변이 아닌 다른 곳의 대안으로서, 거리에서 밤을 보낼 수도 있다. 런던의 법에 의하면, 밤에는 거리에 앉아 있을 수 있다, 하지만 잠을 잔다면 경찰은 이 사람을 이동시켜야만 한다. 템스 강둑과 한 두 군데의 구석들은(리슘 극장 뒤에 한 곳이 있다) 이상한 예외들이다. 이 법은 확실히 괴팍하고 무례하다. 목적은, 체온저하로 인한 죽음을 막기 위해서 라지만, 당연히 집이 없는 사람은 깨어서 건, 잠이 들어서건 얼어 죽게 되어있다. 파리에는 이런 법이 없다. 센강 다리 밑에서, 광장의 입구와 의자에서, 그리고 지하철역의 환기갱도에서도 많은 사람들이 잔다. 심지어는 지하철역 내부에서도 잔다. 뚜렷하게 해를 끼치는 일이 없다. 잠자리를 찾을 수 있다면 누구도 거리에서 밤을 지새우지 않는다, 그리고 사람이 문 밖을 나서고자 하고, 잘 수만 있다면, 잠을 자는 것도 허락 되야 한다.

2. 투 페니 행오버. 이는 강둑보다는 조금 비싸다. 투 페니 행오버에 가면, 사람들은 줄 지어 의자에 앉고는. 그 앞으로 밧줄을 치고, 울타리에 기댈 때처럼 밧줄에 기댄다. 한 남자가, 웃기게도 담당 직원이라 불린다, 새벽 5시에 줄을 끊는다. 나는 그곳에 가 본 적이 없다, 하지만 보조는 자주 갔다. 그런 자세로 어떻게 잘 수 있는지 물어보았는데, 보조는 듣기보다 편하다고 했다-여하튼, 맨바닥보다 낫다고 한다. 파리에도 비슷한 곳이 있는데 숙박료는 2펜스가 아닌 25상팀(반 페니)밖에 안 한다.

3. 관, 하룻밤에 4펜스다. 관에서는, 방수포를 덮고, 나무 상자 안에서 잠을 잔다. 추운 상자 안에 갇혀, 탈출도 못 한다, 최악은 득실거리는 벌레들이다.

이 위로는, 하룻밤에 7펜스부터 1실링 1페니를 받는, 간이 숙박소들이 있다. 최고는 로튼하우스다. 숙박료는 1실링이며, 좁은 방을 혼자 쓸 수 있고, 온전한 욕실도 사용할 수 있다. '특박'에 반 크라운을 쓸 수도 있다, 거의 호텔 숙박이다. 건물이 아름다운 로튼하우스에는, 딱 하나의 단점인 엄격한 규율이 있는데, 요리나 카드놀이 등을 할 수 없다. 이 로튼하우스를 위한 최고의 광고는 언제나 사람이 넘쳐날 정도로 바글바글 하다는 사실이겠다. 브루스하우스도 완벽한 곳 중 하나다.

그 다음 최고는, 특히 깔끔함에 있어, 7펜스 또는 8펜스 하는, 구세군 숙소다. 각기 다르기는 하지만(싸구려 여인숙과는 완전히 다른 한 두 군데에 가 보았다) 대부분의 숙소는 깔끔하고, 아주 괜찮은 욕실을 갖추고 있다. 목욕을 하려면 추가요금을 지불해야 하고, 1실링이면 독방을 쓸 수 있다. 8페니 공동 침실은 침대가 편하지만 사람들이(일반적으로 40명 정도) 너무 많고, 침대가 너무 붙어있어, 조용한 밤을 보내기가 불가능하다. 이 곳의 많은 규제는 감옥과 자선의 악취를 풍긴다. 다른 무엇보다 청결이 최우선인 사람들에게나 구세군 숙소가 매력적일 것이다.

이 뒤로는 평범한 싸구려 여인숙들이 있다. 7펜스에서 1실링을 내야 하고, 답답하고 시끄러우며, 침대들은 한결같이 더럽고 불편하다. 그렇지만 자

347

유방임주의 분위기로 밤이고 낮이고 느긋하게 시간을 보낼 수 있는 소박한 주방이 이를 상쇄해 준다. 지저분한 지하소굴임에도, 사회생활 같은 것도 가능하다. 여성용 숙박업소들은 남성용 보다는 더욱 더럽다고 한다, 결혼을 한 부부들을 위한 숙박소는 얼마 없다. 실제로도, 노숙자들에게는 남편과 아내가 다른 숙박업소에서 자는 게 전혀 유난 떨 일이 아니다.

지금 이 순간에도 약 만 오천 명의 사람들이 싸구려 여인숙에서 잠을 자고 있다. 일주일에 2파운드 또는 그 밑으로 버는 미혼남자들에게 싸구려 여인숙은 아주 좋은 편의시설이다. 이런 남자들은 이렇게 싼 가격에 가구가 구비된 방을 못 구한다, 그렇지만 싸구려 여인숙에서는 공짜 주방과 욕실을 사용하고 다양한 사교생활도 된다. 싸구려 여인숙의 결점은 숙박을 하려 돈을 내는 곳임에도, 제대로 된 잠이 불가능하다는 것이겠다. 돈을 내고도 누릴 수 있는 건, 두 장의 빛 바랜 냄새 나는 침대보로 덮인 딱딱하고 울퉁불퉁한, 좁고 작은 침대와 통나무 같은 베개 그리고 면으로 된 홑이불 한 장이다. 겨울에는 담요를 주지만, 절대 충분하지 않다. 그리고 침대가 다섯 개 이하인 곳이 하나도 없고, 가끔 40개에서 50개 되는 곳도 있다, 침대의 사이는 1미터 내지 2미터밖에 떨어져 있지 않다. 당연히 이런 환경에서 편히 자는 사람은 없다. 이런 식으로 사람들이 몰려 자는 곳은 군인 막사와 병원 밖에 없다. 병원의 공동병실에서 제대로 자는 걸 바라지 않는다. 군인 막사에도 군인들이 몰려 있기는 하지만, 침대가 편하기도 하고 그들 자체가 건강하다. 싸구려 여인숙의 숙박객들은 거의 대부분이 만성기침을 달고 산다, 많은 수가 방광에 병을 앓고 있어 오밤중에도 매 시

348

간마다 일어난다. 이런저런 이유로 소음이 지속적으로 생겨 숙면이 불가능하다. 지금까지 내가 관찰한 바로는, 그 어느 누구도 다섯 시간 이상 자는 걸 본 적이 없다— 7펜스나 그 이상을 지불하고 당하는 빌어먹을 사기다.

여기 법안이 성취할 수 있는 뭔가가 있다. 현재 싸구려 여인숙에 관한 온갖 종류의 법안을 런던시의회는 가지고 있지만, 숙박객의 편의를 위해 제정된 게 아니다. 런던시의회는 음주, 도박, 폭행 등과 같은 것들만 금지하려 열을 내고 있다. 싸구려 숙박소의 침대가 무조건 편해야 한다는 법이 없다. 이를 강제하기란 매우 쉽다—다른 제제들보다 더 쉽다, 예를 들면, 도박 제한 보다 더 쉽다. 숙박소 관리자는 적절한 침구와 침대를 제공하도록 제정돼야 하고, 가장 최우선으로 공동 침실을 사각으로 나누게 해야 한다. 사각의 크기는 상관없다, 중요한 점은 사람이 잘 때만큼은 혼자여야 한다는 거다. 이 몇 안 되는 변화가, 엄격하게 집행만 되면, 막대한 변화를 가져올 수 있다. 통상의 가격을 받으면서도 싸구려 숙박소를 적절히 편한 장소로 바꾸는 일은 불가능이 아니다. 그로이든의 지방자치숙소는, 숙박료는 9펜스에, 편한 침대와 의자가 구비되어 있고(정말 희귀한 고급 싸구려 숙박소다), 주방은 지하실이 아닌 지상에 있다. 9펜스를 받는 싸구려 숙박소들이 이 숙박소 수준을 못 쫓아갈 이유가 전혀 없다.

당연히 숙박소 주인들은 동시다발적으로 개선에 반대를 할 것이다, 그들은 현재 사업으로도 어마어마한 이득을 남기고 있기 때문이다. 평균의 집은 하룻밤에 5파운드에서 10파운드 정도다. 보증금은 받지 않는다(외상은 엄격히 금지된다) 그리고 대여가 아니라면 비용이 적게 든다. 숙박소의 개선은 적은 숙박객을 뜻한다 고로 수입도 적어진다. 그렇지만, 온전한 지방자치 간이숙박소는 9펜스에도 숙박객이 어떻게 대접받는지 잘 보여준다. 방향을 잘 잡은 몇 가지 법만으로도 이런 숙박업소들의 환경을 평균화시킬 수 있다. 만약 당국이 간이숙박업에 관심을 가질 의향이 있다면, 어느 호텔도 절대 용인하지 않을 우스꽝스러운 규제가 아닌, 간이숙박소부터 더 편한 장소로 만드는 것부터 시작해야 한다.

38

로워 빈 필드의 수용소를 떠난 후, 패디와 나는 어느 농가의 잡초를 뽑고 청소를 해주는 대가로 반 크라운을 벌었다. 크롬리에서 하룻밤을 보내고, 런던으로 걸어 돌아왔다. 하루 또는 이틀 후에 패디와는 헤어졌다. B는 나에게 마지막 2파운드를 빌려줬다, 팔 일만 견뎌내면 됐다, 그렇게 나의 문제는 끝이 났다. 정박아들은 내가 예상했던 것만큼 좋지는 않았다. 하지만 나 스스로를 수용소나 파리의 러시아 식당으로 돌아가고 싶게 할 정도는 아니었다.

패디는 포츠머스로 떠났다, 그곳에 그에게 직장을 알아 봐 줄 수도 있는 친구가 있었다, 그 뒤로는 패디를 만나지 못 했다. 얼마 전 그가 차에 치어 죽었다는 소문은 들었으나, 소문을 전달해 준 사람이 다른 사람과 혼동한 듯했다. 보조에 관한 소식은 불과 삼 일 전에 들을 수 있었다. 그는 원즈워스에 있다-14일간 구걸을 하고 있다고 한다. 감옥도 그를 크게 성가시게는 못 하는 모양이다.

내 이야기는 여기서 끝이다. 꽤나 사소하고 하찮은 이야기다, 단지 이 이야기가 어느 여행기가 흥미를 돋우듯 흥미롭기를 바랄 뿐이다. 적어도 내가 말해 줄 수 있는 건, 당신이 동전 한 푼 없는 처지가 된다면 여기 이런 세상이 기다린다는 거다. 언젠가는 이 세계를 조금 더 자세히 탐험을 해보고 싶다. 나는 마리오, 패디 그리고 거지 빌 같은 사람을 우연한 만남이 아닌, 친밀한 사이로서 알아가고 싶다. 접시닦이들과, 부랑자들 그리고 강둑의 노숙자들의 영혼이 어떤지 알고 싶다. 지금은 빈곤의 끝자락만을 본 느낌이다.

그렇지만, 궁핍한 삶으로부터 한 두 가지는 확실하게 배울 수 있었다. 다시는 절대 모든 부랑자들이 술에 절은 무뢰배들이라고 생각하지 않을 것이며, 내가 동전 한 닢을 준다고 해서 모든 거지들이 고마워할 것이라 기대도 하지 않을 것이다. 직장을 잃은 사람의 무기력함에 놀라지도 않을 것이고, 구세군에는 기부하지 않을 것이다, 옷도 저당 잡히지 않을 것이고, 광고 전단지를 거절하지도 않을 것이다, 그리고 고급식당의 음식도 즐기지 않을 것이다. 이것이 시작이다.

끝